Oscar classici

Lewis Carroll

LE AVVENTURE DI ALICE NEL PAESE DELLE MERAVIGLIE

ATTRAVERSO LO SPECCHIO

Traduzione e note di Masolino d'Amico

Introduzione di Pietro Citati

Illustrazioni di Jonn Tenniel

OSCAR MONDADORI

Titoli originali delle opere:
Alice's Adventures in Wonderland
Through the Looking Glass

I edizione Oscar Mondadori dicembre 1978

ISBN 978-88-04-48047-1

Questo volume è stato stampato
presso Mondadori Printing S.p.A.
Stabilimento NSM - Cles (TN)
Stampato in Italia. Printed in Italy

Anno 2009 - Ristampa 18 19 20 21

La prima edizione Oscar classici
è stata pubblicata in concomitanza
con l'ottava ristampa
di questo volume

Sommario

Dietro lo specchio

di Pietro Citati

Mentre camminava con il suo strano passo a scossoni, quasi a salti, per le strade di Oxford, quante volte Charles Dodgson deve aver pensato che il mondo era soltanto un gioco illusorio di ombre e di luci. Tutto quello che i suoi miti, asimmetrici occhi azzurri avevano contemplato: gli amici del Christ Church, che componevano vocabolari greci immortali come i suoi libri, gli studenti che si annoiavano alle sue lezioni di matematica, le piccole drogherie di Oxford, i "dorati pomeriggi" sul Tamigi, quando la barca avanzava pigramente sulle acque guidata da dolci mani infantili: – era un sogno, sognato da un Dio buono e incomprensibile, o da una pedina degli scacchi – il malvagio Re Rosso – abbandonata ai piedi di un albero. Cosa poteva fare, chiuso in questo sogno senza rimedio? Abitava la terra come un goffo e lieto Don Chisciotte senza più cause eroiche da difendere: guardava la comica rappresentazione della vita; il sole del tramonto gli luceva fra i capelli, sfiorava l'erba, e dietro le sue spalle si estendevano le ombre nere della foresta, della notte, della morte, della fatale separazione. Sebbene tutto fosse un sogno, un amore traboccante, una onniabbracciante dolcezza, una morbidezza dolorosa gli riempivano e gli stringevano il cuore, appena la "sovrumana bellezza" di qualche bambina risvegliava in lui il ricordo di un Eden perduto per sempre.

Nessun uomo fu mai attratto così profondamente dal mondo ignoto, che sta "al di là" del nostro mondo: che serpeggia accanto al nostro, batte alle porte del nostro, talora vi si insinua, lo giudica o lo sconvolge. Nessuno osò mai tante ipotesi audaci, tante ardite congetture, intorno alle leggi che governano l'altro universo. Quale spazio vi regna? Quale tempo? Quali parole? Quali significati?

Egli avrebbe voluto penetrarvi attraverso una screpolatura dell'aria, un foro della terra, o un'improvvisa debolezza nella superficie dei nostri specchi. Così, con una specie di disperata pedanteria, tentò ogni strada. Raccoglieva coscienziosamente le idee casuali, gli irregolari lampi del pensiero, i frammenti di dialogo, che irrompevano nella sua mente – strani effetti senza causa, che egli non aveva chiamato né cercato – durante i sogni notturni e le solitarie passeggiate invernali. Ascoltava i discorsi delle bambine: inventava giochi più assurdi di quelli del Cavaliere Bianco: coltivava programmaticamente il "nonsenso": scriveva parole alla rovescia, lettere che bisognava leggere cominciando dall'ultima parola, o suonava all'indietro la musica dei suoi molti "carillons"...

Ma la sua vera strada era un'altra. In anticipo su de Saussure, Lewis Carroll aveva compreso che la lingua non combacia con la realtà. La lingua è arbitraria. Da un lato sta la "cosa" – questo pezzo di pane, questa pietra, questo paesaggio sul quale si posano indolentemente i miei occhi – che, a rigore, non può essere nominata: dall'altra, il "nome"; e fra loro si apre un abisso incolmabile. Se egli avesse spiato attentamente nella dissonanza tra l'oggetto e la parola, se avesse scrutato nella fessura apertasi nel blocco compatto della realtà, forse sarebbe riuscito a descrivere l'"altro mondo". Giacché la lingua è arbitraria, egli poteva desumere dai suoni che ne formano la superficie un universo del tutto differente dal nostro. Bastava rispettare la lingua, come noi non facciamo: intendere alla lettera i suoi suggerimenti: ricordare che i nomi non sono *consequentia rerum*, ma, al contrario, le cose sono le conseguenze dei loro nomi. Così, per esempio, se in inglese i rami si pronunciano *bau* essi abbaieranno "dietro lo specchio": i fiori sonnecchieranno pigramente perché "aiuola" vale, in inglese, come "letto di fiori"; e se la farfalla si chiama *butterfly*, essa aprirà delle sottili ali di pane e di burro. In questo modo, egli poteva scivolare dolcemente "di là" senza violare leggi di nessuna specie, senza sconvolgere la convenzione della sintassi, senza nemmeno crearsi una lingua personale, come suggeriva Humpty Dumpty, questo grottesco precursore di ogni avanguardia. Egli non era disceso sulla terra per infrangere delle leggi, ma per aggiungere nuove regole, tanto convenzionali che assurde, a quelle che già conosciamo.

Soccorso dalla logica della lingua, Carrol cominciò a descrivere dunque il mondo che costeggia il nostro. Senza affidarsi mai alle pericolose invenzioni della fantasia pura, partiva da un dato della lingua e della tradizione: e poi, via via, tesseva intorno a questi dati variazioni sempre più vaste, combinazioni sempre più ricche, rivelando una immaginazione rigogliosissima, seconda soltanto, nel suo tempo, a quella di Dickens. Mentre scriveva, dimenticava se stesso. Sacrificava i suoi sogni, le sue nostalgie amorose, la sua dolorosa e traboccante morbidezza. La mano impeccabile segnava sulla carta linee esatte, parole senz'ombra, ambiguità in piena luce, mosse di scacchi: i prodigi continuamente rinnovati di una mente malinconica abitata dalle bizzarre chiarezze della matematica.

Come i filosofi di ogni tempo, speculava arditamente intorno ai grandi problemi della metafisica e della conoscenza. Ma, quanto più il pensiero toccava la vertigine della complicazione, tanto più egli amava nasconderlo dietro piccole farse, giochi, guizzi allusivi infinitamente delicati. Il massimo di concentrazione nel contenuto si alleava col massimo di futilità nella forma: la ricchezza filosofica con l'amore per gli indovinelli, la gravità con la leggerezza. Così, come i Vangeli e le parabole buddiste, *Alice nel paese delle meraviglie* e *Attraverso lo specchio* sono insieme dei libri esoterici e dei libri popolari. Ogni bambino continua a leggerli, abbandonandosi perdutamente alle vicende di Alice e del Coniglio Bianco; e ognuno di noi deve riprenderli, sfogliarli, consultarli, tornare a rileggerli, se vuole orientarsi negli spazi troppo vasti tra la terra d il cielo.

Il nostro universo, dove regnano il Peso ed il Numero, dove il tempo è rettilineo e gli oggetti impenetrabili, dove i libri si leggono da sinistra a destra e dal principio alla fine, affida il compito di conoscere l'"altro" universo al più amabile dei suoi messaggeri. I grandi, limpidi occhi infantili di Alice rispecchiano fedelmente ogni minima notizia nel lago serio e incuriosito delle pupille. Ma una cosa è certa. Sebbene Carroll la credesse una "creatura di sogno", Alice appartiene saldamente e interamente al mondo che noi abitiamo. Nessuna creatura è più terrestre di lei, e possiede come lei lo "spirito della realtà": ragionevolezza, buon senso, buona educazione, cortesia, diplomazia innata, capacità di giudizio, istinto pratico, tutte le qualità che ci aiutano a vivere sulla terra si combinano nella figura di questa deliziosa bambina vittoriana. Così, la sua avventura non è una finta, né un gioco, come essa dice. Quando cade nella tana del coniglio: quando, soprattutto, il vetro dello specchio diventa "morbido come una specie di brina" e infine si scioglie e svanisce "come una luminosa nebbia d'argento" davanti a lei, che atterra leggermente nel Regno dello Specchio, – questo passaggio è un'avventura eroica, quanto l'impresa di Faust che scende fino alle Madri.

Cosa trova Alice "di là"? Il materiale con cui è costruito l'altro universo è simile al nostro. Nessuna creatura mai vista spaventa, come nei *Viaggi di Gulliver*, l'audace pellegrina terrestre. Le rare persone umane, le molte bestie parlanti, le mille figure delle carte e degli scacchi inscenano una commediola ottocentesca, disegnata con una meravigliosa rapidità e leggerezza di tocco. Qualche volta, Carroll si diverte a disseminare il racconto di piccole irriverenze satiriche, schernendo le abitudini della terra: le grammatiche latine e francesi, i libri di storia, i ritratti di Shakespeare, la lingua inglese, le poesie edificanti, i tribunali... Ma tutto questo non ci sorprende. E non ci sorprende nemmeno l'uso sistematico dell'assurdo – ora benigno ora sinistro, ora alla Bosch ora delicato e evanescente come un velo di seta – sebbene, dopo Carroll, nessuno scrittore vi abbia fatto ricorso con una simile grazia.

"Di là", Alice incontra delle leggi, interamente diverse dalle nostre. Non esiste il Peso: né il Numero, e la tavola pitagorica impazzisce. L'"io", del quale noi siamo tanto fieri, si perde, insieme a quel supremo simbolo della identità che è la memoria. Tutto viene rovesciato. Per raggiungere un luogo, dobbiamo voltargli le spalle: per restare fermi, dobbiamo correre: per arrivare in un punto, dobbiamo averlo già superato; e il tempo corre all'indietro, – prima il futuro, quindi il presente, infine il passato. Quando Alice recita una poesia, le parole si trasformano sulla sua bocca: sapeva a memoria dei versi edificanti; ed ecco che il suo inconscio, governato tirannicamente dalle leggi "di là", le impone di pronunciare parodie, "non-sensi", parole stravolte. Così non ci meravigliamo se finisca per tramontare lo stesso principio di contraddizione, sul quale è fondata l'esistenza terrestre: se il sì e il no, il negativo e il positivo, il più e il meno, l'"importante" e il "non importante" significhino la medesima cosa.

Ma queste regole non governano l'intera tessitura dei due libri. Ora il tempo corre all'indietro, ora avanti: ora la anarchica lingua individuale di Humpty Dumpty abolisce ogni convenzione linguistica, ora tutti parlano con le parole dell'uso quotidiano. L'unica, grande legge, che regge senza eccezione sia *Alice* sia *Attraverso lo specchio* è quella della Metamorfosi, che trasforma le persone e le cose, dissolvendole nella fantastica pantomima della possibilità. Nel primo libro, Alice cresce mostruosamente e snoda il collo come un serpente tra le cime degli alberi: poi rimpicciolisce fino alle dimensioni di un topo, rischiando di annegare nel lago delle pro prie lacrime. Nel secondo libro, la Metamorfosi diventa il principio stesso della narrazione. Non sappiamo chi muova gli scacchi sopra l'immensa scacchiera, distinta, come la terra, da siepi, ruscelli, prati, stagni, boschi e campagne. Ma, ogni volta che uno dei gio catori sposta una pedina, la narrazione si interrompe di scatto, e il paesaggio e i personaggi si dissolvono. Entriamo in un nuovo spazio-tempo: un treno nasce dal bianco tipografico e vi scompare, una bottega diventa una barca e un gruppo d'alberi, un uovo si trasforma in Humpty Dumpty, il russare della Regina Rossa e della Regina Bianca cede a un'aria musicale... Così l'altro mondo rivela finalmente la propria essenza. Mentre la struttura superficiale del nostro mondo è compatta e continua, quella dell'universo dietro lo specchio è discontinua e frammentaria: briciole, pezzettini, tessere di mosaico, caselle di scacchi, atomi, tenuti insieme da una forza che non conosciamo.

Tra le molte singolarità di *Alice* e di *Attraverso lo specchio,* la più curiosa è che Carroll fosse convinto di aver rappresentato un sogno meraviglioso. Possibile che egli si illudesse a tal punto? Che non cogliesse il più ovvio significato dei propri libri? Il paese che Alice trova sottoterra o dietro lo specchio, è odioso, sgarbato e si nistro: re idioti, regine malvage e stolide, cuoche pazze, cappellai prigionieri del tempo, conigli nevrotici, tartarughe lagnose, linguisti geniali e megalomani, fiori scortesi perseguitano la gentile messag gera della nostra terra. La fine del secondo libro è una sarabanda infernale; e l'ultimo gesto di Alice è di rabbia, di ribellione e di vendetta contro un incubo che l'ha torturata troppo a lungo.

Nell'altro mondo, esistono soltanto due momenti, due barlumi appena accennati, di salvezza. Il Cappellaio matto ricorda nostalgicamente il periodo felice nel quale egli non abitava nel nostro tempo rettilineo e progressivo. Allora il tempo delle sue giornate era personale e trasformabile: bastava un cenno, un bisbiglio, ed egli lo faceva correre velocemente, o l'arrestava di colpo, o gli imponeva di tornare indietro. Più avanti, nel grande, oscurissimo bosco, che occupa il cuore di *Attraverso lo specchio*, tutte le persone e le cose non hanno nome: sono ridotte alla loro nuda sostanza, senza nessuna etichetta verbale, avvolte dalla dolce tenebra dell'indistinzione. Siamo nell'Eden; e Alice e il cerbiatto, senza più memoria, senza più nomi, senza più identità, si abbracciano teneramente, facendo rinascere quell'amore edenico tra gli uomini e gli animali, che l'invenzione della lingua ha fatto morire. Ma queste due speranze di salvezza non durano. Ora il Cappellaio matto vive in una doppia prigione temporale: vittima insieme del tempo lineare che gli scorre sopra il capo, facendo succedere i mesi ai mesi, gli anni agli anni, e dell'eternità, che lo ferma alle sei del pomeriggio: mentre, appena fuori dal bosco, riafferrato dalla memoria, il cerbiatto fugge impaurito la presenza di Alice. Così, dopo aver conosciuto l'altro universo, ci domandiamo se i due libri di Carroll non siano una paradossale glorificazione della terra dove abitiamo. Forse il "Paese delle Meraviglie" è il nostro. Forse gli unici segni di speranza e di felicità, che ci sia dato conoscere, sono apertamente disseminati tra noi: nei "pomeriggi dorati" in cui le barche scivolano lentamente nella corrente tiepida dei fiumi, nella "pura fronte senza nubi" di una bambina, nel fruscio dell'erba smossa dal vento, negli stagni increspati dal tocco silenzioso dei giunchi.

È una conclusione alla quale un'anima devotamente innamorata del mondo, come il reverendo Dodgson, può avere pensato. Ma il vero significato di *Attraverso lo specchio* ci rimarrà forse ignoto per sempre, come Alice credeva. La vera storia di Alice e di noi tutti, sospesi senza saperlo tra il sogno e la veglia, non è quella che abbiamo letta; sta chiusa nel sogno del Re Rosso, che dorme profondamente, disteso sull'erba umida, con il capo nascosto da una lunga cuffia da notte. Mentre noi tutti stiamo giocando la nostra partita, egli non gioca. Chi può escludere che proprio lui sia l'ignoto, oscuro, inattivo, sonnolento creatore e signore del mondo? Non sappiamo cosa egli stia sognando: se le stesse avventure di Alice dietro lo specchio: se la nostra labile vita quotidiana: o se, invece, il suo fosco e ininterrotto sogno contenga pensieri molto più complicati e terribili, come quelli che talvolta risvegliavano dal sonno il reverendo Dodgson e gli facevano trascorrere notti di angoscia.

Le avventure di Alice nel Paese delle Meraviglie

Per tutto l'aureo pomeriggio
Galleggiamo beati
Avendo incauti entrambi i remi
Alle bimbe affidati,
Le cui manine ora pretendono
Guidare i nostri fati.

Crudele Trio! Così esigevi
Nell'ora del languore
Una novella da un alito
Privo d'ogni vigore.
E come opporsi alla richiesta
Di tre voci sonore?

« Comincia! » fa imperiosa
Prima, la più esigente;
Con garbo poi Secunda si augura
« Che ci siano nonsensi »;
« Non t'interrompo » dice Tertia:
Vuole esser diligente.

E quindi scende giù il silenzio.
Sulle ali del pensiero
La bimba sogna che percorre
La terra del mistero,
Con gli animali che le parlano...
E sembra quasi vero.

E sempre quando inaridita
Parea l'ispirazione
E lui tentava di sospendere
Stanco, la narrazione:

« Domani il resto... » « Oggi è domani! »
Era l'implorazione.

E così delle Meraviglie
La Terra fu creata,
Con i suoi mille fatti strani...
A storia terminata
Si voga allegri verso casa.
Finita è la giornata.

Alice! Accogli questa fiaba
E con gentile mano
L'intreccio di ricordi e sogni
Riponilo, ma piano,
Come del pellegrino i fiori
Che vengon di lontano.[1]

Capitolo I

Nella Tana del Coniglio

Alice[2] cominciava a non poterne più di stare seduta sull'erba accanto alla sorella, senza far niente; una volta o due aveva provato a sbirciare il libro che la sorella leggeva, ma non c'erano figure né dialoghi, «e a che serve un libro», aveva pensato Alice, «senza figure e senza dialoghi?».

Ragion per cui stava cercando di decidere fra sé (meglio che poteva, perché il caldo della giornata la faceva sentire torpida e istupidita) se il piacere di confezionare una collana di margherite sarebbe valso la pena di alzarsi e cogliere i fiori, quand'ecco che d'un tratto le passò accanto di corsa un coniglio bianco dagli occhi rosa.

In questo non c'era niente di tanto notevole; né ad Alice parve dopotutto così straordinario sentire il Coniglio dire fra sé: « Povero me! Povero me! Sto facendo tardi! » (ripensandoci in seguito, le venne in mente che avrebbe dovuto meravigliarsi, ma lì per lì la cosa le sembrò assolutamente naturale); ma quando il Coniglio estrasse veramente un orologio dal taschino del panciotto, lo guardò e affrettò il passo, Alice saltò in piedi, perché le balenò nella mente di non avere mai visto prima di allora un coniglio fornito di panciotto e di taschino, per non parlare di orologi; e, bruciando di curiosità, lo inseguì di corsa per il campo, dove fece appena in tempo a vederlo sparire in una gran buca sotto la siepe.

Un attimo dopo Alice si era infilata dietro a lui, senza minimamente riflettere a come avrebbe poi fatto per uscire.

Per un po' la tana si prolungava come una galleria, ma a un certo punto sprofondava all'improvviso, tanto all'improvviso che Alice non ebbe neanche un momento per pensare a fermarsi; e si trovò a precipitare giù per quello che pareva un pozzo assai profondo.

O il pozzo era assai profondo, o la sua caduta assai lenta: il fatto è che Alice ebbe tutto il tempo, precipitando, di guardarsi intorno e di chiedersi cos'altro le sarebbe accaduto a questo punto. Dapprima cercò di guardare in basso e di distinguere la sua destinazione, ma era troppo buio per vedere nulla; allora guardò le pareti del pozzo, e notò che queste erano piene di credenze e scaffali; qua e là vide appesi quadri e carte geografiche. Prese al passaggio un vasetto da uno scaffale. L'etichetta diceva MARMELLATA DI ARANCE, ma con sua grande delusione il vasetto era vuoto; Alice non volle lasciarlo cadere, per paura di ammazzare qualcuno sotto, e fece in modo di posarlo sopra una credenza, sempre durante la caduta.

« Be'! » pensava fra sé, « dopo una caduta come questa, ruzzolare per le scale mi sembrerà uno scherzo! Chissà che diranno a casa del mio coraggio! Non direi una parola nemmeno se cascassi dal tetto di casa! » (e di questo si può star certi).[3]

Giù, giù, sempre più giù. Sarebbe mai finita quella caduta? « Mi domando quante miglia avrò percorso, a quest'ora! » disse forte. « Secondo me mi sto avvicinando al centro della terra. Vediamo un po'; sarebbero quattromila miglia di profondità, mi pare... » (perché, sapete, Alice aveva imparato a lezione diverse cosette del genere, e benché questa non fosse poi un'occasione ideale per fare sfoggio di cultura, dal momento che non c'era nessuno ad ascoltarla, ripeterle era pur sempre un buon esercizio) « ... sì, più o meno la distanza è questa... ma a questo punto vorrei sapere a che latitudine e longitudine sono arrivata. » (Alice non aveva la minima idea di cosa fosse la latitudine, per non parlare della longitudine, ma le sembravano dei simpatici paroloni con cui riempirsi la bocca.)

A questo punto ricominciò. « Mi domando se non finirò per attraversare la terra da una parte all'altra! Sarà buffo sbucare fuori fra la gente che va in giro a testa in giù. Agli Antidoti, mi pare... » (fu piuttosto contenta che non ci fosse nessuno a sentirla, stavolta, dato che la parola suonava decisamente sbagliata) « ... però il nome del paese dovrò chiederlo. Scusi, signora, questa è l'Australia o la Nuova Zelanda? » (e cercò, parlando, di fare la riverenza; pensate, fare la riverenza mentre si sta cadendo nel vuoto! E voi ci riuscireste?) « Ma così mi prenderanno per un'ignorante! No, meglio non chiedere; forse lo vedrò scritto in qualche posto. »

Giù, giù, sempre più giù. Non c'era altro da fare, ragion per cui Alice riprese ben presto a parlare. « E Dinah? Che farà senza di me? » (Dinah era la gatta.) [4] « Speriamo che si ricordino di darle il suo piattino di latte all'ora del tè. Povera Dinah! Come vorrei averti qui con me! Mi sa che di topi per aria non ne troveresti, ma potresti acchiappare un pipistrello, che assomiglia moltissimo a un topo, sai. Chissà però se i gatti mangiano i pipistrelli? » E a questo punto Alice cominciò a sentire un gran sonno, e continuò a ripetere fra sé, come in un dormiveglia: « I gatti mangiano i pipistrelli? I gatti mangiano i pipistrelli? » [5] e qualche volta: « I pipistrelli mangiano i gatti? » perché, capite, siccome non sapeva rispondere a nessuna delle due domande, non faceva gran differenza come le formulava. Sentì che si appisolava, e aveva appena cominciato a sognare di andare a spasso per mano a Dinah, e di dirle, in tutta serietà: « Ora dimmi la verità, Dinah: hai mai mangiato un pipistrello? » quando a un tratto, tu-tum! atterrò su un mucchio di ramoscelli e foglie secche, e la caduta finì.

Alice non si era fatta alcun male, e in un attimo fu in piedi; guardò in alto, ma sopra era tutto buio; davanti aveva un altro lungo cunicolo, in fondo al quale era ancora visibile il Coniglio Bianco che correva. Non c'era un momento da perdere; Alice partì come il vento, e fece appena in tempo a sentirgli dire, mentre svoltava un angolo: « Oh, orecchi miei, baffi miei, com'è tardi! ». Quando svoltò l'angolo a sua volta lo aveva quasi raggiunto, ma il Coniglio non era più in vista; e Alice si trovò in un vestibolo lungo e basso, illuminato da una fila di lampade che pendevano dal soffitto.

Intorno alla stanza c'erano tante porte, ma tutte chiuse a chiave; e dopo aver percorso prima un lato e poi l'altro, provando ciascuna porta, Alice venne mogia mogia in mezzo al vestibolo, chiedendosi come fare per uscirne.

Quand'ecco che si imbatté in un tavolinetto a tre gambe, tutto di vetro massiccio: sopra non c'era altro che una minuscola chiave d'oro, e Alice pensò subito che potesse appartenere a una delle porte del vestibolo; ma ahimè! O le serrature erano troppo grandi, o la chiave troppo piccina, sta di fatto che non ne aprì nessuna. Però al secondo tentativo Alice trovò una tenda bassa che prima non aveva notato, e dietro, una porticina non più alta di una quarantina di centimetri; provò la chiavetta d'oro in quella serratura, e con sua grande gioia vide che funzionava!

Alice aprì la porticina e trovò che dava su un corridoietto non molto più ampio di una tana di topo; s'inginocchiò e guardò lungo il corridoio, e vide che in fondo c'era il più bel giardino che avesse mai visto. Come le sarebbe piaciuto uscire da quel vestibolo buio e andare fra quelle aiuole di fiori vivaci e quelle fontane d'acqua fresca! [6] Ma non riuscì a infilare nella porta nemmeno la testa; « e anche se la testa passasse » pensò la povera Alice « servirebbe a ben poco senza le spalle. Se potessi rinchiudermi come un cannocchiale! Credo che ci riuscirei, se sapessi come cominciare. » Perché, capite, ultimamente erano successe tante di quelle cose straordinarie che Alice aveva cominciato a credere che di impossibile non ci fosse quasi più nulla.

Capì che non serviva a molto restare in attesa accanto alla porticina, così tornò al tavolo, quasi sperando di trovarci un'altra chiave, o quantomeno un libro che spiegasse come si chiudono le persone a mo' di cannocchiali; e stavolta ci trovò una bottiglina (« che certo prima non c'era » disse Alice), e attaccato al collo della bottiglina un cartellino con la parola BEVIMI scritta in bei caratteri grandi.

Si fa presto a dire « bevimi », ma la saggia piccola Alice non voleva farlo alla leggera. « No, prima guardo » disse « per vedere se c'è scritto *veleno* o no »: poiché ella aveva letto tante belle storielline di bambine che si erano scottate, o erano state divorate da animali feroci, e altre cose spiacevoli, tutto perché non avevano voluto saperne di ricordare le semplici istruzioni ricevute dalle persone amiche: per esempio, che un attizzatoio rovente finirà per scottarti se lo tieni per troppo tempo; e che se ti tagli il dito molto profondamente con un coltello, di solito esce il sangue; e non aveva mai dimenticato che se bevi troppo del contenuto di una bottiglia contrassegnata *veleno*, è quasi certo che prima o poi te ne pentirai.

Comunque, questa bottiglia non era contrassegnata *veleno*, e Alice si arrischiò ad assaggiarla; e avendone trovato il sapore eccellente (era una specie di miscuglio di torta di ciliege, crema, ananas, tacchino arrosto, caramella mou e pane abbrustolito col burro), ben presto l'ebbe finita tutta quanta.

* * * * *

* * * *

* * * * *

« Che strana sensazione! » disse Alice. « Direi che mi sto richiudendo come un cannocchiale! »

Ed era vero: adesso era alta soltanto venticinque centimetri e il viso le si illuminò al pensiero di avere ora l'altezza giusta per passare dalla porticina ed entrare in quel bel giardino. Prima però attese qualche minuto per vedere se sarebbe diminuita ancora, pen siero che la rese un po' nervosa; « perché potrebbe finire, sai » si disse Alice « con la mia sparizione totale, come una candela. Mi domando come sarei allora? » E cercò di immaginare com'è la fiamma di una candela spenta, cosa che non riusciva a ricordarsi di avere mai visto.

Dopo un po', vedendo che non succedeva più nulla, decise di procedere nel giardino senza altri indugi; ma ahimè, povera Alice! quando fu sulla porta, scoprì di avere dimenticato la chiavetta d'oro, e quando tornò a prenderla al tavolino, trovò che non ci arrivava più: la vedeva benissimo attraverso il vetro, e fece del suo meglio per arrampicarsi su per una zampa del tavolino, ma scivolava troppo; e quando i tentativi l'ebbero stremata, la poverina si mise a sedere in terra e scoppiò a piangere.

« Su, non serve a niente piangere così! » si disse Alice, in tono un po' secco. « Ti consiglio di smetterla immediatamente! » In genere si dava degli ottimi consigli (benché poi li seguisse molto di rado), e qualche volta si sgridava con tanta severità da farsi venire le lacrime agli occhi; e una volta si ricordò di aver cercato di prendersi a scapaccioni perché aveva barato a una partita di croquet che disputava contro se stessa. Questa curiosa bambina amava molto fingere di essere due persone diverse. « Ma ora è inutile » rifletté la povera Alice, « fare finta di essere due persone! Con quello che mi rimane non c'è nemmeno di che fare una sola persona degna di questo nome! »

Poco dopo però l'occhio le cadde su di una scatolina di vetro che stava sotto il tavolino; l'aprì, e vi trovò dentro un minuscolo pasticcino, con la parola MANGIAMI formata chiaramente da tante uvette. « Be', io lo mangio », disse Alice, « così se mi fa crescere, arrivo a prendere la chiave; e se mi fa diminuire, potrò strisciare sotto la porta. In un modo o nell'altro riuscirò a entrare nel giardino, perciò non mi importa di quel che potrà accadere. »

Ne mangiò un pezzetto e si disse con ansia: « Su o giù? Su o giù? » tenendosi la mano sulla testa per sentire se cresceva o diminuiva; e restò sorpresissima trovando che rimaneva delle stesse dimensioni. Noi sappiamo che questo è quanto avviene di solito a chi mangia un pasticcino; ma Alice si era già talmente abituata ad aspettarsi solo avvenimenti fuori del comune, che le pareva noioso e banale da parte della vita procedere nel modo consueto.

Così si mise al lavoro, e ben presto ebbe finito il pasticcino.

* * * * *

* * * *

* * * * *

Capitolo II

Il Laghetto delle Lacrime

Stranissimissimo! »[7] gridò Alice (dalla sorpresa aveva momentaneamente dimenticato le regole della grammatica). « Mi sto allungando come il cannocchiale più grande che sia mai esistito! Addio, piedi! » (perché quando si guardò i piedi, giù in basso, le parvero quasi invisibili, tanto si stavano allontanando). « Oh, poveri piedini miei, chi ve le infilerà le calze e le scarpe, carini? Certo io non potrò più! Sarò troppo lontana per potermi occupare di voi; arrangiatevi un po' da soli... » « Meglio essere gentile con loro però », rifletté Alice, « o come niente non vorranno più andare nella direzione che dirò io! Vediamo. Gli regalerò un paio di scarpe nuove ogni Natale. »

E continuò a progettare come avrebbe fatto. « Bisognerà mandargliele per corriere », pensò; « sarà buffo davvero, mandare regali ai propri piedi! E come sarà strano l' ndirizzo!

Ill.mo Sig. Piede Destro di Alice
Tappetino,
accanto al Parafuoco.
(con tanti auguri da parte di Alice).

Povera me, che sciocchezze sto dicendo! »

Proprio in questo momento picchiò il capo contro il soffitto del vestibolo: infatti ormai era alta più di due metri e mezzo, e subito afferrò la chiavettina d'oro e si precipitò alla porta del giardino.

Povera Alice! Il massimo che poté fare fu sbirciare nel giardino con un occhio solo, lunga distesa su un fianco; passare dall'altra parte era un'impresa più disperata che mai. Alice si tirò su a sedere e ricominciò a piangere.

« Vergogna », diceva, « grande e grossa come sei » (e poteva ben dirlo), « piangere in questo modo! Smetti immediatamente, ti dico! » Ma continuò lo stesso, versando fiumi di lacrime, finché non fu circondata da un vero e proprio laghetto profondo circa dieci centimetri che arrivava fino a metà del vestibolo.

Dopo un po' Alice sentì un leggero scalpiccìo in lontananza, e si affrettò ad asciugarsi gli occhi per vedere chi veniva. Era il Coniglio Bianco di ritorno, vestito sontuosamente, con un paio di guanti bianchi di capretto in una mano e un gran ventaglio nell'altra: veniva trottando in gran fretta, e borbottava fra sé: « Oh! la Duchessa, la Duchessa! Oh! Come si arrabbierà se la faccio aspettare! ». Dalla disperazione Alice avrebbe chiesto aiuto a chicchessia; così, quando il Coniglio le fu vicino, cominciò a voce bassa, timida: « Scusi, signore... ». Il Coniglio trasalì violentemente, lasciò cadere i guanti bianchi di capretto e il ventaglio, e sgambettò via nel buio a tutta velocità.[8]

Alice raccolse il ventaglio e i guanti, e siccome faceva un gran caldo nel vestibolo, si mise a sventagliarsi senza sosta mentre continuava a parlare. « Povera me! Quante stranezze oggi! Pensare che ieri tutto era come al solito. Fossi cambiata io durante la notte? Fammi pensare: ero la stessa stamattina quando mi sono alzata? Quasi quasi mi sembra di essermi sentita un po' diversa. Ma se non sono la stessa, la domanda è: "Chi mai sarò?" Ah, eccolo, il grande punto interrogativo! » E si mise a passare mentalmente in rassegna

tutte le bambine della sua età che conosceva, per vedere se per caso si fosse mutata in una di loro.

« Di certo non sono Ada », disse, « lei è tutta boccoli, e io non ne ho affatto; e di certo non sono Mabel, perché io so un sacco di cose, e lei ne sa tanto poche! E poi, lei è lei, e io sono io, e... povera me, che rompicapo! Proviamo un po' se so ancora tutte le cose che sapevo. Vediamo: cinque per quattro fa dodici, e sei per quattro fa tredici, e sette per quattro fa... povera me! In questo modo a venti non ci arriverò mai! [9] Va bene, la Tavola Pitagorica non fa testo; proviamo la Geografia. Londra è la capitale di Parigi, e Parigi è la capitale di Roma, e Roma... no, è tutto sbagliato, ne sono sicura! Mi hanno scambiato con Mabel! Voglio provare a recitare "*L'industrioso...*" Incrociò le mani sul grembo come quando ripeteva la lezione e cominciò a recitare la poesia, ma la sua voce aveva un suono rauco e strano, e le parole che uscirono non erano quelle consuete:

« L'industrioso coccodrillo
Migliora la sua coda
Quando la risciacqua arzillo
Del Nilo sulla proda!

Com'è affabile e accogliente
E ride a crepapelle
Quando riceve i pesciolini
Nelle ospiti mascelle! » [10]

« Queste non sono le parole giuste, ne sono sicura », disse la povera Alice, e gli occhi le si riempirono nuovamente di lacrime mentre proseguiva, « e allora vuol dire che sono Mabel, e mi toccherà andare ad abitare in quella casa piccola e brutta senza quasi balocchi per giocare, e con tante lezioni da studiare! No, ho deciso: se sono Mabel, io resto quaggiù! Si affaccino pure a dirmi: "Torna su, cara!" Io li guarderò e dirò: "Ma chi sono? Prima ditemelo, e poi, se sono una persona che mi va, torno su; altrimenti resto qui finché non sono diventata qualcun'altra..." ma povera me! » esclamò Alice con uno scoppio improvviso di pianto. « Come vorrei che si affacciassero! Non ne posso più di stare quaggiù tutta sola! »

Mentre diceva queste parole, abbassò lo sguardo sulle sue mani, ed ebbe la sorpresa di vedere che parlando si era infilata uno dei guantini bianchi di capretto del Coniglio. « Come ho fatto? » pensò. « Forse sto ridiventando piccola. » Si alzò e andò al tavolino per misurarsi, e trovò che adesso era alta, ad occhio e croce, sessanta centimetri, e continuava a diminuire rapidamente; ben presto scoprì che la causa di ciò era il ventaglio che stringeva, e lo buttò via in fretta, appena in tempo per evitare di scomparire del tutto.

« Per un pelo! » disse Alice, piuttosto spaventata per quel cambiamento improvviso, ma felicissima di trovarsi ancora in vita. « E ora al giardino! » E tornò di corsa alla porticina; ma ahimè! La porticina era chiusa un'altra volta, e la chiavettina d'oro era come prima sul tavolino di vetro, « e le cose vanno di male in peggio », pensò la povera bambina, « perché così piccola non lo sono mai stata, mai! È proprio un disastro, parola d'onore! »

Proprio mentre diceva queste parole scivolò, e un attimo dopo, plaf! si trovò immersa fino al collo nell'acqua salata. Sulle prime pensò di essere caduta, in qualche modo, in mare, « nel qual caso potrò tornare a casa in treno », si disse. (Alice era stata al mare una sola volta in vita sua, e ne aveva tratto la conclusione che dovunque si vada sulla costa inglese, si trova un certo numero di macchine da bagno [11] nell'acqua, dei bambini che scavano nella sabbia con palette di legno, quindi una fila di pensioni, e dietro queste una stazione ferroviaria.) Però si rese ben presto conto di trovarsi, invece, nel laghetto di lacrime che aveva versato quando era alta più di due metri e mezzo.

« Ah, se non avessi pianto tanto! » disse Alice mentre nuotava in cerca di una sponda. « Ed ecco ora la punizione: finirò annegata nelle mie stesse lacrime! Sarà proprio una cosa strana. Ma oggi è tutto strano. »

Proprio allora sentì qualcosa che sguazzava nel laghetto poco lontano da lei, e si avvicinò a nuoto per scoprire di che si trattasse; sulle prime pensò che fosse un tricheco o un ippopotamo, ma poi si ricordò della piccolezza delle sue attuali dimensioni, e ben presto vide che era solo un topo, scivolato in acqua come lei.

« Chissà se potrebbe servire a qualcosa ora », rifletté Alice, « parlare a questo topo? Tutto è talmente straordinario quaggiù che se mi rispondesse non mi meraviglierei. Tentar non nuoce, in ogni modo. » E cominciò: « O Topo, sai come uscire da questo laghetto? Non ne posso più di nuotare qua e là, o Topo! ». (Alice pensava che questo fosse il modo giusto di apostrofare un topo: era la prima volta che le capitava una cosa simile, ma ricordava di aver visto, nella Grammatica Latina di suo fratello, « Il topo-del topo-al topo-il topo-o topo! » Il topo la guardò con aria alquanto interrogativa, e a lei parve che strizzasse uno dei suoi occhietti; ma non disse nulla.

« Forse non capisce l'inglese », pensò Alice. « Come niente è un topo francese, venuto al seguito di Guglielmo il Conquistatore. » (Perché malgrado tutte le sue nozioni in fatto di storia, Alice non aveva troppo chiaro in testa quanto tempo prima fossero accadute le varie cose.) Così riprese: « Où est ma chatte? » che era la prima

frase della sua grammatica francese. Il Topo spiccò un balzo improvviso fuori dall'acqua e parve scosso da tremiti di paura. « Oh, scusami tanto! » si affrettò a esclamare Alice, temendo di avere offeso la povera bestiola. « Adesso non pensavo che non ti piacciono i gatti. »

« Che non mi piacciono i gatti! » gridò il Topo con voce stridula e piena di passione. « Perché, a te piacerebbero al mio posto? »

« Be', forse no », disse Alice, conciliante. « Non ti arrabbiare. Eppure vorrei tanto farti conoscere la nostra gatta Dinah. Secondo me ti basterebbe vederla, e faresti subito la pace con i gatti. Non sai quanto è cara e buona », continuò Alice, quasi fra sé, mentre nuotava pigramente senza mèta: « se ne sta così carina a fare le fusa accanto al fuoco, a leccarsi le zampette e a pulirsi il musino... è talmente soffice e morbida quando la prendi in braccio... e di una tale bravura ad acchiappare i sorci... oh, scusami tanto! » esclamò di nuovo Alice, perché stavolta il Topo stava rizzando il pelo dappertutto, e Alice fu certa di averlo offeso per davvero. « Non parliamone più se non vuoi. »

« Brava, usa il plurale! » esclamò il Topo, che tremava fino alla punta della coda. « Come se io potessi avere intenzione di parlare di una cosa simile! La nostra famiglia ha sempre odiato i gatti: razza esecrabile, rozza, volgare! Non farmene più sentire neanche il nome! »

« No davvero! » disse Alice, affrettandosi a cambiare argomento. « E ti piacciono... ti piacciono... i cani? » Il Topo non rispose, e Alice proseguì con foga: « C'è un cagnolino talmente carino accanto a casa nostra, che vorrei fartelo conoscere! Un piccolo terrier, sai, con certi occhietti vispi e il pelo marrone, talmente lungo e riccio! Pensa, ti riporta tutto quello che gli butti, si siede per chiedere da mangiare, insomma, sa fare un sacco di cose... non me le ricordo mai tutte... Il padrone è un contadino che dice che è utilissimo, vale cento sterline! Dice che ammazza tutti i ratti, e... povera me! » esclamò Alice in tono addolorato. « Temo di averlo offeso un'altra volta! » perché il Topo si allontanava da lei a tutta velocità, mettendo in subbuglio le acque del laghetto.

Così lei lo richiamò sommessamente: « Topo caro! Torna, ti prego, e non parleremo più né di gatti né di cani, se non ti piacciono! » Quando il Topo la sentì, fece dietrofront e tornò nuotando lentamente verso di lei: il suo volto era pallidissimo (d'ira, pensò Alice), e disse con voce bassa e tremante: « Andiamo a riva, e poi ti racconterò la mia storia, e capirai la ragione del mio odio per cani e gatti. »

Era proprio tempo di andare, perché il laghetto si stava riempiendo di una folla di uccelli e di altri animali che c'erano caduti dentro: c'era un'Anatra e un Dodo, un Pappagallo e un Aquilotto, e molte altre curiose creature.[12] Alice si mise in testa, e tutto il gruppetto guadagnò a nuoto la riva.

Capitolo III
Una Corsa Elettorale e una Lunga Storia

Facevano davvero una strana comitiva, riuniti lì sulla sponda: gli uccelli con le penne infangate, gli animali con il pelo tutto appiccicato addosso, e tutti zuppi, infreddoliti e di malumore.

Il primo problema era naturalmente come fare per asciugarsi: si consultarono a questo proposito, e in capo a qualche minuto Alice si trovò a chiacchierare familiarmente con gli altri come se li avesse conosciuti da sempre. Col Pappagallo ebbe addirittura una discussione piuttosto lunga, tanto che quello finì per mettere il broncio e dire soltanto: « Io ho più anni di te e la so più lunga ». Alice non voleva ammetterlo senza sapere quanti anni avesse l'altro, e siccome il Pappagallo si rifiutò categoricamente di rivelare la propria età, non rimase più nulla da aggiungere.

Finalmente il Topo, che lì in mezzo sembrava godere di una certa autorità, disse forte: « Sedetevi tutti e statemi a sentire! Ci penso io a seccarvi in poco tempo! » Subito tutti si sedettero formando un ampio circolo col Topo in mezzo. Alice non staccava gli occhi da lui con una certa ansia, perché era sicura che se non avesse fatto presto ad asciugarsi avrebbe preso un brutto raffreddore.

« Ahem! » disse il Topo con aria d'importanza. « Siete tutti pronti? Ecco la cosa più seccante che conosco. Silenzio intorno, per favore! "Guglielmo il Conquistatore, la cui causa era appoggiata dal papa, ottenne ben presto la sottomissione degli Inglesi, che mancavano di condottieri e che negli ultimi tempi avevano sperimentato con frequenza usurpazioni e conquiste. Edwin e Morcar, conti della Mercia e della Northumbria..." »[13]

« Brrr! » disse il Pappagallo, rabbrividendo.

« Prego! » disse il Topo accigliandosi, ma in tono molto educato. « Hai detto qualcosa? »

« No, no! » si affrettò a dire il Pappagallo.

« Mi era parso », disse il Topo. « Vado avanti. "Edwin e Morcar, signori della Mercia e della Northumbria, optarono per lui; e persino Stigand, il patriottico arcivescovo di Canterbury, trovò opportuno..." »

« Chi trovò? » disse l'Anatra.

« Trovò *opportuno* »,[14] rispose il Topo, abbastanza seccato: « lo saprai cosa vuol dire opportuno, no? »

« Io so quello che trovo io quando trovo qualcosa », disse l'Anatra; « di solito è un verme o una rana. La questione è: "cosa trovò l'arcivescovo?" »

Il Topo non rilevò la domanda, ma continuò in fretta: « "...trovò opportuno muovere con Edgar Atheling incontro a Guglielmo onde offrirgli la corona. In principio il contegno di Guglielmo fu moderato. Ma l'insolenza dei suoi Normanni..." Come va ora, mia cara? » continuò rivolto ad Alice.

« Sono bagnata come prima », disse Alice in tono malinconico. « Direi che non mi asciuga affatto. »

« In questo caso », disse solennemente il Dodo alzandosi in piedi, « propongo l'aggiornamento dell'assemblea, nonché l'immediata adozione di provvedimenti più energici... »

« Parla inglese! » disse l'Aquilotto. « Io la metà di quei paroloni non so cosa vogliano dire, e credo neanche tu, del resto! » E l'Aquilotto chinò il capo per nascondere un sorriso: qualcuno degli altri uccelli ridacchiò distintamente.

« Volevo dire », disse il Dodo in tono offeso, « che la cosa migliore per asciugarci tutti sarebbe una Corsa Elettorale. »[15]

« Che cosa è una Corsa Elettorale? » disse Alice; non che avesse poi tanta curiosità di saperlo, ma il Dodo aveva fatto una pausa come attendendosi che qualcun altro intervenisse a quel punto, e nessuno sembrava avere intenzione di dir nulla.

« Be' », disse il Dodo, « il modo migliore per spiegarla è di farla. »

(E nel caso che voleste provarci anche voi, in una giornata d'inverno, vi descriverò l'organizzazione del Dodo.)

Per prima cosa il Dodo tracciò una pista, vagamente circolare (« la forma esatta non ha importanza », disse) e poi tutta la comitiva vi fu distribuita, un po' qua e un po' là. Non ci fu nessun « Uno, due, tre, via! » ma ciascuno partiva quando voleva e si fermava quando voleva, così che non era facile capire quando finiva la corsa. In ogni modo dopo una mezz'oretta che correvano o giù di lì, quando tutti furono di nuovo asciutti, il Dodo gridò all'improvviso: « Fine della corsa! » e tutti gli si affollarono intorno, ansanti, a chiedergli: « Ma chi ha vinto? »

A questa domanda il Dodo non poteva rispondere senza lunga riflessione, e rimase pertanto a lungo con un dito premuto sulla fron te (posa in cui di solito vedete ritratto Shakespeare), mentre tutti gli altri aspettavano in silenzio. Finalmente il Dodo disse: « Hanno vinto tutti, e tutti debbono ricevere un premio ».

« Ma chi li dà, i premi? » rispose un coro di voci.

« Lei, naturalmente », disse il Dodo, puntando un dito verso Alice; e tutti le si accalcarono subito intorno chiassosamente, gridando: « I premi! I premi! ».

Alice non aveva idea di cosa fare, e nella disperazione si mise una mano in tasca estraendone una scatola di canditi (dove per fortuna l'acqua salata non era penetrata), che distribuì come premi. Ce ne fu precisamente uno per ciascuno.

« Ma anche lei deve avere un premio », disse il Topo.

« Certo », rispose il Dodo con molta gravità. « Che altro hai in tasca? » continuò, rivolto ad Alice.

« Solo un ditale », disse triste Alice.

« Dài qua », disse il Dodo.

E di nuovo si affollarono intorno a lei, mentre il Dodo le consegnava solennemente il ditale, dicendo: « Ti preghiamo di accettare questo elegante ditale ». Al termine di questo breve discorso tutti applaudirono

Ad Alice tutto ciò pareva assolutamente assurdo, ma gli altri avevano un'aria tanto seria che non osò ridere; e non sapendo cosa dire, si limitò a fare una riverenza e a prendere il ditale, con l'aria più solenne che poté

Non rimaneva che mangiare i dolci, il che provocò un certo trambusto perché gli uccelli più grandi protestarono di non aver sentito neanche il sapore del loro, mentre a quelli piccoli il candito andò di traverso e bisognò batterli sulla schiena. In ogni modo finì anche questa, e si rimisero seduti in cerchio, a pregare il Topo di raccontare qualche altra cosa.

« Ti ricordi che mi hai promesso di raccontarmi la tua storia », disse Alice, « con la ragione del tuo odio per... C e G », aggiunse sottovoce, quasi temendo di offenderlo un'altra volta.

« La mia storia ha una coda lunga e triste! » [16] disse il Topo, voltandosi verso Alice e tirando un sospiro.

« Che è lunga lo vedo », disse Alice guardando perplessa la coda del Topo; « ma perché dici che è triste? » E continuò a rimuginare questo problema mentre il Topo parlava, ragion per cui l'idea che si fece della storia fu qualcosa di simile a questo:

Furia disse a
un topino In-
contrato un
mattino, "Ti
propongo
un bel gio-
co: Vo-
glio fare
un proces-
so. Tu sa-
rai l'impu-
tato, Io farò
l'avvocato.
Su, non
perdere
tempo,
Comin-
ciamo
da ades-
so." Gli
rispose
il sorcet-
to, "Qui
con tutto
il rispetto
Manca il
giudice
e man-
ca la
legitti-
ma corte."
"Son io
il giu-
dice,
caro,"
Disse
Furia
all'i-
gnaro:
"Pri
ma
ascol
te la
causa.
Poi ti
condan
no a
mor-
te."

« Non stai a sentire! » disse il Topo ad Alice, in tono severo « A che pensi? »

« Chiedo scusa », disse Alice in tutta umiltà. « Eri arrivato alla quinta curva, vero? »

« Neanche per sogno! » esclamò secco il Topo, molto irritato.

« Un nodo! »[18] disse Alice, guardandosi attorno ansiosa di rendersi utile. « Lascia che ti aiuti a scioglierlo! »

« Non ci penso nemmeno », disse il Topo alzandosi e allontanandosi. « Tu mi insulti con le tue stupidaggini! »

« Non volevo! » implorò la povera Alice. « Ma fai tanto presto a offenderti, tu! »

Per tutta risposta il Topo emise un grugnito.

« Torna indietro, ti prego, e finiscimi la tua storia! » gli gridò dietro Alice. E gli altri si unirono tutti in coro: « Sì, per favore! » Ma il Topo per tutta risposta scosse il capo con impazienza, accelerando il passo.

« Peccato non sia voluto restare! » sospirò il Pappagallo appena l'altro fu scomparso. E una vecchia Granchia colse l'occasione per dire alla figlia: « Hai visto, cara? Da questo impara a non perdere mai la pazienza! » « Ma sta' zitta, mamma! » disse la Granchiolina, un po' stizzosa. « Tu la pazienza la faresti perdere anche a un'ostrica! »

« Come vorrei che fosse qui la nostra Dinah! » disse forte Alice, senza rivolgersi a nessuno in particolare. « Lei sì che lo riporterebbe subito indietro! »

« E chi è Dinah se posso permettermi la domanda? » disse il Pappagallo.

Alice rispose con entusiasmo, perché era sempre pronta a parlare della sua bestiola: « Dinah è la nostra gatta. Non avete idea di com'è brava ad acchiappare i topi! E gli uccelli, poi! Se la vedeste! Non fa in tempo a guardare un uccellino, e l'ha già in bocca! »

Queste parole ebbero un notevole effetto sulla comitiva. Alcuni uccelli se ne andarono subito e in gran fretta; una vecchia Gazza si mise a imbacuccarsi con gran cura, osservando: « Debbo proprio rincasare ora, l'aria della sera non mi giova alla gola! » e una Canarina chiamò con voce tremante i bambini: « Venite, cari! A quest'ora dovreste essere a letto da un pezzo! ». Con vari pretesti tutti si allontanarono, e ben presto Alice rimase sola.

« Ho fatto male a parlare di Dinah! » disse fra sé in tono malinconico. « A quanto pare quaggiù non è simpatica a nessuno, ma per me è la migliore gatta del mondo! Oh, mia cara Dinah! Chissà se ti rivedrò mai più! » E a questo punto la povera Alice si rimise a piangere, poiché si sentiva molto sola e depressa. Dopo un po', ad ogni modo, udì nuovamente un fruscìo di piccoli passi in lontananza, e alzò ansiosamente gli occhi, quasi sperando che il Topo avesse cambiato idea e stesse tornando per terminare la sua storia.

Capitolo IV

Il Coniglio presenta un Conticino [19]

Era il Coniglio Bianco che tornava a un trotto lento, guardandosi intorno ansiosamente come chi ha smarrito qualcosa; e Alice lo sentì mormorare fra sé: « La Duchessa! La Duchessa! Oh, zampette mie care! Oh, pelo mio, baffi miei! Mi farà tagliare la testa, quanto è vero che i furetti sono furetti! Ma dove li avrò posati, mi domando? » Alice indovinò subito che il Coniglio stava cercando il ventaglio e i guanti bianchi di capretto, e con molta buona volontà si mise a cercarli anche lei; ma non si vedevano in nessun posto: tutto pareva cambiato dopo la nuotata nel laghetto, e l'ampio vestibolo, con il tavolino di vetro e la porticina, era scomparso del tutto.

Ben presto il Coniglio notò Alice che frugava qua e là, e le disse forte, con asprezza: « Ehi, Mary Ann, che ci fai qui? Corri subito a casa e portami un paio di guanti e un ventaglio! Su, sbrigati! ». E Alice ne fu così spaventata che partì di corsa nella direzione indicata dal Coniglio, senza provarsi a spiegargli il suo errore.

« Mi ha preso per la sua governante » si disse mentre correva. « Chissà la sorpresa quando scoprirà chi sono! Intanto però sarà meglio che gli porti il ventaglio e i guanti... se li trovo. » Così dicendo, arrivò a una linda casetta che aveva sulla porta una lucente targa di ottone con inciso il nome "C. BIANCO". Alice entrò senza bussare e salì le scale di corsa, con una gran paura di incontrare la vera Mary Ann e di esserne scacciata prima di aver trovato il ventaglio e i guanti.

« Ma che stranezza », si disse Alice, « far commissioni per conto di un coniglio! Andrà a finire che anche Dinah si metterà a darmi degli incarichi! » E cominciò a fantasticare su come si sarebbe svolta la cosa: « "Signorina Alice! Venga subito qui a prepararsi per la passeggiata!" "Vengo fra un momento, balia! Devo fare la guardia a questa tana di topo fino al ritorno di Dinah, altrimenti il topo esce." Però non credo », continuò Alice, « che ce la terrebbero ancora molto, in casa, se si mettesse a dare ordini a destra e a sinistra! »

Frattanto era arrivata in una cameretta immacolata con un tavolino davanti alla finestra, e su questo (come aveva sperato) un ventaglio e due o tre paia di piccoli guanti bianchi di capretto: prese il ventaglio e un paio di guanti, e stava per uscire dalla stanza quando l'occhio le cadde su una bottiglina accanto allo specchio. Stavolta non c'era l'etichetta con la scritta BEVIMI, ma Alice la stappò lo stesso e se la portò alle labbra. « Tutte le volte che mangio o bevo », si disse, « succede qualcosa di interessante, lo so di sicuro; perciò voglio vedere cosa può fare questa bottiglia. Speriamo che mi faccia ridiventare grande, perché non ne posso più di essere così piccina! »

Andò proprio così, e molto più presto di quanto Alice si aspettasse: prima di essere arrivata a metà della boccetta si trovò col capo che premeva contro il soffitto, e dovette piegarsi per non rompersi il collo. Rimise giù in fretta la bottiglia, dicendosi: « Basta... spero di non crescere più... Già così non posso uscire dalla porta... Come vorrei non aver bevuto tanto! »

Ahimè! Era troppo tardi per esprimere questo desiderio! Continuò a crescere e crescere, e ben presto dovette inginocchiarsi sul pavimento· dopo un altro minuto non c'entrava più neanche così, e provò a mettersi distesa con un gomito contro l'uscio, e l'altro braccio avvolto intorno al capo. Però continuava a crescere; come ultima risorsa, sporse un braccio fuori della finestra e infilò un piede su per il camino, e si disse: « Ora, succeda quel che succeda, non posso fare altro. Che ne sarà di me? ».

A questo punto, per fortuna di Alice, la bottiglina magica aveva sortito tutto il suo effetto, e la crescita cessò; tuttavia la posizione era assai scomoda, e dal momento che non si vedeva alcuna possibilità di uscire mai più da quella stanza non è meraviglia che Alice si sentisse alquanto triste.

« Si stava molto meglio a casa », pensava la povera Alice, « senza

crescere e diminuire tutto il tempo, e senza farsi comandare da topi e conigli. Quasi quasi mi pento di essere scesa in quella tana... eppure... eppure... questo tipo di vita è abbastanza curioso, no? Chissà che cosa mi è successo. Quando leggevo le favole credevo che cose di quel genere non succedessero mai, ed ecco che mi trovo nel bel mezzo di una fiaba! Dovrebbero scrivere un libro su di me, ecco! E quando sarò grande ne scriverò uno io... ma sono già grande » aggiunse in tono doloroso. « Almeno, qui dentro di spazio per crescere non ce n'è più. »

« Forse però », pensò Alice, « vuol dire che non diventerò mai più vecchia di così. In un certo senso è una consolazione... non arrivare mai alla vecchiaia... ma d'altro canto... dover continuare a studiare le lezioni in eterno! Oh, questo non mi piacerebbe! »

« Ma che sciocca sei, Alice! » si rispose. « Come vuoi studiare le lezioni qua dentro? Quasi non c'entri tu, figuriamoci i libri! »

E continuò così, esaminando la cosa prima da un punto di vista e poi dall'altro, e facendo nell'insieme una bella conversazione; ma dopo qualche minuto sentì una voce fuori, e s'interruppe per ascoltare.

« Mary Ann! Mary Ann! » diceva la voce. « Portami immediatamente i guanti! » Poi si sentì un piccolo scalpiccio di piedi per le scale. Alice sapeva che era il Coniglio che veniva a cercarla, e tremò fino a scuotere la casa, del tutto dimentica di essere ora circa mille volte più grande del Coniglio, e di non avere quindi la minima ragione di temerlo.

Ecco che il Coniglio arrivò alla porta e tentò di aprirla; ma sic come la porta si apriva verso l'interno, e il gomito di Alice la pun tellava nel senso opposto, il tentativo fallì. Alice lo sentì dire fra sé « Quand'è così, faccio il giro ed entro dalla finestra ».

« Nossignore! » pensò Alice, e dopo avere aspettato fin quan do non le parve di udire il Co niglio proprio sotto la finestra, tese improvvisamente la mano aperta e fece come per afferrare qualcosa in aria. Non afferrò niente, ma udì uno strilletto e un tonfo, un rumore di vetri rotti, dal quale dedusse che era possibile che il Coniglio fosse caduto sopra una serra o qualcosa del genere.

Poi venne una voce adirata, quella del Coniglio: « Pat! Pat! Dove sei? ». E quindi una voce che Alice non aveva mai sentito: « Sono qui! Scavo le mele, illustrissimo! ».

« Ma bravo! » disse il Coniglio, irritato. « Vieni qua e aiutami a venir fuori! » (Altro rumore di vetri rotti.)

« E ora dimmi, Pat, cos'è quella cosa nella finestra! »

« Un braccio è, illustrissimo! » (Lo pronunciò "beraccio".)

« Un braccio, bravo scemo! Hai mai visto un braccio di quelle dimensioni? Riempie tutta la finestra! »

« La riempie sì, illustrissimo; ma sempre braccio è. »

« Be', in ogni modo non è quello il suo posto: va' a toglierlo di mezzo. »

Dopodiché ci fu un lungo silenzio, e Alice non riuscì più a sentire, di quando in quando, che dei mormorii, come: « Certo, non è che mi vada tanto, illustrissimo, anzi, per niente! » « Fai come ti dico, fifone! » Finalmente Alice tese di nuovo la mano aperta e la richiuse come prima. Stavolta ci furono *due* strilletti, e un nuovo rumore di vetri infranti « Chissà quante serre ci sono! » pensò Alice. « Mi domando che altro faranno ora! Quanto a tirarmi fuori dalla finestra, vorrei proprio che fosse possibile! Di certo qui non ci voglio più restare! »

Attese per qualche tempo senza sentire altro. Finalmente giunse un rumore sordo di piccole ruote, e diverse voci che parlavano tutte insieme: « Dov'è l'altra scala? » « Io ne dovevo portare una sola. L'altra ce l'ha Bill. » « Bill! Su, da bravo, portala qua! Ecco, appoggiamole qui all'angolo. No, prima legatele insieme. Ancora non arrivano neanche a metà. » « Ma sì, non c'è male, può funzionare. Non esageriamo. Ehi, Bill! Agguanta questa fune. » « Reggerà il tetto? » « Bada a quella tegola, non è fissata bene: cade! Giù la testa! » (un tonfo sonoro) « Allora, chi era? » « Mi pare Bill. » « Chi scende giù per il camino? » « Io no, caro mio! Vacci tu! » « Allora neanch'io! » « Tocca a Bill. » « Forza, Bill! Il padrone dice che devi scendere tu dal camino! »

« Ah! Sicché Bill deve scendere dal camino, eh? » si disse Alice. « A quanto pare fanno fare tutto a Bill! Non vorrei proprio essere al suo posto. Va bene che il camino è stretto; ma un calcetto credo di poterlo tirare! »

Infilò il piede nel camino quanto poté, e attese finché non sentì un animaletto (di quale specie non poté indovinarlo) che si addentrava a graffi e tentoni nella canna sopra di lei; allora, dicendosi: « Questo è Bill », sferrò un calcio secco, e attese per vedere cosa sarebbe successo a quel punto.

La prima cosa che udì fu un coro generale di « Ecco Bill! »; poi la voce isolata del Coniglio: « Acchiappatelo, voi che siete vicini alla siepe! » poi silenzio, e poi un'altra confusione di voci: « Tenetegli su la testa... su... il brandy... lo soffocate... ehi, amico, com'è andata? Che ti è successo? Racconta! ».

Da ultimo arrivò una vocina fioca e stridula. (« È Bill », pensò Alice.) « Be', non lo so... basta, grazie; sto meglio ora... ma sono

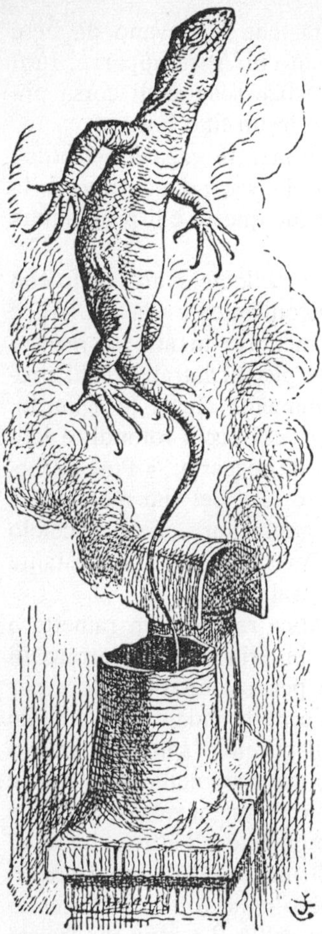

un po' troppo scombussolato per parlare... so solo che mi è arrivato addosso una specie di misirizzi, e mi sono trovato in aria come un razzo! »

« Proprio così, vecchio! » dissero gli altri.

« Bisogna bruciare la casa! » disse la voce del Coniglio, e Alice esclamò più forte che poté: « Se lo fate, chiamo Dinah e ve la sguinzaglio contro! ».

Si fece subito un silenzio di morte, e Alice pensò fra sé: « Chissà che faranno ora! Se avessero un po' di giudizio, toglierebbero il tetto ». Dopo un paio di minuti quelli ricominciarono a muoversi, e Alice sentì il Coniglio che diceva: « Una carriolata basta, per cominciare ».

« Una carriolata di che? » pensò Alice. Ma i suoi dubbi non durarono a lungo, perché un attimo dopo dalla finestra arrivò crepitando una pioggia di sassolini, alcuni dei quali la colpirono in faccia. « Gliela faccio smettere subito », si disse Alice e gridò: « Meglio che non ci riproviate! » il che produsse un altro silenzio mortale.

Alice notò un po' sorpresa che i ciottoli sul pavimento diventavano tanti pasticcini, e le venne un'idea brillante. « Se ne mangio uno » pensò « cambierò certo di statura; e siccome più grande di così non posso diventare, immagino che mi renderà più piccola. »

Così ingoiò un pasticcino, e con gran gioia vide che cominciava subito a ridursi. Appena fu abbastanza piccola da passare dalla porta, uscì di corsa dalla casa, e fuori trovò ad aspettarla una folla di animaletti e di uccelli. La povera Lucertolina, Bill, era nel mezzo, sorretta da due porcellini d'India, che le davano da bere qualcosa da una bottiglia. Nel momento in cui Alice apparve, tutti fecero per precipitarsi verso di lei, ma Alice scappò di corsa più velocemente che poté, e presto fu in salvo in un fitto bosco.

« La prima cosa da fare » si disse Alice mentre vagava nel bosco « è tornare alla mia statura normale; e la seconda è trovare la strada che porta in quel bel giardino. Per me questo è il programma migliore. »

Senza dubbio sembrava un programma eccellente, e articolato con grande chiarezza e semplicità; l'unico inconveniente era che Alice non aveva la più piccola idea di come metterlo in atto; e mentre scrutava un po' ansiosa fra gli alberi, dei piccoli latrati secchi proprio sopra la sua testa le fecero repentinamente alzare lo sguardo.

Un enorme cucciolo la guardava con grandi occhi rotondi, e tendeva debolmente una zampa cercando di toccarla. « Povera bestiola! » disse Alice in tono carezzevole, e fece del suo meglio per fargli un fischio; ma intanto aveva una gran paura che il cucciolo fosse affamato, nel qual caso era assai probabile che nonostante tutti i suoi vezzeggiamenti, l'avrebbe divorata.

Senza quasi sapere quel che faceva, Alice raccolse un rametto e lo tese al cucciolo. Quello saltò subito in aria con un latrato di gioia, si precipitò verso il rametto e fece per azzannarlo; allora per non essere travolta Alice si riparò dietro a un grande cardo, e come si riaffacciò dall'altro lato della pianta il cucciolo spiccò di nuovo la corsa verso il rametto, capitombolando per terra nella foga. Allora Alice, pensando che era come ruzzare con un cavallo da tiro e aspettandosi di finire calpestata da un momento all'altro, riparò di nuovo dietro il cardo; il cucciolo iniziò una serie di brevi assalti al rametto, avanzando di corsa un pochino ogni volta e arretrando di parecchio, continuando a latrare rauco tutto il tempo, finché da ultimo non si mise a sedere a una buona distanza, ansante, con la lingua penzoloni e i grandi occhi semichiusi.

Questa parve ad Alice una occasione propizia per fuggire: partì subito, e corse finché non fu stanchissima e senza fiato, e finché i latrati del cucciolo non furono diventati debolissimi in lontananza.

« Però, che caro cucciolino era! » disse Alice appoggiandosi contro un ranuncolo per riposarsi e facendosi vento con una foglia.

« Mi sarebbe tanto piaciuto insegnargli dei giochi, se... se fossi stata delle proporzioni adatte! Povera me! Mi ero quasi scordata che ora devo crescere un'altra volta! Vediamo... come si può fare? Immagino che dovrei mangiare o bere qualcosa; ma il gran problema è: "Cosa?" »

Il gran problema era certo: « Cosa? ». Alice guardò intorno da ogni parte i fiori e l'erba, ma non vide niente che paresse la cosa giusta da mangiare o da bere in quella circostanza. Lì vicino si ergeva un grande fungo, alto press'a poco come lei: e quando ebbe guardato sotto il fungo, e da entrambi i lati del fungo, e dietro il fungo, le venne in mente che tanto valeva guardare anche cosa ci fosse sopra.

Si alzò in punta di piedi e sbirciò oltre l'orlo del fungo, e i suoi occhi immediatamente incontrarono quelli di un grande bruco azzurro che era seduto in cima al fungo, a braccia conserte, intento a fumare in silenzio un lungo narghilè, senza minimamente curarsi di lei né di alcuna altra cosa.

Capitolo V

I Consigli di un Bruco

Il Bruco e Alice si guardarono in silenzio per qualche tempo. Da ultimo il Bruco si tolse di bocca il narghilè e l'apostrofò con voce languida, assonnata.

« E chi sei tu? » disse il Bruco.

Come inizio di conversazione non era incoraggiante. Alice rispose, un po' imbarazzata: « Ehm... veramente non saprei, signore, almeno per ora... cioè, stamattina quando mi sono alzata lo sapevo, ma da allora credo di essere cambiata diverse volte. »

« Che vorresti dire? » disse il Bruco, secco. « Spiegati meglio! »

« Temo di non potermi spiegare, signore » disse Alice « perché non sono io. »[20]

« Non capisco » disse il Bruco.

« Temo di non poter essere più chiara di così » rispose Alice con molto garbo, « perché purtroppo io sono la prima a non capirci nulla; e poi cambiare dimensioni tante volte in un giorno solo finisce per scombussolarti parecchio. »

« Macché » disse il Bruco.

« Non le sarà ancora capitato » disse Alice; « ma quando dovrà trasformarsi in crisalide... lo sa che le succederà, un giorno o l'altro, no... e poi in farfalla; io dico che si sentirà un po' strano, non crede? »

« Neanche per sogno » disse il Bruco.

« Si vede che lei la pensa in un altro modo » disse Alice. « Io so solo che *io* mi sentirei molto strana. »

« Tu! » disse il Bruco con disprezzo. « E chi sei tu? »

Col che la conversazione tornava al punto di partenza. Alice provò una certa irritazione per la secchezza dei commenti del Bruco. Si raddrizzò e gli disse, molto seria: « Secondo me, toccherebbe a lei presentarsi per primo ».

« Perché? » disse il Bruco.

Era un'altra domanda imbarazzante; e siccome non le veniva in mente una buona risposta, e l'umore del Bruco sembrava sempre più scorbutico, Alice si voltò per andarsene.

« Torna indietro! » la richiamò il Bruco. « Ho una cosa importante da dirti! »

Questo sembrava certo più promettente. Alice si voltò e tornò sui suoi passi.

« Contròllati » disse il Bruco.

« Tutto qui? » disse Alice, inghiottendo il dispetto meglio che poteva.

« No » disse il Bruco.

Alice rifletté che poteva anche aspettare, visto che non aveva altro da fare, e che forse dopotutto il Bruco avrebbe finito per dirle qualcosa che valeva la pena di sentire. Per qualche minuto quello continuò a emettere boccate di fumo senza parlare; ma finalmente aprì le braccia conserte, si tolse di nuovo il narghilè dalla bocca, e disse: « Insomma, tu credi di essere cambiata ».

« Temo di sì, signore » disse Alice. « Non ricordo più certe cose che sapevo... e non rimango delle stesse proporzioni per dieci minuti di seguito! »

« Cos'è che non ricordi più? » disse il Bruco.

« Be', ho provato a recitare "*L'industriosa piccola ape*", ma mi è venuta tutta diversa! » rispose Alice con voce molto malinconica.

« Recitami "*Babbo William, sei vecchio*" » disse il Bruco.

Alice si mise a braccia conserte e cominciò:

« Babbo William, sei vecchio » il ragazzo osservò,
« E i capelli li hai tutti bianchi;
Sempre ritto sul capo ti vedo, però –
Possibile che non ti stanchi? »

« Da ragazzo » al figliolo costui replicò,
« Io temevo nuocesse al cervello.
Or peraltro son certo che cervello non ho
E quindi che non mi sfracello. »

« Ma sei vecchio » il ragazzo insistette, cordiale,
« E sei anche parecchio ingrassato:
Pur sull'uscio hai eseguito un salto mortale.
Non ti sembra un po' esagerato? »

« Da ragazzo » e scuoteva le candide chiome,
« Mi spalmavo, sai, con questa pasta.
Rende agili – e costa quattro soldi il flacone –
Te la vendo; un chilo ti basta? »

« Tu sei vecchio » fa l'altro « e ormai troppo sdentato
Per poter mangiar altro che brodo.
Pure un'anatra intera hai testé ingurgitato.
Me lo dici, in segreto: c'è un modo? »

« Da ragazzo » fa il padre « ho studiato la legge,
Con mia moglie allenavo la voce;
Questa forza che la mia mascella sorregge
La plasmò quel lavoro feroce »

« Pur sei vecchio » fa il figlio, sempre meno persuaso.
« Come mai non hai perso la vista?
Prima avevi un'anguilla in piedi sul naso.
Sei meglio di un equilibrista! »

« Ho risposto tre volte, e basta ed avanza »
Disse il padre. « Abbassa la cresta!
Mi ha stufato la tua petulanza.
Fila ora, o ti rompo la testa! » [21]

« Non è così » disse il Bruco.

« Infatti, ho paura di no » disse timidamente Alice. « Mi si sono cambiate delle parole. »

« È tutto sbagliato, da cima a fondo » disse il Bruco in tono deciso; e ci fu un silenzio che durò alcuni minuti.

Il Bruco fu il primo a parlare.

« Di che proporzioni vuoi essere? » chiese.

« Oh, non è che ci tenga molto » si affrettò a rispondere Alice; « è solo che non fa piacere continuare a cambiare così spesso, lei lo sa. »

« No, non lo so » disse il Bruco.

Alice non disse nulla: non era mai stata tanto contraddetta in vita sua, e sentì di essere lì lì per perdere il controllo.

« Sei contenta di come sei ora? » disse il Bruco.

« Ecco, mi piacerebbe essere un pochino più alta, signore, se non le dispiace » disse Alice. « Otto centimetri è una statura proprio infelice. »

« È una statura eccellente! » disse irritato il Bruco, tirandosi su mentre parlava (era alto esattamente otto centimetri).

« Ma io non ci sono abituata! » piagnucolò la povera Alice. E fra sé pensava: « Come sono suscettibili, queste creature! ».

« Col tempo ti ci abituerai » disse il Bruco; poi si mise in bocca il narghilè e ricominciò a fumare.

Questa volta Alice aspettò con pazienza finché il Bruco non decise di parlare di nuovo. Dopo un paio di minuti il Bruco si tolse dalla bocca il narghilè, sbadigliò una volta o due e si stirò. Quindi scese dal fungo e si allontanò strisciando fra l'erba, dicendo solo: « Da un lato ti farà crescere, e dall'altro ti farà diminuire ».

« Un lato di che? L'altro lato di che? » pensò fra sé Alice.

« Del fungo » disse il Bruco, proprio come se Alice avesse fatto la domanda a voce alta; e un attimo dopo era sparito.

Alice rimase a guardare pensierosa il fungo per un minuto, cercando di distinguerne i due lati; e poiché il fungo era perfettamente rotondo, trovò il problema assai difficile da risolvere. Alla fine tese le braccia intorno al fungo più che poté, come per abbracciarlo, e spiccò un pezzetto del bordo con ciascuna mano.

« E ora quale è l'uno e quale è l'altro? » si disse, e mangiucchiò un po' del pezzetto che aveva nella destra per provarne l'effetto. Un attimo dopo sentì un colpo violento sotto il mento: questo le aveva picchiato contro il piede!

Un mutamento tanto rapido la spaventò assai, ma capì che non c'era tempo da perdere, tant'era la rapidità con cui diminuiva; così si accinse subito a mangiare un po' dell'altro pezzo. Aveva il mento talmente compresso contro il piede da non poter quasi aprire la bocca; ma alla fine ci riuscì, e fece in modo di inghiottire un morso del pezzetto di fungo che aveva nella sinistra.

*   *   *   *   *

*   *   *   *

*   *   *   *   *

« Ho la testa libera, finalmente! » disse Alice in tono giulivo, che però si mutò in allarme un momento dopo, quando scoprì che le sue spalle si erano rese irreperibili: quando guardò in basso, tutto quello che riuscì a vedere fu un collo di lunghezza smisurata che si ergeva come un gambo sopra un mare di foglie verdi giù sotto di lei.

« Che sarà mai tutta quella roba verde? » disse Alice. « E dove sono finite le mie spalle? E oh, povere mani mie, com'è che non vi vedo? » Parlando le muoveva, ma senza alcun risultato visibile, tranne un leggero tremolìo fra le foglie verdi, in lontananza.

Siccome a quanto pareva non c'era alcun modo di portarsi le mani al capo, Alice cercò di abbassare il capo verso le mani, e scoprì con grande gioia di avere un collo capace di piegarsi in tutte le direzioni come un serpente. Era appena riuscita a curvarlo con armonioso zig-zag, e stava per tuffarlo fra le foglie (le quali, come scoprì, non erano che le cime degli alberi sotto i quali aveva vagato), quando un sibilo acuto la fece ritirare in fretta: un grosso piccione le era volato contro il viso, e la percuoteva violentemente con le ali.

« Serpente! » strillava il Piccione.

« Non sono un serpente! » disse Alice, indignata. « Lasciami in pace! »

« Serpente, lo dico e lo ripeto! » ripeté il Piccione, ma in tono più sommesso, e aggiunse sospirando:

« Le ho provate tutte, ma a quanto pare non sono mai contenti! »

« Non ho la minima idea di che cosa vai dicendo » disse Alice.

« Ho provato le radici degli alberi, e ho provato le sponde, e ho provato le siepi » continuò il Piccione senza badarle; « ma quei serpenti! Non c'è modo di contentarli! »

Alice era sempre più perplessa, ma pensò che era inutile dire altro finché il Piccione non avesse terminato.

« Non basta la fatica di covare le uova » diceva il Piccione; « devo anche fare la guardia contro i serpenti notte e giorno! Tre settimane che non chiudo occhio! »

« Mi dispiace moltissimo averti disturbato » disse Alice, che cominciava ad afferrare il senso di quel discorso.

« E proprio quando avevo occupato l'albero più alto del bosco » continuò il Piccione con la voce che gli si faceva sempre più stridula « e cominciavo a credere di essermene finalmente liberato, eccoli che arrivano contorcendosi giù dal cielo! Sciò, Serpente! »

« Ma non sono un serpente, ti dico! » disse Alice. « Sono... sono... »

« Be'! Cosa sei allora? » disse il Piccione. « Cerchi di inventare qualcosa, eh? Lo vedo! »

« Sono... sono una bambina » disse Alice, in tono alquanto incerto, poiché ricordava il numero di mutamenti che aveva subito quel giorno.

« Proprio verosimile, non c'è che dire! » disse il Piccione nel tono del più profondo disprezzo. « Di bambine ne ho viste tante ai miei tempi, ma con un collo così mai e poi mai! No, no! Sei un serpente; e non serve a niente negarlo. E ora mi verrai a dire che non hai mai assaggiato un uovo! »

« Sì che l'ho assaggiato » disse Alice, che era una bambina molto sincera; « le bambine mangiano tante uova quante i serpenti, sai. »

« Non ci credo » disse il Piccione; « ma se è così, vuol dire che sono una specie di serpenti anche loro. »

Il concetto era talmente nuovo per Alice, da ridurla al silenzio per un paio di minuti; e il Piccione ne approfittò per aggiungere: « Tu vai a caccia di uova, fin qui ci arrivo benissimo; che vuoi che m'importi allora se sei una bambina o una serpe? ».

« Importa a me, e tanto » si affrettò a dire Alice; « comunque adesso non sto cercando nessun uovo, guarda un po'; e se anche così fosse, le tue uova non le vorrei; crude non mi piacciono. »

« E allora levati di torno! » disse imbronciato il Piccione, tornando a sistemarsi nel suo nido. Alice si chinò fra gli alberi meglio che poté, perché il collo continuava a impigliarlesi fra i rami, e ogni tanto doveva fermarsi a districarlo. Dopo un po' si ricordò che aveva ancora in mano i pezzetti di fungo, e si mise con molta attenzione al lavoro, mordicchiandone prima uno e poi l'altro, ora crescendo e ora rimpicciolendo, fin quando non le riuscì di riportarsi alla statura consueta.

Da tanto tempo non era nemmeno approssimativamente delle dimensioni giuste, che in principio provò una sensazione piuttosto strana; ma ben presto si abituò, e si mise a parlare fra sé come al solito: « Ecco, ora sono a metà del programma! Come ci si confonde con tutti questi mutamenti! Non so mai cosa sto per diventare, da un momento all'altro! Comunque sono tornata alle mie dimensioni giuste: ora bisogna entrare in quel bel giardino... come farò, mi domando? ». Così dicendo, si trovò d'un tratto in una radura, che conteneva una casina alta all'incirca un metro e venti. « Chiunque vi abiti » pensò Alice « non sarà certo il caso di presentarglisi con questa altezza: dalla paura uscirebbero di cervello! » Perciò si rimise a mangiucchiare il pezzetto che aveva nella destra, e non si avventurò nei pressi della casina finché non ebbe ridotto la sua statura a circa venti centimetri.

Capitolo VI

Porco e Pepe

Alice rimase ferma a guardare la casa per un paio di minuti, riflettendo sul da farsi, quando tutt'a un tratto arrivò di corsa dal bosco un valletto in livrea (fu in virtù della livrea che Alice lo qualificò per un valletto, ché altrimenti dalla faccia lo avrebbe definito un pesce) e bussò forte con le nocche alla porta. La porta fu aperta da un altro valletto in livrea, con la faccia rotonda e due occhioni da rospo; Alice notò come entrambi i valletti avessero i capelli incipriati e inanellati a mo' di parrucca; e provando una viva curiosità di sapere di cosa si trattava, strisciò un pochino fuori dal bosco per sentire.

Il Valletto-Pesce cominciò con l'estrarre di sotto il braccio una grande lettera, grande quasi come lui, e la porse all'altro mentre diceva in tono solenne: « Per la Duchessa. Un invito da parte della Regina per una partita di croquet ». A sua volta il Valletto-Rana ripeté nello stesso tono solenne, soltanto cambiando un poco l'ordine delle parole: « Da parte della Regina. Un invito per la Duchessa per una partita di croquet ».

Quindi si inchinarono profondamente tutti e due, rimanendo impigliati per i capelli.

A questo Alice rise così tanto che dovette tornare di corsa nel bosco per paura che la sentissero; e quando si riaffacciò, il Valletto-Pesce non c'era più, e l'altro era seduto in terra accanto all'uscio, gli occhi fissi verso il cielo con aria imbambolata.

Alice si avvicinò timidamente alla porta e bussò.

« Non serve a niente bussare » disse il Valletto « e questo per due motivi. Primo, perché tu e io ci troviamo dallo stesso lato

della porta. Secondo, perché dentro stanno facendo un tale baccano, che è assolutamente impossibile che sentano. » E infatti dentro c'era un baccano straordinario, un seguito di strilli e starnuti, con ogni tanto un gran tonfo, come di stoviglie andate in pezzi.

« Allora, per favore » disse Alice « come faccio a entrare? »

« Bussare potrebbe avere un senso » continuò il Valletto senza badarle « se la porta si trovasse fra te e me. Per esempio, se tu fossi dentro e bussassi, io potrei farti uscire. » Parlava sempre con gli occhi fissi al cielo, e un modo di fare che Alice trovò assolutamente incivile. « Ma forse non può evitarlo » si disse; « ha gli occhi quasi sulla cima del capo. Però almeno potrebbe rispondere alle domande. » « Come faccio a entrare? » ripeté a voce alta.

« Io resterò qui » osservò il Valletto, « fino a domani... »

In questo momento la porta della casa si aprì, e ne uscì a volo radente un grande piatto diretto alla testa del Valletto; gli sfiorò appena il naso e andò a rompersi in tanti pezzi contro uno degli alberi alle sue spalle.

« ... o domani l'altro, forse », continuò il Valletto nello stesso tono, esattamente come se nulla fosse stato.

« Come faccio a entrare? » chiese di nuovo Alice, più forte.

« Ma devi proprio entrare? » disse il Valletto. « Perché questa è la prima cosa da chiarire. »

Era vero e non c'era dubbio: ma ad Alice non fece piacere sentirselo dire. « È tremendo » borbottò fra sé « come tutte queste creature vogliono sempre discutere. Ti fanno proprio ammattire! »

Al Valletto sembrò il caso di approfittare dell'occasione per ripetere quanto aveva già detto, con varianti. « Me ne resterò a sedere qui » disse « ogni tanto, per giorni e giorni. »

« Ma io che farò? » disse Alice.

« Fa' quello che ti pare » disse il Valletto, e si mise a fischiettare.

« Oh, è inutile stare a parlare con lui » disse Alice, disperata; « è un perfetto idiota! » Aprì la porta ed entrò.

La porta dava su una grande cucina, che era piena di fumo da una parete all'altra: la Duchessa [22] sedeva nel mezzo su uno sgabello a tre gambe, e aveva un bambino in braccio; la cuoca era china sul fuoco e rimestava in un gran calderone che sembrava pieno di minestra.

« In quella minestra c'è troppo pepe! » si disse Alice meglio che poté, per via degli starnuti.

Di sicuro ce n'era troppo nell'aria. Perfino la Duchessa starnutiva, ogni tanto; il bambino poi passava dagli starnuti agli strilli senza un attimo di pausa. Le sole due creature della cucina che non starnutissero erano la cuoca e un grosso gatto disteso sul focolare, con un sorriso che gli andava da un orecchio all'altro.

« Scusi, potrebbe dirmi, per piacere » disse Alice un po' timidamente, perché non sapeva se era buona educazione essere la prima a parlare, « perché il suo gatto sorride in quel modo? »

« È un gatto del Cheshire » [23] disse la Duchessa « ecco perché Porco! »

Quest'ultima parola la aggiunse all'improvviso, e con tale violenza che Alice fece letteralmente un salto; ma subito dopo si rese

conto che era diretta al piccolo e non a lei e allora riprese coraggio e proseguì:

« Non sapevo che i gatti del Cheshire sorridessero sempre; anzi, non sapevo nemmeno che i gatti sapessero sorridere. »

« Lo sanno fare tutti quanti » disse la Duchessa; « e molti lo fanno. »

« Io non ne ho mai conosciuto nessuno » disse Alice con molto garbo, tutta contenta di avere avviato una conversazione.

« Troppe cose non conosci » disse la Duchessa; « questo è chiaro. »

Ad Alice il tono di questa osservazione non piacque affatto, e pensò che forse era il caso di introdurre un altro argomento di discorso. Mentre ne cercava uno, la cuoca tolse dal fuoco il calderone di minestra e subito dopo si mise a scaraventare quanto le veniva sottomano contro la Duchessa e il bambino. Cominciò dagli alari, cui tenne dietro una pioggia di pentole, piatti e tegami. La Duchessa non se ne dava per intesa, nemmeno quando qualche oggetto la colpiva; quanto al bambino, strillava già tanto da prima che dire se i proiettili gli facevano male o no era impossibile.

« Ma attenti, per carità! » gridò Alice, saltando qua e là atterrita. « Addio, bel nasino! » mentre il naso del piccolo veniva sfiorato da un tegame di proporzioni eccezionali, che non lo portò via per un pelo.

« Se ciascuno pensasse agli affari suoi » grugnì la Duchessa, rauca « il mondo girerebbe un bel po' più in fretta. »

« Il che non sarebbe certo un vantaggio » disse Alice, molto lieta dell'occasione di sfoggiare un po' della sua scienza. « Pensi un po' che confusione fra il giorno e la notte! Sa, la terra impiega ventiquattr'ore a girare sul proprio asse... »

« A proposito di asce » disse la Duchessa « mozzatele il capo! »

Alice guardò con un certo timore la cuoca, per vedere se avesse intenzione di eseguire l'ordine; ma la cuoca era tutta intenta a rimestare la minestra, e non dava segno di ascoltare. Così Alice riprese: « Ventiquattr'ore, mi sembra; o sono dodici? Io... ».

« Oh, non seccarmi », disse la Duchessa. « Non ho mai potuto sopportare le cifre! » E con questo si rimise a cullare il bambino, cantandogli una specie di ninnananna e dandogli un violento scossone alla fine di ciascun verso:

« Trattalo male il tuo bambino
E se starnuta, dagliele sode:
Lo fa soltanto, il birichino,
Perché di dar fastidio gode. »

CORO

(al quale si univano la cuoca e il bambino)

« Uau! Uau! Uau! »

Durante la seconda strofa della canzone la Duchessa continuò a buttare in aria il piccolo con violenza, e il poverino urlava tanto che Alice stentava a udire le parole:

« Io tratto male il mio bambino,
Quando starnuta gliele do sode:
È infatti segno che il suino
Mangia il suo pepe, e non mi ode. »

CORO

« Uau! Uau! Uau! » [24]

« Tieni! Cullalo un po' tu, se ti va! » disse la Duchessa ad Alice, gettandole il bambino. « Io devo andarmi a preparare per la partita a croquet con la Regina » e uscì in fretta dalla stanza. La cuoca le tirò dietro una padella, ma la mancò di poco.

Alice acchiappò il bambino non senza qualche difficoltà, poiché si trattava di una creaturina formata in modo strano, con le braccia e le gambe tese in tutte le direzioni, « proprio come una stella marina », pensò Alice. Quando Alice lo afferrò, il poverino sbuffava come una locomotiva, e continuò a piegarsi in due per poi raddrizzarsi in modo tale, che sulle prime Alice non poté fare altro che tenerlo.

Com'ebbe scoperto il modo migliore di cullarlo (si trattava di attorcigliarlo in una specie di nodo, afferrandogli poi con forza l'orecchio destro e il piede sinistro, in modo da impedirgli di sciogliersi), Alice lo portò fuori all'aria aperta. « Se non mi porto via questo bambino, » pensò « certo entro un paio di giorni lo avranno ammazzato. Lasciarlo lì sarebbe un assassinio. » Queste ultime parole le disse ad alta voce, e il piccolo a mo' di risposta grugnì (a quel punto aveva cessato di starnutire). « Non grugnire » disse Alice « non è affatto un bel modo di esprimerti. »

Il piccolo grugnì di nuovo, e Alice lo guardò in viso assai preoccupata per vedere cos'avesse. Certo, il suo naso era molto all'insù assai più simile a un grifo che a un naso vero: e anche gli occhi per essere quelli di un bimbo si stavano facendo estremamente piccini; nell'insieme ad Alice l'aspetto della faccenda non piacque affatto. « Ma forse stava solo piangendo » pensò, e lo guardò di nuovo negli occhi, per vedere se ci fossero lacrime.

No, lacrime non ce n'erano. « Se stai per diventare un porcello, caro mio, » disse Alice seria « non voglio avere più niente a che fare con te. Stai attento a quello che fai! » Il povero piccolo singhiozzò di nuovo (o grugnì, era impossibile distinguerlo), e continuarono per un po' in silenzio.

Proprio mentre Alice cominciava a riflettere fra sé: « Allora, che ne faccio di questa creatura, quando arrivo a casa? » ecco che quello grugnì di nuovo, e con tanta violenza che Alice lo guardò allarmata. Stavolta non c'erano sbagli: non era né più né meno che un porcello, e Alice capì che continuare a portarlo in braccio sa-

rebbe stato alquanto assurdo.[25]

Perciò depose a terra la creaturina, e si sentì parecchio sollevata vedendola trottare via quietamente nel bosco. « Da grande » si disse « sarebbe diventato un bambino spaventosamente brutto: ma come porcello mi sembra abbastanza carino. » E cominciò a ripensare ad altri bambini di sua conoscenza, che come porcelli sarebbero stati benissimo; e stava appunto dicendosi: « Basterebbe sapere come fare per cambiarli... » quando rimase un po' sconcertata alla vista del Gatto del Cheshire appollaiato sul ramo di un albero a qualche metro di distanza.

Alla vista di Alice il Gatto fece il suo sorriso. Aveva un'aria affabile, pensò lei: tuttavia aveva anche artigli molto lunghi e una gran quantità di denti, ragion per cui Alice pensò che era il caso di trattarlo con rispetto.

« Micetto del Cheshire » cominciò un po' timidamente, poiché non aveva la minima idea se l'altro avrebbe gradito quell'appellativo: ma il Gatto si limitò ad allargare il sorriso ancora di più. « Via, fin qui è contento » pensò Alice, e proseguì. « Vorresti dirmi di grazia quale strada prendere per uscire di qui? »

« Dipende soprattutto da dove vuoi andare » disse il Gatto.

« Non m'importa molto... » disse Alice.

« Allora non importa che strada prendi » disse il Gatto.[26]

« ... purché arrivi in qualche posto » aggiunse Alice a mo' di spiegazione.

« Ah, per questo stai pure tranquilla » disse il Gatto « basta che non ti fermi prima. »

Alice trovò la risposta ineccepibile, e pertanto arrischiò un'altra domanda. « Che tipo di gente abita da queste parti? »

« In quella direzione » disse il Gatto agitando la zampa destra « abita un Cappellaio; e in quella » agitando l'altra zampa « abita una Lepre Marzolina. Puoi andare a trovare l'uno o l'altra, tanto sono matti tutti e due. » [27]

« Ma io non voglio andare fra i matti » osservò Alice.

« Be', non hai altra scelta » disse il Gatto. « Qui siamo tutti matti. Io sono matto. Tu sei matta. » [28]

« Come lo sai che sono matta? » disse Alice.

« Per forza » disse il Gatto « altrimenti non saresti venuta qui. »

Ad Alice questa non parve una ragione sufficiente: tuttavia continuò: «E tu come fai a sapere che sei matto?».

« Tanto per cominciare » disse il Gatto « i cani non sono matti. Fin qui sei d'accordo? »

« Credo di sì » disse Alice.

« Dunque » proseguì il Gatto « tu sai che i cani quando sono arrabbiati ringhiano, e quando sono contenti agitano la coda. Invece io ringhio quando sono contento, e agito la coda quando sono arrabbiato. Perciò sono matto. »

« Io lo chiamo fare le fusa, non ringhiare » disse Alice.

« Chiamalo come vuoi » disse il Gatto. « Vai a giocare a croquet con la Regina? »

« Mi piacerebbe moltissimo » disse Alice « ma finora non sono stata invitata. »

« Mi vedrai lì » disse il Gatto, e svanì.

La cosa non sorprese troppo Alice, che si stava abituando benissimo a tante stranezze. Fissava ancora il punto dove era stato il Gatto, quando d'un tratto questi ricomparve.

« A proposito, che ne è stato del bambino? » disse il Gatto. « Per poco non mi scordavo di chiedertelo. »

« È diventato un porcello » rispose Alice con molta calma, proprio come se il Gatto fosse tornato in un modo normale.

« Lo dicevo io » disse il Gatto, e svanì un'altra volta.

Alice attese per un poco, come aspettandosi di rivederlo, ma il Gatto non ricomparve più, e dopo un paio di minuti Alice proseguì nella direzione in cui, come aveva appreso, abitava la Lepre Marzolina. « Di cappellai ne ho già visti » si disse. « La Lepre Marzolina sarà molto più interessante, e forse, visto che siamo di maggio, non sarà proprio pazza furiosa... almeno non come di marzo. » Mentre diceva queste parole, alzò di nuovo gli occhi, e rivide il Gatto appollaiato sul ramo di un albero.

« Hai detto "porcello" o "ombrello"? » disse il Gatto.[29]

« Ho detto "porcello" » rispose Alice; « e ti sarei grata se la smettessi di apparire e sparire così all'improvviso: mi fai girare la testa! »

« D'accordo » disse il Gatto; e stavolta svanì molto lentamente, cominciando dalla punta della coda per finire con il sorriso, che rimase lì per qualche tempo dopo che il resto era sparito.

« Be'! Mi è capitato spesso di vedere un gatto senza sorriso » pensò Alice; « ma un sorriso senza gatto! È la cosa più curiosa che abbia mai visto in vita mia! »

Non aveva camminato molto quando giunse in vista della casa della Lepre Marzolina: pensò che la casa doveva essere quella, perché i comignoli avevano la forma di orecchie e il tetto era coperto di pelo. Era una casa così grande che non osò avvicinarsi prima di avere mordicchiato un altro po' del pezzetto di fungo della mano sinistra, ed aver quindi raggiunto un metro e quaranta centimetri di statura: anche così si accostò con fare alquanto timido, dicendosi: « E se fosse pazza furiosa, dopotutto? Quasi quasi vorrei essere andata a trovare il Cappellaio! ».

Capitolo VII

Un Tè di Matti

C'era un tavolo apparecchiato sotto un albero davanti alla casa, e la Lepre Marzolina e il Cappellaio [30] vi prendevano il tè: fra loro c'era un Ghiro [31] profondamente addormentato, e i due se ne servivano come di un cuscino, appoggiandoci i gomiti e parlando sopra il suo capo. « Molto scomodo per il Ghiro » pensò Alice; « però, visto che tanto dorme, forse non gli dà fastidio. »

Il tavolo era grande, ma i tre stavano pigiati in un angolo. « Non c'è posto! Non c'è posto! » si misero a gridare quando videro Alice farsi avanti. « Ce n'è moltissimo, invece! » disse Alice indignata, e si sedette in una grande poltrona a capotavola.

« Prendi un po' di vino » disse la Lepre Marzolina in tono incoraggiante.

Alice si guardò intorno dappertutto, ma non vide altro che tè. « Di vino non ne vedo » osservò.

« Non ce n'è » disse la Lepre Marzolina.

« E allora non sei stata molto gentile a offrirlo » disse Alice impermalita.

« E nemmeno tu a sederti senza essere stata invitata » disse la Lepre Marzolina.

« Non sapevo che il tavolo fosse vostro » disse Alice; « è apparecchiato per molto più di tre persone. »

« Dovresti farti tagliare i capelli » disse il Cappellaio. Era un po' che guardava Alice con grande curiosità, e questa fu la prima volta che aprì bocca.

« E tu dovresti imparare a non fare osservazioni » disse Alice un po' severamente, « è molto maleducato. »

A queste parole il Cappellaio spalancò tanto d'occhi; ma non disse altro che: « Che differenza c'è fra un corvo e una scrivania? ».[32]

« Bene, ora ci divertiamo! » pensò Alice. « Sono contenta che si siano messi a giocare agli indovinelli... Credo di saper rispondere » aggiunse forte.

« Cioè vuoi dire che credi di poter trovare la risposta giusta? » disse la Lepre Marzolina.

« Precisamente » disse Alice.

« Allora dovresti dire che cosa vuoi dire » proseguì la Lepre Marzolina.

« Certo » si affrettò a rispondere Alice; « almeno... almeno, dico quello che voglio dire... che è la stessa cosa. »

« Neanche per sogno! » disse il Cappellaio. « Allora potresti dire che quando dici "Vedo quello che mangio" dici la stessa cosa che se dicessi "Mangio quello che vedo!" »

« Oppure potresti dire » aggiunse la Lepre Marzolina « che dire "Mi piace quello che ottengo" è lo stesso che dire "Ottengo quel che mi piace!" »

« Oppure potresti dire » aggiunse il Ghiro, che sembrava parlasse nel sonno, « che "Respiro quando dormo" è lo stesso che dire "Dormo quando respiro!" »

« Questo per te e uguale » disse il Cappellaio, e qui la conversazione cadde, e il gruppetto restò in silenzio per un minuto, mentre Alice passava in rassegna tutto quello che riusciva a ricordare a proposito di corvi e scrivanie (non molto, veramente).

Il Cappellaio fu il primo a rompere il silenzio. « Quanti ne abbiamo oggi? » disse rivolto ad Alice. Aveva estratto di tasca l'orologio e lo guardava scontento, scuotendo ogni tanto e portandoselo all'orecchio.

Alice rifletté un poco e quindi disse: « Quattro ».[33]

« Due giorni di differenza! » sospirò il Cappellaio. « Te l'avevo detto che il burro non andava bene! » aggiunse, guardando la Lepre Marzolina con irritazione.

« Era un burro ottimo » rispose mite la Lepre Marzolina.

« Sì, ma ci sono andate anche delle briciole » brontolò il Cappellaio. « Non dovevi spalmarlo col coltello del pane. »

La Lepre Marzolina prese l'orologio e lo guardò mogia: poi lo tuffò nella sua tazza di tè e lo guardò di nuovo: ma non seppe fare di meglio che ripetere la frase di prima: « Era un burro ottimo ».

Alice era stata a guardare con la coda dell'occhio, alquanto incuriosita. « Che buffo orologio! » osservò. « Dice il giorno del mese e non dice l'ora? »

« E perché dovrebbe? » mormorò il Cappellaio « Il tuo orologio lo dice che anno è? »

« No, certo » rispose pronta Alice « ma l'anno ci mette tanto prima di cambiare. »

« Ed è esattamente il caso del mio » disse il Cappellaio.

Alice era in un ginepraio. L'osservazione del Cappellaio le pareva del tutto insensata, pure era stata pronunciata in buon inglese. « Non capisco bene » disse più educatamente che poté.

« Il Ghiro si è riaddormentato » disse il Cappellaio, e gli versò un po' di tè bollente sul naso.

Il Ghiro scosse il capo con impazienza e disse, senza aprire gli occhi: « Certo, certo: stavo per dirlo anch'io ».

« Be', hai risolto l'indovinello? » disse il Cappellaio, rivolto nuovamente ad Alice.

« No, mi arrendo » rispose Alice. « Qual è la soluzione? »

« Non ne ho la minima idea » disse il Cappellaio.

« Nemmeno io » disse la Lepre Marzolina.

Alice sospirò, stanca. « Secondo me potreste impiegare meglio il vostro tempo » disse « invece di sprecarlo con indovinelli senza risposta. »

« Se tu conoscessi il Tempo come lo conosco io » disse il Cappellaio « non ne parleresti con tanta confidenza. »

« Non so che vuoi dire » disse Alice.

« Certo che non lo sai! » disse il Cappellaio, agitando sprezzante il capo. « Scommetto che non ci hai nemmeno mai parlato, col Tempo! »

« Forse no » rispose prudente Alice; « ma so che devo batterlo quando ho lezione di musica. »

« Ah! Questo spiega tutto » disse il Cappellaio. « Non gli va di essere battuto. Se invece ti fossi mantenuta in buoni rapporti con lui, lui farebbe fare al tuo orologio tutto quello che vuoi tu. Per esempio, metti che siano le nove di mattina, l'ora di cominciare le lezioni: basta che gli sussurri una parolina, al Tempo, ed ecco che le ore volano via in un battibaleno! L'una e mezzo, ora di pranzo! »

(« Magari fosse vero » si disse sottovoce la Lepre Marzolina.)

« Certo, sarebbe magnifico » disse Alice soprappensiero; « però... mi sa che non avrei ancora fame. »

« Dapprincipio no, forse » disse il Cappellaio « ma puoi tenerlo fermo all'una e mezzo finché vuoi. »

« E tu fai così? » chiese Alice.

Il Cappellaio scosse il capo dolorosamente. « No! » rispose. « Abbiamo litigato lo scorso marzo... proprio prima che quello lì impazzisse, sai... » (indicando col cucchiaio la Lepre Marzolina) « ... fu al gran concerto dato dalla Regina di Cuori, dove io dovevo cantare.

"Brilla, brilla, pipistrello!
Sarai topo o sarai uccello?"

Forse la saprai, questa canzone? »

« Ne ho sentita una simile » disse Alice.

« Questa continua così » proseguì il Cappellaio:

« Nella quiete della sera
Voli come una teiera.
Brilla, brilla... »[34]

A questo punto il Ghiro si riscosse e si mise a cantare nel sonno « *Brilla, brilla, brilla, brilla...* » Non la finiva più, e dovettero dargli un pizzicotto per farlo smettere.

« Be', avevo appena finito la prima strofa » disse il Cappellaio « che la Regina si mise a strillare: "Sta assassinando il tempo! [35] Mozzategli il capo!". »

« Che orrore! » esclamò Alice.

« E da allora » continuò il Cappellaio in tono doloroso « non vuol fare più nulla di quello che gli chiedo! Ora sono sempre le sei. »

Alice ebbe un'idea brillante.

« È per questo che avete pronti tanti servizi da tè? »

« Sì » disse il Cappellaio con un sospiro « è sempre l'ora del tè,[36] e non abbiamo il tempo di lavare la roba negli intervalli. »

« E così continuate a cambiare posto, vero? » disse Alice.

« Precisamente » disse il Cappellaio, « via via che si adopera la roba. »

« Ma che succede quando tornate al punto di partenza? » si arrischiò a chiedere Alice.

« Se cambiassimo discorso? » interruppe la Lepre Marzolina con uno sbadiglio. « Questo mi sta venendo a noia. Propongo che la signorina ci racconti una storia. »

« Temo di non saperne » disse Alice, alquanto preoccupata della proposta.

« Allora tocca al Ghiro! » gridarono gli altri due. « Sveglia, Ghiro! » E lo pizzicarono insieme, uno di qua, l'altro di là.

Il Ghiro aprì lentamente gli occhi. « Non dormivo » disse con voce debole, strozzata, « ho sentito tutto quello che avete detto, parola per parola. »

« Raccontaci una storia! » disse la Lepre Marzolina.

« Sì, ti prego! » implorò Alice.

« E sbrigati » aggiunse il Cappellaio, « o ti addormenterai di nuovo prima della fine. »

« C'erano un volta tre sorelline » cominciò il Ghiro in gran fretta « che si chiamavano Elsie, Lacie e Tillie; [37] abitavano in fondo a un pozzo... »

« E che mangiavano? » disse Alice, che mostrava sempre un grande interesse per quanto riguardava cibi e bevande.

« Si nutrivano di melassa » disse il Ghiro, dopo avere riflettuto un minuto o due.

« Ma è impossibile, sai », osservò gentilmente Alice. « Gli avrebbe fatto male. »

« Infatti », disse il Ghiro, « stavano malissimo. »

Per un po' Alice cercò di immaginarsi un'esistenza simile, ma non ci riusciva, e continuò: « Ma perché vivevano in fondo a un pozzo? ».

« Prendi dell'altro tè » disse seria ad Alice la Lepre Marzolina.

« Veramente non l'ho ancora preso » rispose Alice in tono offeso; « ragion per cui non posso prenderne dell'altro. »

« Vuoi dire che non puoi prenderne di meno » disse il Cappellaio; « se non si è avuto niente non si può che prendere qualcosa. » [38]

« Nessuno ha chiesto la tua opinione » disse Alice.

« E adesso chi è che fa osservazioni? » domandò il Cappellaio in tono trionfante.

Alice non seppe proprio cosa rispondere a questo: così si servì di un po' di tè e pane e burro, e quindi si rivolse al Ghiro e ripeté la sua domanda. « Perché vivevano in fondo a un pozzo? »

Il Ghiro impiegò di nuovo un paio di minuti a riflettere, e quindi disse: « Era un pozzo di melassa ».

« Non esistono! » Alice stava cominciando molto irritata, ma il Cappellaio e la Lepre Marzolina si misero a fare « Ss! Ss! » e il

Ghiro osservò imbronciato: « Se non riesci a comportarti con un po' di educazione è meglio che la storia te. la finisca da te ».

« No, continua, ti prego! » disse Alice molto umilmente. « Non ti interrompo più. Vuol dire che ce ne sarà *uno*. »

« Uno solo, eh! » disse il Ghiro indignato. Tuttavia acconsentì a continuare. « Insomma, queste tre sorelline... stavano imparando a disegnare... »

« E che disegnavano? » disse Alice, del tutto dimentica della sua promessa.

« Melassa » disse il Ghiro, stavolta senza riflettere.

« Io voglio una tazza pulita » interruppe il Cappellaio « scaliamo tutti di un posto. »

Parlando si spostò, seguito dal Ghiro: la Lepre Marzolina passò nel posto del Ghiro, e Alice alquanto controvoglia prese il posto della Lepre Marzolina. Il Cappellaio fu l'unico a ottenere un vantaggio dal cambiamento; e Alice si trovò alquanto peggio di prima, perché la Lepre Marzolina si era appena rovesciata nel piattino tutto il bricco del latte.

Alice non voleva offendere di nuovo il Ghiro, perciò cominciò molto cauta: « Ma non capisco. Da dove estraevano la melassa? ».

« Come si estrae l'acqua da un pozzo » disse il Cappellaio « si potrà estrarre la melassa da un pozzo di melassa, credo... eh, stupida? »

« Ma loro erano già dentro il pozzo » disse Alice al Ghiro, decidendo di ignorare l'ultima osservazione.

« Certo » disse il Ghiro « ben dentro. »

Questa risposta confuse talmente la povera Alice, che per qualche tempo lasciò proseguire il Ghiro senza interromperlo.

« Imparavano a disegnare »,[39] proseguì il ghiro, sbadigliando e fregandosi gli occhi, perché si sentiva sempre più assonnato; « e disegnavano ogni genere di cose... tutto quello che comincia con la lettera M... »

« Perché con la M? » disse Alice.

« Perché no? » disse la Lepre Marzolina.

Alice tacque.

A questo punto il Ghiro aveva chiuso gli occhi e si stava appisolando; ma, pizzicato dal Cappellaio, si svegliò con uno strilletto, e proseguì: « ... che comincia con la M, come trappole per topi, e la luna, e la memoria, e la moltitudine...[40] sai che si dice che qualcosa è "molto di una moltitudine"...[41] avete mai visto il disegno di una moltitudine? ».

« Davvero, ora che me lo chiedi » disse Alice, molto confusa « io non penso... »

« Allora non parlare » disse il Cappellaio.

Quest'ultima sgarberia fu più di quanto Alice potesse tollerare: si alzò sdegnata e si avviò per andarsene; il Ghiro piombò nel sonno all'istante, e nessuno degli altri due parve prestare la minima attenzione al fatto che lei se ne andava, benché Alice si voltasse una volta o due, come sperando che la richiamassero; l'ultima volta che li vide, stavano cercando di mettere il Ghiro nella teiera.

« Comunque laggiù non ci torno più! » disse Alice inoltrandosi nel bosco. « Non sono mai stata a un tè più idiota in vita mia! »

Proprio mentre diceva queste parole, notò che uno degli alberi aveva una porticina per entrarci dentro. « Curioso! » pensò. « Ma tutto è curioso oggi. Secondo me tanto vale entrarci subito. » Ed entrò.

Ancora una volta si trovò nel lungo vestibolo e accanto al tavolinetto di vetro. « Ma questa volta voglio fare le cose con più giudizio » si disse, e per prima cosa prese la chiavettina d'oro e aprì la porta che dava sul giardino. Poi si mise a mangiucchiare il fungo (ne aveva conservato un pezzetto nella tasca) finché non fu alta circa mezzo metro: a questo punto si avviò lungo il piccolo corridoio; e quindi... si trovò finalmente nel bel giardino, fra le aiuole fiorite a colori vivaci e le fontane d'acqua fresca.

Capitolo VIII

Il Croquet della Regina

Accanto all'ingresso del giardino fioriva un grande rosaio: le rose erano bianche, ma c'erano tre giardinieri indaffarati a dipingerle di rosso. Alice trovò la cosa molto strana, e si avvicinò a guardarli; proprio mentre sopraggiungeva, ne sentì uno che diceva: « Ehi, Cinque, sta' un po' attento! Mi schizzi tutto il colore addosso! ».

« Non è colpa mia » disse Cinque imbronciato. « Sette mi ha urtato il gomito. »

Al che Sette alzò il capo e disse: « Bravo Cinque! Sempre a dare la colpa agli altri! ».

« Tu è meglio che non parli! » disse Cinque. « Proprio ieri ho sentito la Regina che diceva che meriteresti che ti tagliassero la testa. »

« E perché? » disse quello che aveva parlato per primo.

« Non sono affari tuoi, Due! » disse Sette.

« Sì, invece! » disse Cinque. « E glielo voglio dire io... è perché ha portato alla cuoca, invece delle cipolle, dei bulbi di tulipano! »

Sette buttò in terra il pennello e aveva appena cominciato a dire: « Be', di tutte le ingiustizie... » quando l'occhio gli cadde per caso su Alice che stava lì a guardarli, e si controllò subito; anche gli altri si voltarono, e tutti fecero un profondo inchino.

« Potreste dirmi, per favore » disse Alice, un po' timidamente « perché state dipingendo quelle rose? »

Cinque e Sette non dissero nulla, ma guardarono Due. Due cominciò a voce bassa: « Be', insomma, signorina, il fatto è che questo qua doveva essere un rosaio di rose rosse, e invece per sbaglio ne abbiamo piantato uno bianco; e se la Regina se ne accorge ci fa tagliare la testa a tutti quanti. Sicché come vede ci stiamo dando da fare prima che arrivi lei, per... ». A questo punto Cinque, che non aveva smesso di lanciare sguardi ansiosi verso il giardino, disse forte: « La Regina! La Regina! » e i tre giardinieri si buttarono immediatamente con la faccia a terra. Si udì il rumore di molti passi, e Alice si voltò, ansiosa di vedere la Regina.

Prima vennero dieci soldati armati di mazza: avevano tutti la stessa forma dei giardinieri, piatta e oblunga, con le mani e i piedi ai quattro angoli; poi i dieci cortigiani: questi erano tutti adorni di diamanti, e avanzavano per due, come i soldati. Dietro a questi vennero i principini: ce n'erano dieci, e quei tesorini saltellavano allegri, per mano, a coppie; erano tutti adorni di cuori.[42] Quindi vennero gli ospiti, per lo più re e regine, e fra loro Alice riconobbe il Coniglio Bianco: parlava in fretta e nervosamente, sorridendo a tutto quello che si diceva, e passò senza notarla. Poi seguì il Fante di Cuori, che recava la corona del Re sopra un cuscino di velluto cremisi; e in fondo a tutta questa grandiosa processione vennero IL RE E LA REGINA DI CUORI.

Alice era in dubbio se fosse il caso di buttarsi anche lei a faccia in giù come i tre giardinieri, ma non le parve di aver mai inteso parlare di una legge simile per i cortei; « e poi, a che servirebbe un corteo » pensò « se tutti si dovessero mettere faccia a terra, in modo da non vederlo più? » Così rimase ritta dov'era, e attese.

Quando il corteo arrivò davanti ad Alice, tutti si fermarono e la guardarono, e la Regina disse, in tono severo: « E questa chi è? ».

Lo disse al Fante di Cuori, che per tutta risposta si limitò a inchinarsi con un sorriso.

« Idiota! » disse la Regina, agitando il capo con impazienza; e rivolta ad Alice, proseguì: « Come ti chiami, bambina? ».

« Mi chiamo Alice, con licenza di vostra Maestà » disse Alice molto garbatamente; ma aggiunse fra sé: « Non sono che un mazzo di carte. Non c'è da aver paura! ».

« E *questi* chi sono? » disse la Regina, indicando i tre giardinieri bocconi intorno al rosaio; perché, capite, dato che erano distesi a faccia in giù, e che il disegno che avevano sulla schiena era lo stesso degli altri del mazzo, non poteva dire se si trattasse di giardinieri, di soldati, di cortigiani o di tre dei suoi figli.

« Come faccio a saperlo? » disse Alice, sorpresa lei stessa del suo coraggio. « Non sono affari miei. »

La Regina diventò paonazza dal furore, e dopo averla guatata per un momento come una bestia feroce, si mise a strillare: « Mozzatele il capo! [43] Mozzatele... ».

« Sciocchezze! » disse Alice, molto forte e decisa, e la Regina tacque.

Il Re le posò la mano sul braccio e disse timidamente: « Rifletti, mia cara: è solo una bambina! ».

La Regina si voltò dall'altra parte con ira, e disse al Fante: « Rivoltateli! ».

Il Fante obbedì, e li girò molto delicatamente con un piede.

« In piedi! » disse la Regina con voce forte e stridula, e i tre giardinieri saltarono su all'istante e si misero a fare inchini al Re, alla Regina, ai principini e a tutti gli altri.

« Finitela! Basta! » gridò la Regina. « Mi fate girare la testa. » E poi, voltandosi al rosaio, continuò: « Che stavate facendo qui? ».

« Con licenza di vostra Maestà » disse Due, in tono molto umile, piegando un ginocchio mentre parlava « cercavamo... »

« Ho capito! » disse la Regina, che nel frattempo aveva esaminato le rose. « Mozzategli il capo! » e il corteo si rimise in marcia, mentre tre soldati restavano indietro per giustiziare gli infelici giardinieri, che corsero verso Alice in cerca di protezione.

« Non vi decapiteranno! » disse Alice, e li mise dentro a un gran vaso di fiori che era lì vicino. I tre soldati li cercarono qua e là per un po' di tempo, e poi se ne marciarono via tranquillamente dietro agli altri.

« Gli avete tagliato la testa? » gridò la Regina.

« Le loro teste non ci sono più, con licenza di vostra Maestà! » gridarono di rimando i soldati.[44]

« Bene! » gridò la Regina. « Sai giocare a croquet? »

I soldati tacquero, e guardarono Alice, visto che la domanda era evidentemente rivolta a lei.

« Sì! » gridò Alice.

« E allora vieni! » sbraitò la Regina, e Alice si unì al corteo, molto curiosa di sapere cosa sarebbe successo a questo punto.

« Che... bellissima giornata! » disse una voce timida al suo fianco.

Si trovava accanto al Coniglio Bianco, che la guardava di sottecchi con fare ansioso.

« Davvero » disse Alice. « E la Duchessa dov'è? »

« Ssssss! Sssss! » disse in fretta il Coniglio, sottovoce. Si voltò a guardarsi dietro impaurito mentre parlava, e quindi si alzò in punta di piedi, le avvicinò la bocca all'orecchio e sussurrò: « È stata condannata a morte ».

« Perché? » disse Alice.

« Hai detto: "Peccato!"? » chiese il Coniglio.

« No » disse Alice. « Non mi sembra affatto un peccato. Ho detto: "Perché?". »

« Ha dato uno scappellotto alla Regina... » cominciò il Coniglio. Alice rise forte. « Oh zitta! » sussurrò il Coniglio, spaventato. « Se ti sente la Regina! Capisci, ha fatto un po' tardi, e la Regina ha detto... »

« Ai vostri posti! » gridò la Regina con voce tonante, e tutti si misero a correre in ogni direzione, cozzando gli uni contro gli altri: però in capo a un paio di minuti erano riusciti a sistemarsi, e la partita ebbe inizio.

Alice pensò che non aveva mai visto un campo di croquet tanto curioso in vita sua: era tutto buche e solchi, le palle erano porcospini vivi, e le mazze erano fenicotteri vivi, e i soldati dovevano piegarsi in modo da reggersi sulle mani e sui piedi per formare gli archi.

Alice scoprì subito che la maggiore difficoltà riguardava l'uso del suo fenicottero: riusciva abbastanza agevolmente a prenderlo sotto il braccio, con le zampe penzoloni, ma in genere appena era riuscita a metterlo col collo teso a dovere, e stava per assestare un colpo al porcospino col suo capo, quello si torceva da una parte e la guardava in viso con un'espressione tanto perplessa che Alice non poteva fare a meno di scoppiare a ridere; e quando riusciva a fargli abbassare il capo, e stava per ricominciare un'altra volta, era davvero irritante scoprire che il porcospino si era sgomitolato e stava per filarsela; e come se non bastasse, dovunque volesse indirizzare il porcospino c'era di solito di mezzo una buca o un solco, e siccome i soldati piegati in due continuavano a rialzarsi e ad andarsene in altri punti del campo, Alice giunse ben presto alla conclusione che si trattava di un gioco difficilissimo.

I giocatori giocavano tutti contemporaneamente, senza aspettare i turni, litigando tutto il tempo e disputandosi il possesso dei porcospini; e subito dopo l'inizio la Regina era già andata su tutte le furie, e si aggirava pestando i piedi e gridando: « Mozzategli il capo! » o « Mozzatele il capo! » ogni momento.

Alice cominciò a provare un gran disagio; è vero che non si era ancora scontrata con la Regina, ma sapeva che la cosa sarebbe potuta accadere da un momento all'altro « e allora » pensava « che ne sarà di me? Qui c'è una tale smania di decapitare la gente che è un miracolo se c'è ancora qualcuno in vita! »

Si guardava intorno alla ricerca di una scappatoia e si domandava se sarebbe riuscita ad allontanarsi senza farsi vedere, quando notò una curiosa apparizione a mezz'aria: dapprima la cosa la rese assai perplessa, ma dopo averla osservata per un po' distinse chiaramente un sorriso, e si disse: « È il Gatto del Cheshire: finalmente potrò conversare con qualcuno ».

« Come va? » disse il Gatto, non appena ebbe abbastanza bocca per parlare.

Alice attese la comparsa degli occhi per fargli un cenno. « È inutile parlargli » pensò « finché non ci saranno anche le orecchie, almeno una. » Dopo un altro minuto era apparso anche il resto della testa, e allora Alice posò il fenicottero e cominciò un resoconto del gioco, molto lieta che ci fosse qualcuno ad ascoltarla. Evidentemente il Gatto riteneva di essersi mostrato in quantità sufficiente, perché non ne comparvero altre parti.

« Secondo me barano tutti quanti » cominciò Alice in tono di protesta « e fanno un tale chiasso litigando che uno non sente neanche la propria voce... poi sembra che non seguano nessuna regola: almeno, se ci sono delle regole non ci fa caso nessuno... e non hai idea di come ci si confonde con questo fatto che tutti gli oggetti sono vivi; per esempio, guarda l'arco che dovrei attraversare adesso: si è alzato in piedi e se ne sta andando all'altra estremità del campo... e un momento fa stavo per fare croquet al porcospino della Regina, ma quello ha visto arrivare il mio ed è scappato! »

« Ti è simpatica la Regina? » disse il Gatto a bassa voce.

« Per niente » disse Alice; « è talmente... » Proprio allora si accorse che la Regina era poco distante, e l'ascoltava: così continuò: « ... brava, lei, che quasi non vale la pena di finire la partita ».

La Regina sorrise e passò oltre.

« Con chi stai parlando? » disse il Re, avvicinandosi ad Alice e guardando la testa del Gatto con grande curiosità.

« È un mio amico... un Gatto del Cheshire » disse Alice. « Mi sia concesso di presentarvelo. »

« Ha un'aria che non mi piace affatto » disse il Re « però può baciarmi la mano, se vuole. »

« Preferisco di no » osservò il Gatto.

« Non fare l'impertinente » disse il Re « e non guardarmi in quel modo! » Parlando si mise dietro Alice.

« I gatti possono guardare i re » disse Alice. « L'ho letto in un libro, ma non ricordo dove. »[45]

« Be', bisogna levarlo di mezzo » disse il Re con molta decisione; e chiamò la Regina, che passava in quel momento: « Cara! Vorrei che facessi allontanare questo gatto! ».

Per la Regina c'era un modo solo per risolvere ogni difficoltà, piccola o grande che fosse. « Mozzategli il capo! » disse senza nemmeno voltarsi.

« Ci vado io stesso a chiamare il boia » disse con ansia il Re, e si allontanò in fretta.

Alice pensò che tanto valeva tornare a vedere come proseguiva la partita, poiché sentiva in lontananza la Regina che strillava con tutte le forze. L'aveva già sentita condannare alla pena capitale tre giocatori perché avevano saltato il loro turno, e non le piaceva affatto come si stavano mettendo le cose; la partita era in un tale stato di confusione che non sapeva mai se toccava a lei o no. Pertanto si mise in cerca del suo porcospino.

Il porcospino era impegnato in un a corpo a corpo con un altro porcospino, e ciò parve ad Alice un'eccellente occasione per fare croquet dei due: l'unica difficoltà era che il suo fenicottero se n'era andato all'altro capo del giardino, dove Alice poteva vederlo tentare senza gran costrutto di volare in cima a un albero.

Quand'ebbe catturato il fenicottero e l'ebbe riportato indietro, la zuffa era finita, e i porcospini erano spariti tutti e due. « Ma non fa niente » pensò Alice « tanto in questa zona del campo non ci sono più nemmeno gli archi. » Così si mise il fenicottero sotto il braccio per impedirgli di scappare un'altra volta, e tornò a fare altre due chiacchiere col suo amico.

Qui ebbe la sorpresa di trovare che intorno al Gatto del Cheshire

si era radunata una gran folla; ed era in corso una discussione fra il boia, il Re e la Regina, che parlavano tutti insieme mentre tutti gli altri tacevano e parevano assai a disagio.

Nel momento in cui comparve Alice, tutti e tre si rivolsero a lei perché risolvesse la questione, e ciascuno le ripeté le sue ragioni, benché, dato che parlavano tutti insieme, Alice trovasse assai difficile capire cosa dicevano di preciso.

La tesi del boia era che non si poteva tagliare una testa se non c'era un corpo da cui tagliarla: non gli era mai capitato di fare una cosa simile prima di allora, e non aveva intenzione di cominciare alla sua età.

La tesi del Re era che qualunque cosa avesse una testa poteva essere decapitata, e poche storie.

La tesi della Regina era che se non si faceva qualcosa in men che non si dica, avrebbe fatto tagliare la testa a tutti quanti, nessuno escluso. (Era stata quest'ultima affermazione a rendere la comitiva tanto seria e ansiosa.)

Ad Alice non venne in mente nient'altro da dire che:

« Il Gatto è della Duchessa: fareste meglio a chiederlo a lei. »

« La Duchessa è in prigione » disse la Regina al boia « portatela qui. » E il boia partì come una freccia.

La testa del Gatto cominciò a dissolversi nel momento stesso in cui il boia se ne fu andato, e quando quello tornò con la Duchessa era scomparsa del tutto; così mentre il Re e il boia correvano qua e là come pazzi alla sua ricerca, il resto della comitiva tornò alla partita.

Capitolo IX

La Storia della Finta Tartaruga

« Non sai quanto sono contenta di rivederti, carina! » disse la Duchessa, prendendo affettuosamente Alice sottobraccio e avviandosi con lei.

Alice fu molto contenta di trovarla così di buonumore, e pensò che forse se era stata tanto intrattabile al loro primo incontro, in cucina, la colpa era solo del pepe.

« Quando sarò Duchessa » si disse (ma senza troppe speranze) « non permetterò che ci sia neanche un granello di pepe nella mia cucina. La minestra è buonissima anche senza... Forse è sempre il pepe che accalora la gente » proseguì, tutta contenta della nuova legge che aveva scoperto « e l'aceto la rende acida... e la camomilla,[46] amara... e... lo zucchero d'orzo e cose del genere danno ai bambini un carattere dolce. Peccato che la gente non se ne renda conto, altrimenti avrebbe la manica più larga... »

A questo punto aveva del tutto dimenticato la Duchessa, e trasalì un poco sentendone la voce vicina all'orecchio. « Carina, tu stai pensando a qualcosa che ti fa dimenticare la conversazione. Così su due piedi non ti so dire qual è la morale di questa faccenda, ma fra un attimo mi verrà in mente. »

« Forse non c'è morale » si arrischiò a osservare Alice.

« Ssss, ssss, bambina! » disse la Duchessa. « Ogni cosa ha una morale, basta saperla trovare. » E mentre parlava, si strinse di più ad Alice.

Ad Alice non piaceva molto trovarsi così a contatto con la Duchessa; in primo luogo perché la Duchessa era bruttissima: e in secondo luogo perché era alta esattamente quanto le consentiva di ap-

poggiare il mento sulla spalla di Alice, e aveva un mento scomodo e aguzzo. Tuttavia, non volendo essere sgarbata, cercò di sopportarlo meglio che poteva.

« Il gioco procede molto meglio ora » disse, tanto per ravvivare un po' la conversazione.

« È vero » disse la Duchessa « e la morale è... "Oh, è l'amore, è l'amore che fa girare il mondo!" »

« Qualcuno ha detto » sussurrò Alice, « che il mondo gira grazie a chi pensa agli affari suoi! »[47]

« Ah, bene! Il senso non cambia » disse la Duchessa, affondandole il mento piccolo e aguzzo nella spalla e aggiungendo: « e la morale è... "Pensa al senso e i suoni si aiuteranno da soli" ».[48]

« Come le piace trovare una morale in ogni cosa! » pensò Alice fra sé.

« Scommetto che ti stai chiedendo perché non ti metto il braccio intorno alla vita » disse la Duchessa, dopo una pausa. « La ragione è che non so se è il caso di fidarsi del tuo fenicottero. Lo faccio, questo esperimento? »

« Potrebbe pizzicarla » rispose cauta Alice, non provando alcun desiderio che l'esperimento avvenisse.

« Verissimo » disse la Duchessa; « i fenicotteri pizzicano, come la mostarda. E la morale è... "Dio li fa e poi li accoppia." »

« Solo che la mostarda non è un uccello » osservò Alice.

« Giusto anche questo » disse la Duchessa « hai una chiarezza di esposizione, tu! »

« Secondo me è un minerale », disse Alice.

« Certo » disse la Duchessa, che sembrava pronta a dare ragione ad Alice in tutto « qua vicino c'è una grande miniera di mostarda. E la morale è... "Più ce n'è di mio, meno ce n'è di tuo." »

« Oh, lo so! » esclamò Alice, che non era stata a sentire quest'ultima frase, « è un vegetale. Non ne ha l'aspetto, ma lo è. »

« Sono assolutamente d'accordo » disse la Duchessa; « e la morale è... "Sii quello che vorresti sembrare"... ovvero, se la vuoi mettere più semplicemente... "Non immaginarti mai diverso da come potrebbe apparire agli altri che quello che eri o potresti essere stato non era diverso da come gli saresti apparso altrimenti." »

« Io credo che lo capirei meglio » disse Alice con molto garbo « se potessi averlo scritto davanti: quando lo dice lei non riesco a seguirla. »

« Non è niente in confronto a quello che potrei dire se volessi » ribatté la Duchessa, compiaciuta.

« Non si disturbi ad allungarlo ancora, la prego » disse Alice.

« Macché disturbo! » disse la Duchessa. « Ti faccio dono di tutto quello che ho detto finora. »

« Bel regalo! » pensò Alice. « Meno male che i regali per la mia festa non sono tutti così! » Ma non osò dirlo a voce alta.

« Ti sei rimessa a pensare? » chiese la Duchessa, affondando di nuovo il suo piccolo mento aguzzo.

« Ho il diritto di pensare » disse Alice secca, perché cominciava a preoccuparsi un po'.

« Tanto quanto » disse la Duchessa, « ne hanno i maiali di volare: [49] e la mo... »

Ma qui, con gran sorpresa di Alice, la voce della Duchessa si spense, nel bel mezzo della sua parola preferita « morale », e un tremito percorse il braccio che stringeva il suo. Alice alzò gli occhi, e vide la Regina piantata davanti a loro, a braccia conserte e aggrondata come un temporale.

« Bella giornata, vostra Maestà! » cominciò la Duchessa con una vocina fioca.

« Ti voglio avvertire di una cosa » gridò la Regina, pestando i piedi: « O tu o la tua testa dovete sparire all'istante! Scegli! ». La Duchessa scelse, e si eclissò in men che non si dica.

« Andiamo avanti con la partita » disse la Regina ad Alice: e

Alice, che aveva troppa paura per fiatare, la seguì pian piano di ritorno al campo di croquet.

Gli altri ospiti avevano approfittato dell'assenza della Regina per mettersi a riposare all'ombra: ma come la videro, tornarono di corsa al gioco, mentre dal canto suo la Regina si limitava a osservare che un attimo di ritardo sarebbe costato la vita a tutti quanti.

Durante tutta la partita la Regina non smise per un attimo di attaccare briga con gli altri giocatori né di gridare: « Mozzategli il capo! » o « Mozzatele il capo! ». Chi veniva così condannato era preso in custodia dai soldati, che naturalmente dovevano smettere di fare gli archi, in modo che in capo a una mezz'oretta non rimasero più archi, e tutti i giocatori, tranne il Re, la Regina e Alice, furono sotto scorta armata, condannati alla pena capitale.

Allora la Regina smise di giocare, senza più fiato in corpo, e disse ad Alice: « Hai visto la Finta Tartaruga? ».

« No » disse Alice. « La Finta Tartaruga? Non so nemmeno cosa sia. »

« È la cosa con cui si fa la Minestra di Finta Tartaruga » [50] disse la Regina.

« Mai vista né sentita » disse Alice.

« Allora vieni » disse la Regina « ti racconterò la sua storia. »

Mentre si avviavano, Alice sentì il Re che diceva a bassa voce alla comitiva: « Siete graziati, tutti quanti ». « Meno male, una buona notizia! » si disse Alice, perché il numero delle esecuzioni comandate dalla Regina l'aveva messa in un certo disagio.

Ben presto arrivarono da un Grifone che se la dormiva disteso al sole. (Se non sapete cos'è un Grifone, guardate la figura.) [51] « In piedi, pigraccio! » disse la Regina. « Porta questa signorina a vedere la Finta Tartaruga e a sentire la sua storia. Io devo tornare a occuparmi di certe esecuzioni che ho ordinato »; e si allontanò, lasciando Alice sola col Grifone. Ad Alice l'aspetto di quella creatura non piaceva affatto, ma tutto sommato, rifletté, restare con lei non sarebbe stato più pericoloso che seguire quella sanguinaria Regina: e quindi rimase.

Il Grifone si alzò a sedere e si stropicciò gli occhi: poi guardò la Regina finché non fu scomparsa; infine ridacchiò. « Che comica! » disse, mezzo fra sé e mezzo ad Alice.

« Perché? » disse Alice.

« Per lei » disse il Grifone. « È tutta una sua fantasia: non decapitano mai nessuno, sai. Vieni! »

« Non fanno che dirmi tutti "vieni!" in questo posto » pensò Alice, mentre lo seguiva lentamente. « Non ho mai ricevuto tanti ordini in vita mia, mai e poi mai! »

Dopo poco videro in lontananza la Finta Tartaruga che se ne stava sola e triste sopra una piccola sporgenza di roccia, e come si avvicinarono Alice la sentì sospirare come se avesse avuto il cuore spezzato. Alice la compatì sinceramente. « Perché è così triste? » domandò al Grifone. E il Grifone rispose, quasi con le stesse parole di prima: « È tutta fantasia, sai: non ha nessun motivo di dolore. Vieni! ».

Così andarono dalla Finta Tartaruga, che li guardò con occhioni colmi di lacrime, ma non disse niente.

« Questa signorina » disse il Grifone, « vorrebbe proprio sentire la tua storia. »

« Gliela racconto subito » disse la Finta Tartaruga con voce cavernosa. « Sedetevi tutti e due e non fiatate finché non avrò finito. »

Così si misero a sedere, e per qualche tempo nessuno parlò. Alice pensò fra sé: « Non vedo come farà a finire, se non comincia nemmeno ». Ma aspettò con pazienza.

« Una volta » disse finalmente la Finta Tartaruga, con un profondo sospiro « ero una Tartaruga vera. »

Queste parole furono seguite da un silenzio lunghissimo, interrotto soltanto da qualche occasionale esclamazione di « Hjckrrh! » da parte del Grifone, e dai continui, accorati singhiozzi della Finta Tartaruga. Alice fu sul punto di alzarsi e dire: « Grazie tante, signore, per la sua interessantissima storia » ma non potendo pensare che fosse già finita rimase ferma e non disse nulla.

« Quando eravamo piccoli » continuò finalmente la Finta Tartaruga, più calma, ma ancora squassata ogni tanto da un singhiozzo « andavamo a scuola nel mare. Il maestro era una vecchia Tartaruga... lo chiamavamo Testuggine... »

« Perché lo chiamavate Testuggine, se non lo era? »

« Lo chiamavamo Testuggine perché ci dava i libri di testo »[52] disse irritata la Finta Tartaruga. « Sei proprio una sciocca! »

« Dovresti vergognarti di fare domande così stupide » aggiunse il Grifone; e poi tutti e due tacquero fissando la povera Alice, che si sentì sprofondare sottoterra. Da ultimo il Grifone disse alla Finta Tartaruga: « Forza, vecchia mia! Non ci mettere tutto il giorno! » e la creatura proseguì con queste parole:

« Sì, andavamo a scuola nel mare, per quanto voi possiate dubitarne... »

« Io non ho mai detto che non ci credevo! » interruppe Alice.

« Sì, invece » disse la Finta Tartaruga.

« Sta' zitta! » aggiunse il Grifone, prima che Alice potesse aggiungere parola. La Finta Tartaruga proseguì.

« Ricevevamo la migliore educazione possibile... pensate che andavamo a scuola tutti i giorni... »

« Anch'io andavo a scuola tutti i giorni », disse Alice. « Non è il caso di andarne tanto fiera. »

« Lezioni extra comprese? » chiese la Finta Tartaruga, con una punta di ansia.

« Sì » disse Alice « di francese e di musica. »

« E bucato? » disse la Finta Tartaruga.

« Certo che no! » disse Alice, indignata.

« Ah! Allora non era una scuola veramente buona » disse la Finta Tartaruga, molto sollevata. « Alla nostra invece in fondo al programma c'era "Francese, musica e bucato-extra". »[53]

« Ma era tanto necessario? » disse Alice. « Se abitavate in fondo al mare... »

« Io purtroppo non ho mai potuto seguire questi corsi » disse la Finta Tartaruga con un sospiro. « Ho fatto solo quelli regolari. »

« E in che consistevano? » s'informò Alice.

« Rotolamento e Grinze,[54] naturalmente, per cominciare » rispose la Finta Tartaruga; « e poi le varie branche dell'Aritmetica: Ambizione, Distrazione, Bruttificazione e Derisione. »

« Non ho mai sentito parlare della "Bruttificazione" si azzardò a dire Alice. « Che cos'è? »

Il Grifone alzò entrambe le zampe in un gesto di sorpresa. « Non hai mai sentito parlare dell'abbruttimento! » esclamò. « Cos'è l'abbellimento lo saprai, no? »

« Sì » disse Alice in tono di dubbio « vuol dire... fare... le cose... più carine. »

« Be', allora » proseguì il Grifone « se non sai cos'è l'abbruttimento, vuol dire che sei proprio un'ignorante. »

Alice non si sentì incoraggiata a fare altre domande in proposito: così si rivolse alla Finta Tartaruga, e disse: « Che altro dovevate studiare? ».

« Be', c'era il Mistero » rispose la Finta Tartaruga, contando le materie sulle pinne, « il Mistero, antico e moderno, con la Marografia; poi il Trascinamento... il maestro di Trascinamento era un vecchio gongro che veniva una volta la settimana: è stato lui a insegnarci il Trascinamento, lo Stiramento e lo Svenimento Spirale. »

« Lo Svenimento Spirale! E com'era? » disse Alice.

« Purtroppo io non posso mostrartelo » disse la Finta Tartaruga. « Sono troppo rigida. E il Grifone non l'ha mai imparato. »

« Non ho avuto il tempo » disse il Grifone. « Però io sono andato dal maestro di Materie Classiche. Quello sì che era un vecchio granchio. »

« Io da lui non ci sono mai stata » disse con un sospiro la Finta Tartaruga. « Insegnava Riso e Cruccio, dicevano. »

« Come no, come no » disse il Grifone, sospirando a sua volta; ed entrambe le creature si nascosero il volto fra le zampe.

« E quante ore di lezione al giorno facevate? » disse Alice, che aveva fretta di cambiare argomento.

« Dieci ore il primo giorno » disse la Finta Tartaruga « nove il giorno dopo, e via dicendo. »

« Che sistema curioso! » esclamò Alice.

« Per questo si chiamano lezioni » osservò il Grifone, « diminuiscono ogni giorno. »[55]

Il concetto era totalmente nuovo, e Alice lo rimuginò un poco prima di riaprire bocca. « Allora l'undicesimo giorno era vacanza? »

« Certo » disse la Finta Tartaruga.

« E il dodicesimo che facevate? » continuò Alice, interessatissima.

« Basta parlare di lezioni » interruppe il Grifone in tono molto deciso. « Adesso raccontale qualcosa dei giochi. »

Capitolo X

La Quadriglia delle Aragoste

La Finta Tartaruga esalò un profondo sospiro, e si passò il dorso di una pinna sugli occhi. Guardò Alice e fece per parlare, ma per qualche tempo i singhiozzi le velarono la voce.

« È come se le fosse rimasta una spina in gola » disse il Grifone; e si mise a scuoterla e a darle dei colpi nella schiena. Finalmente la Finta Tartaruga recuperò la voce e, con le lacrime che le scorrevano lungo le guance, riprese:

« Forse non avrete passato molto tempo sott'acqua... » (« Io no » disse Alice) « e forse non vi è mai nemmeno capitato di venir presentati a un'aragosta... » (Alice fece per dire: « Io una volta ho assaggiato... » ma si corresse subito, e disse: « No, mai ») « ...e quindi non potete avere un'idea di che cosa deliziosa sia una Quadriglia di Aragoste! » [56]

« No, davvero » disse Alice. « Che tipo di ballo è? »

« Dunque » disse il Grifone « dapprima si fa una fila tutti quanti, lungo la spiaggia... »

« Due file! » gridò la Finta Tartaruga. « Foche, tartarughe, salmoni e via dicendo: poi, una volta tolte di mezzo tutte le meduse... »

« E in genere ci vuole un bel po' di tempo » interruppe il Grifone.

« ... si avanza per due... »

« Ciascuno in coppia con un'aragosta! » esclamò il Grifone.

« Certo » disse la Finta Tartaruga « si avanza per due, in coppia... »

« Si cambia aragosta e si torna indietro nello stesso ordine » continuò il Grifone.

« Poi, naturalmente » proseguì la Finta Tartaruga « si tirano le... »
« Le aragoste! » gridò il Grifone, con un salto in aria.
« ... in mare, più lontano che si può... »
« E le insegui a nuoto! » urlò il Grifone.
« Fai un salto mortale nell'acqua! » gridò la Finta Tartaruga, eseguendo folli capriole.
« Si ricambiano le aragoste! » berciò il Grifone con quanta voce aveva in corpo.
« Si torna a terra, e... qui finisce la prima figura » disse la Finta Tartaruga, abbassando improvvisamente la voce; e le due creature, che finora avevano saltato qua e là come pazze, si rimisero a sedere molto calme e tristi, e guardarono Alice.
« Dev'essere un ballo molto carino » disse Alice, timida.
« Ti piacerebbe di vederne un po'? » disse la Finta Tartaruga.
« Moltissimo » disse Alice.

« Su, proviamo la prima figura! » disse la Finta Tartaruga al Grifone. « Possiamo farla anche senza aragoste. Chi canta? »

« Oh, canta tu » disse il Grifone. « Non mi ricordo più le parole. »

Così si misero a ballare solennemente intorno ad Alice, pestandole i piedi ogni tanto, quando le passavano troppo vicini, e agitando le zampe anteriori per segnare il tempo, mentre la Finta Tartaruga cantava, molto lentamente e tristemente, così:

« Ma lo acceleri un po' il passo? » fa un merluzzo a una lumaca,
« Ho qua dietro un marsuino che la coda mi ha pestata.
Con che passo l'aragosta con la tartaruga avanza!
Sono lì sulla battigia... Non partecipi alla danza?
Cipa, nonpa, cipa, nonpa, cipa, non partecipi alla danza?

« Come sia corroborante non puoi mica immaginare
Quando insieme alle aragoste finiremo in mezzo al mare! »
Ma risponde la lumaca, « È lontano! » e con creanza
Ringraziando quel merluzzo, non partecipa alla danza.
Nonpa, nonpa, nonpa, nonpa, non partecipa alla danza.
Nonpa, nonpa, nonpa, nonpa, non partecipa alla danza.

« Cosa importa se è lontano? » torna a insistere l'amico.
« Laggiù in fondo c'è una riva, sono io che te lo dico.
Più lasci l'Inghilterra, più vai verso la Francia...
Perciò non farti pallida, partecipa alla danza.
Cipa, nonpa, cipa, nonpa, ci partecipi alla danza?
Cipa, nonpa, cipa, nonpa, non partecipi alla danza? [57]

« Grazie, molto interessante questo ballo » disse Alice, molto contenta che fosse finito « e come mi piace quella strana canzone sul merluzzo! »

« Ah, a proposito del merluzzo » disse la Finta Tartaruga « i merluzzi... ne hai visti, vero? »

« Sì » disse Alice « li vedo spesso a ce... » si controllò in fretta.

« Ce? Non lo conosco, questo posto » disse la Finta Tartaruga; « ma se li hai visti tante volte, saprai certo che aspetto hanno. »

« Sì, credo » rispose Alice soprappensiero. « Hanno la coda in bocca...[58] e sono tutti coperti di briciole di pan secco. »

« Qui ti sbagli » disse la Finta Tartaruga « le briciole se ne vanno con l'acqua di mare. Ma la coda in bocca ce l'hanno davvero; e la ragione è... » qui la Finta Tartaruga fece uno sbadiglio e chiuse gli occhi. « Digliela tu la ragione, e il resto » disse al Grifone.

« La ragione è » disse il Grifone « che volevano andare al ballo con le aragoste. Perciò si sono fatti buttare in mare. Dovevano cadere per un bel tratto, e allora si sono presi la coda in bocca e hanno stretto i denti, tanto che poi non sono più riusciti a mollarla. Tutto qui. »

« Grazie » disse Alice. « Molto interessante. Non avevo mai saputo tante cose sui merluzzi. »

« Posso raccontartene ancora, se vuoi » disse il Grifone. « Lo sai perché si chiama merluzzo? »

« Non ci ho mai pensato » disse Alice. « Perché? »

« *Perché merlustra le scarpe e gli stivaletti* » rispose il Grifone con molta solennità.

Alice ne fu completamente sconcertata. « Come, merlustra le scarpe? » ripeté in tono meravigliato.

« Perché, a te le scarpe con cosa le puliscono? » disse il Grifone. « Voglio dire, che cos'è che le fa brillare? »

Alice se le guardò e rifletté un poco prima di dare la sua risposta. « Le lustrano col lucido, credo. »

« In fondo al mare scarpe e stivaletti » continuò il Grifone con voce profonda, « vengono lustrati col bianchetto. Ora lo sai. » [59]

« E di che sono fatti, scarpe e stivaletti? » chiese Alice, assai incuriosita.

« Di sogliole e anguille, naturalmente » rispose il Grifone, con una certa impazienza « questo te lo poteva dire qualunque scampo. »

« Se fossi stata il merluzzo », disse Alice, che continuava a pensare alla canzone, « avrei detto al marsuino: "Indietro, per piacere! Non ti vogliamo con noi!". »

« Erano costretti a portarselo dietro » disse la Finta Tartaruga. « Nessun pesce assennato viaggia senza un marsuino. »

« Davvero? » disse Alice, in tono molto sorpreso.

« Certo » disse la Finta Tartaruga. « Se un pesce venisse da me a dirmi che parte per un viaggio, gli chiederei subito: "Con quale marsuino?". »

« Non vuoi dire "scopo"? » [60] disse Alice.

« Voglio dire quello che dico » rispose la Finta Tartaruga in tono offeso. E il Grifone aggiunse: « Avanti, sentiamo un po' di *tue* avventure ».

« Potrei raccontarvi le mie avventure... a cominciare da stamattina » disse Alice un po' timidamente « ma risalire fino a ieri sarebbe inutile, perché allora ero una persona diversa. »

« Spiega tutto ciò » disse la Finta Tartaruga.

« No, no! Prima le avventure » disse il Grifone con impazienza « sono sempre così lunghe e noiose, le spiegazioni. »

Così Alice si mise a raccontare le sue avventure dalla prima volta che aveva visto il Coniglio Bianco. Dapprincipio era un po' nervosa, perché quelle due creature le stavano quasi addosso, una da una parte e una dall'altra, con occhi e bocche talmente spalancati; ma andando avanti si rinfrancò. I suoi ascoltatori stettero buoni buoni finché non arrivò al punto in cui aveva recitato "*Babbo William, sei vecchio*" al Bruco, e le parole erano venute tutte diverse; allora la Finta Tartaruga tirò un sospirone e disse: « Curiosissimo! ».

« È tutto straordinariamente curioso » disse il Grifone.

« È venuto tutto diverso! » ripeté pensierosa la Finta Tartaruga. « Mi piacerebbe che provasse a recitare qualche altra cosa adesso. Dille di cominciare. » Guardò il Grifone come attribuendogli una sorta di autorità su Alice.

« In piedi, e recita "*Riconosco il poltrone*" » disse il Grifone.

« Guarda un po' come comandano a bacchetta, queste creature; anche la lezione ti fanno dire! » pensò Alice. « Tanto varrebbe essere a scuola. » In ogni modo, si alzò e cominciò a recitare, ma aveva la testa ancora tanto piena della Quadriglia delle Aragoste, da sapere a stento quello che si diceva; e le parole vennero davvero assai strane:

« Riconosco l'Aragosta: l'ho sentita dichiarare
"Mi hai tenuta troppo in forno, debbo il crine inzuccherare".
Come un'anatra col ciglio, così quella col suo naso
Si abbottona la cintura, gira l'alluce all'occaso.
Quando è asciutto l'arenile, spensierata qual fringuello
Per sparlare dello squalo fa formare un capannello:
Ma se sale la risacca e ritorna il pescecane
Con la voce come un filo tremolante ella rimane. »[61]

« È diversa da come la dicevo io da piccolo » disse il Grifone.

« Be', io non l'avevo mai sentita » disse la Finta Tartaruga; « ma mi sembra uno straordinario mucchio di sciocchezze. »

Alice non disse nulla: era rimasta a sedere col viso fra le mani, domandandosi se le cose sarebbero mai tornate a succedere nel modo normale.

« Mi piacerebbe farmela spiegare » disse la Finta Tartaruga.

« Lei non ne è capace » disse in fretta il Grifone. « Dicci la strofa che viene dopo. »

« Ma, e quegli alluci? » insistette la Finta Tartaruga. « Come faceva a voltarli all'occaso? Lo sai tu? »

« Li voltava in fuori; è la prima posizione della danza » disse Alice; ma tutta la faccenda la rendeva terribilmente perplessa, e ansiosissima di cambiare argomento.

« Avanti con la strofa che viene dopo » ripeté il Grifone. « Comincia "*Nel giardino notai.*" » Alice non osò disobbedire, benché fosse certa che sarebbe venuta fuori tutta sbagliata anche questa, e continuò con voce tremante:

« Nel giardino notai, guardando un po' spiccio,
La Pantera ed il Gufo spartirsi un pasticcio.
La Pantera la crosta, la salsa e il filetto,
Ed il Gufo ebbe il piatto per tutto banchetto.
Alla fine il pennuto da quel buongustaio
Ricevette licenza di tenersi il cucchiaio:
Con forchetta e coltello, e grugnendo "Mi stufo",
La Pantera concluse mangiandosi... »[62]

« A che serve recitare tutta questa roba » interruppe la Finta Tartaruga « se non la spieghi via via? È di gran lunga la cosa più complicata che abbia mai sentito! »

« Sì, secondo me faresti meglio a smettere » disse il Grifone, e Alice fu anche troppo contenta di obbedire.

« Vogliamo provare un'altra figura della Quadriglia delle Aragoste? » proseguì il Grifone. « O vorresti che la Finta Tartaruga ti cantasse un'altra canzone? »

« Oh, una canzone, per favore, se la Finta Tartaruga fosse così cortese » rispose Alice, con tanta foga che il Grifone disse, in tono alquanto offeso: « Hm! Tutti i gusti sono gusti! Che ne dici di cantarle "*Zuppa di Tartaruga*", vecchia mia? ».

La Finta Tartaruga emise un profondo sospiro, e cominciò, con voce soffocata dai singhiozzi, a cantare così:

« Bella Zuppa, verde e fiera
Nella tua calda zuppiera!
Rallegreresti qualsiasi truppa!
Zuppa notturna, o bella Zuppa!
Zuppa notturna, o bella Zuppa!
    Bee-eella Zu-uuuppa!
    Bee-eella Zu-uuuppa!
Zu-uu-uppa noo-oottur-naaa,
    o bella Zuppa!

Bella Zuppa! Chi riesce
a anteporti carne o pesce?
Chi non andrebbe anche in scialuppa
A divorare la bella Zuppa?
A divorare la bella Zuppa?
    Bee-eella Zu-uuuppa!
    Bee-eella Zu-uuuppa!
Zu-uu-uppa noo-oottur-naaa,
    O bella ZUPPA! » [63]

« Coro di nuovo! » esclamò il Grifone, e la Finta Tartaruga aveva appena cominciato a ripeterlo, quando in lontananza si udì gridare: « Comincia il processo! ».

« Andiamo! » esclamò il Grifone, e presa Alice per mano, corse via senza neanche attendere la fine della canzone.

« Che processo è? » ansimava Alice nella corsa; ma il Grifone si limitò a rispondere: « Vieni! » accelerando il passo, mentre sempre più indistinte giungevano, trasportate dalla brezza che li seguiva, le malinconiche parole:

« Zu-uu-uppa noo-oottur-naaa,
O bella Zuppa! »

Capitolo XI

Chi ha rubato le Paste?

Al loro arrivo il Re e la Regina di Cuori erano seduti sul trono, circondati da una gran folla: c'erano uccelli e piccoli animali di ogni specie, nonché tutto il mazzo di carte al completo; in piedi davanti a loro c'era il Fante, in ceppi e guardato da due soldati, uno per parte; e accanto al Re c'era il Coniglio Bianco, con una tromba in una mano e un rotolo di papiro nell'altra. Al centro esatto della Corte c'era un tavolo con sopra un gran piatto di paste: sembravano così buone che al vederle Alice sentì subito l'acquolina in bocca. « Si sbrigassero con questo processo » pensò « e passassero in giro i rinfreschi! » Ma una tale possibilità sembrava alquanto remota; così per passare il tempo Alice si mise a osservare quanto la circondava.

Alice non era mai stata in un tribunale, ma ne aveva letto nei libri, e fu molto contenta di constatare che sapeva il nome di quasi tutto quello che c'era. « Quello è il giudice » si disse « per via della parrucca. »

Il giudice, fra parentesi, era il Re; e siccome portava la corona sopra la parrucca (guardate il frontespizio se volete vedere come faceva), non sembrava affatto a suo agio, né certamente offriva un bello spettacolo.

« E quello è il banco della giuria » pensò Alice; « e quelle dodici creature » (Alice fu costretta a dire « creature » capite, perché di queste alcune erano animali, ed altre uccelli) « debbono essere i giurati. »

Ripeté quest'ultima parola due o tre volte, fra sé, con una certa fierezza: perché pensava, e con ragione, che ben poche bambine della sua età ne conoscevano il significato. Ad ogni modo « membri della giuria » sarebbe andato altrettanto bene.[64]

I dodici giurati erano tutti impegnatissimi a scrivere sulle loro lavagnette. « Che fanno? » sussurrò Alice al Grifone. « Perché prendono appunti? Il processo non è ancora cominciato. »

« Scrivono il loro nome » sussurrò di rimando il Grifone « per paura di dimenticarlo prima della fine del processo. »

« Che stupidi! » cominciò indignata Alice, a voce alta; ma si arrestò subito, perché il Coniglio Bianco gridò: « Silenzio in aula! » e il re inforcò gli occhiali e si guardò ansiosamente intorno, per vedere chi stava parlando.

Alice vide altrettanto bene che se si fosse trovata alle loro spalle che tutti i giurati scrivevano « Che stupidi! » sulle loro lavagne, e notò perfino che uno di loro non sapeva come si scrive « stupido », ed era costretto a chiedere aiuto al vicino. « Bel pasticcio saranno quelle lavagne prima della fine del processo! » pensò Alice.

Uno dei giurati aveva la matita che strideva. Naturalmente quel rumore dava un fastidio insopportabile, e Alice fece il giro dell'aula, gli andò dietro e ben presto trovò il modo di portargliela via. Lo fece così rapidamente che il povero piccolo giurato (si trattava di Bill, la Lucertola) non fece in tempo a vedere che fine aveva fatto la matita; e dopo averla cercata dappertutto fu costretto a scrivere con un dito per tutto il resto della giornata, con ben scarsi risultati, dato che il dito non lasciava segni sulla lavagna.

« Araldo, leggi l'accusa! » disse il Re.

Al che il Coniglio Bianco emise tre squilli di tromba, e poi svolse il papiro e lesse quanto segue:

« La Dama di Cuori con tutti gli onori
Dei dolci imbandì;
Il Fante di Cuori con altri signori
Quei dolci rapì. » [65]

« Pronunciate il verdetto » disse il Re ai giurati.

« Non ancora, non ancora! » si affrettò a interromperlo il Coniglio. « Prima c'è un sacco di cose! »

« Chiamate il primo testimone » disse il Re; e il Coniglio Bianco emise tre squilli di tromba, e disse a gran voce: « Venga il primo teste! ».

Il primo teste era il Cappellaio. Venne con una tazza di tè in una mano e una fetta di pane e burro nell'altra. « Chiedo venia, Maestà » cominciò « per l'introduzione di questi oggetti; ma non avevo finito di prendere il tè quando sono stato convocato. »

« Dovresti aver finito a quest'ora » disse il Re. « Quando avevi cominciato? »

Il Cappellaio guardò la Lepre Marzolina, che lo aveva seguito in aula a braccetto del Ghiro. « Mi pare che fosse il quattordici marzo » disse.

« Il quindici » disse la Lepre Marzolina.

« Il sedici » disse il Ghiro.

« Mettete a verbale » disse il Re ai giurati; e i giurati si affrettarono a scrivere tutte e tre le date sulle lavagnette, per poi sommarle e ridurre il risultato in scellini e pence.[66]

« Togliti il tuo cappello » disse il Re al Cappellaio.

« Non è mio » disse il Cappellaio.

« *Rubato!* » esclamò il Re voltandosi alla giuria, che subito prese nota della cosa.

« Li tengo per venderli » aggiunse il Cappellaio a mo' di spiegazione « non ne ho di miei. Faccio il cappellaio. »

A questo punto la Regina inforcò a sua volta gli occhiali e si mise a fissare il Cappellaio, che impallidì e si agitò nervosamente.

« Pensa alla tua deposizione » disse il Re; « e non t'innervosire o ti farò giustiziare sul posto. »

Questo non parve affatto incoraggiare il teste: il Cappellaio continuò a spostare il proprio peso da un piede all'altro, guardando molto a disagio la Regina, e dall'imbarazzo invece del pane e burro addentò un gran pezzo della tazza.

In questo preciso momento Alice provò una sensazione molto curiosa, che la rese assai perplessa finché non si fu resa conto di cos'era: stava crescendo di nuovo, e sulle prime pensò di alzarsi e di uscire dall'aula; ma ripensandoci decise di restare dov'era finché ci fosse stato posto.

« Non potresti spingere un po' meno? » disse il Ghiro, che le stava accanto. « Quasi non respiro. »

« Non ci posso far niente » disse Alice con molta dolcezza. « Sto crescendo. »

« Non hai il diritto di crescere proprio qui » disse il Ghiro.

« Non dire sciocchezze » disse Alice con più audacia; « anche tu cresci, no? »

« Sì, ma io cresco a una velocità ragionevole » disse il Ghiro « non in questo modo ridicolo. » E si alzò molto imbronciato per passare all'altra estremità dell'aula.

Durante tutto questo tempo la Regina non aveva mai cessato di fissare il Cappellaio, e proprio mentre il Ghiro attraversava il tribunale disse a uno degli uscieri della Corte: « Portami la lista dei cantanti dell'ultimo concerto! » al che il povero Cappellaio si mise a tremare tanto che perse tutt'e due le scarpe.[67]

« Fai la tua deposizione » ripeté il Re infuriato « o nervoso o non nervoso, ti farò giustiziare. »

« Sono un pover'uomo, Maestà » cominciò il Cappellaio con voce tremante, « e avevo appena cominciato a prendere il tè... da non più di una settimana circa... con tutto che il pane e burro continuava a diminuire... e il brillìo del tè... »

« Il brillìo di cosa? » disse il Re.

« È cominciato col tè » rispose il Cappellaio.

« Cominciato con me? » disse il Re, secco. « Cosa vorresti insinuare? Continua! »

« Sono un pover'uomo » continuò il Cappellaio « e la maggior parte delle cose brillò da allora in poi... solo che la Lepre Marzolina disse... »

« Non è vero! » si affrettò a interromperlo la Lepre Marzolina.

« Sì che è vero! » disse il Cappellaio.

« Nego! » disse la Lepre Marzolina.

« Nega » disse il Re « lascia perdere questa parte. »

« Be' in ogni modo, il Ghiro disse... » continuò il Cappellaio, guardandosi intorno ansioso per vedere se per caso avesse avuto intenzione di negare anche quello; ma il Ghiro non negò nulla, dato che se la dormiva della grossa.

« In seguito » continuò il Cappellaio, « mi affettai ancora un po' di pane e burro... »

« Ma che disse il Ghiro? » domandò uno dei giurati.

« Questo non me lo ricordo » disse il Cappellaio.

« Devi ricordarlo » osservò il Re « o ti farò giustiziare. »

Il povero Cappellaio lasciò cadere tazza e pane e burro, e chinò un ginocchio a terra. « Sono un pover'uomo, Maestà » cominciò.

« Sei un povero oratore » disse il Re.

A questo punto uno dei Porcellini d'India applaudì, e fu immediatamente represso dagli uscieri della Corte. (Siccome è una parola difficile, vi spiegherò come fecero. Avevano un gran sacco di tela con l'apertura fornita di lacci: ci ficcarono dentro il Porcellino d'India, a testa in giù e poi ci si sedettero sopra.)

« Sono contenta di avere visto come si fa » pensò Alice. « Ho letto tante volte sui giornali, alla fine dei processi: "Un tentativo di applauso fu immediatamente represso dagli uscieri della Corte" e finora non avevo mai capito che voleva dire. »

« Se è tutto qui quello che sai, puoi scendere » continuò il Re.

« Più di così non posso scendere » disse il Cappellaio « mi trovo già sul pavimento. »

« Allora puoi sederti » rispose il Re.

Qui l'altro Porcellino d'India applaudì, e fu represso.

« E così non ci sono più Porcellini d'India! » pensò Alice. « Bene, ora ci sbrigheremo. »

« Preferirei finire il mio tè » disse il Cappellaio, scoccando un'occhiata ansiosa alla Regina, che stava leggendo la lista dei cantanti.

« Vai pure » disse il Re, e il Cappellaio lasciò l'aula in fretta, senza nemmeno fermarsi a mettersi le scarpe.

« ... e appena fuori, mozzategli il capo », aggiunse la Regina a un usciere; ma prima che quello facesse in tempo ad arrivare alla porta il Cappellaio era sparito.

« Chiamate il teste successivo! » disse il Re.

Il teste successivo era la cuoca della Duchessa. Aveva in mano la scatola del pepe, e Alice la riconobbe ancor prima che entrasse in aula da come la gente sulla porta si era messa tutt'a un tratto a starnutire.

« Fai la tua deposizione » disse il Re.

« No » disse la cuoca.

Il Re guardò ansioso il Coniglio Bianco, che disse a voce bassa: « Vostra Maestà deve sottoporre il teste al controinterrogatorio ».

« Be', se proprio devo » disse il Re con aria malinconica, e dopo avere incrociato le braccia e fissato la cuoca aggrottando la fronte fino quasi a far sparire gli occhi, disse con voce profonda: « Di che sono fatte le paste? ».

« Soprattutto di pepe » disse la cuoca.

« Di melassa » disse una voce assonnata dietro di lei.

« Agguantate quel Ghiro! » strillò la Regina. « Decapitate quel Ghiro! Sbattete quel Ghiro fuori dell'aula! Reprimetelo! Prendetelo a pizzicotti! Mozzategli i baffi! »

Per qualche minuto tutto il tribunale fu sottosopra, durante l'espulsione del Ghiro, e quando ognuno tornò al suo posto, la cuoca era scomparsa.

« Non fa niente! » disse il Re, con gran sollievo. « Chiamate il teste successivo. » E aggiunse sottovoce alla Regina: « Davvero, mia cara, bisogna che al prossimo teste il controinterrogatorio glielo faccia tu. Mi è venuto un mal di testa! ».

Alice guardò il Coniglio Bianco che annaspava sulla lista, provando una viva curiosità di vedere come sarebbe stato il teste successivo « ... perché finora non hanno raccolto molte prove » si disse. Immaginate la sua sorpresa quando il Coniglio Bianco lesse, con tutta la forza della sua vocetta stridula, il nome di « Alice! ».

Capitolo XII

La Deposizione di Alice

« Presente! » esclamò Alice, del tutto dimentica nell'eccitazione del momento di quanto era cresciuta negli ultimi minuti; e saltò su con tale fretta da spazzare il banco dei giurati con l'orlo della sottana, facendoli capitombolare tutti quanti, prima in testa alla folla sottostante, e poi lunghi distesi qua e là, con effetto che le ricordò moltissimo quello di un vaso di pesci che aveva rovesciato involontariamente la settimana prima.

« Oh, vi chiedo scusa! » esclamò in tono addoloratissimo, e si mise a raccoglierli più in fretta che poteva, perché continuava ad avere in testa l'episodio del vaso di pesci, e le sembrava vagamente che bisognasse raccoglierli subito e rimetterli nel palco della giuria, altrimenti sarebbero morti.

« Il processo non può continuare » disse il Re con voce molto grave « finché tutti i giurati non saranno tornati al loro posto... tutti quanti » ripeté con grande enfasi, fissando severamente Alice.

Alice guardò il banco della giuria e vide che nella fretta aveva messo la Lucertola a testa in giù, e la poverina agitava mestamente la coda, del tutto impossibilitata a muoversi. Subito Alice la riprese e la raddrizzò; « non che faccia una gran differenza » si disse; « mi sa che in una posizione o nell'altra il suo apporto al processo sia più o meno uguale ».

Non appena la giuria si fu un po' ripresa dall'emozione di trovarsi sottosopra, e lavagnette e matite furono state ritrovate e ridistribuite, tutti si accinsero con molta diligenza a scrivere un resoconto dell'incidente, tutti tranne la Lucertola, che sembrava troppo

sopraffatta per fare altro che starsene seduta a bocca aperta, a guardare il tetto dell'aula.

« Che ne sai tu di questa faccenda? » disse il Re ad Alice.

« Niente » disse Alice.

« Niente di niente? » insistette il Re.

« Niente di niente » disse Alice.

« Questo è molto importante » disse il Re, rivolgendosi ai giurati. I quali stavano appena cominciando a scriverlo sulle lavagne, quando il Coniglio Bianco interruppe: « Molto *poco* importante, vuol dire la Maestà vostra, naturalmente » disse con molto rispetto, ma accigliandosi e facendo una smorfia.

« Sì, certo, poco importante, questo volevo dire » disse il Re in fretta, e continuò fra sé sottovoce: « importante... poco importante... poco importante... importante... » come studiando quale suonasse meglio.

Qualche giurato scrisse « importante » e qualcun altro « poco importante ». Alice lo vide benissimo, poiché era abbastanza vicina da guardare sulle lavagne; « ma non fa la minima differenza » pensò fra sé e sé.

In questo momento il Re, che per qualche tempo era stato indaffarato a scrivere nel suo taccuino, disse forte: « Silenzio! » e lesse ad alta voce dal suo libro: « Legge numero Quarantadue. *Tutte le persone alte più di un chilometro e mezzo debbono allontanarsi dalla Corte* ».

Tutti guardarono Alice.

« Io non sono alta più di un chilometro e mezzo » disse Alice.

« Sì, invece » disse il Re.

« Circa tre chilometri » aggiunse la Regina.

« Be', comunque sia, non me ne vado » disse Alice; « e poi, non vale, voi avete inventato la legge in questo momento. »

« È la legge più antica di tutto il codice » disse il Re.

« Allora dovrebb'essere il Numero Uno » disse Alice.

Il Re impallidì e chiuse in fretta il taccuino. « Pronunciate il verdetto » disse alla giuria, con voce bassa e tremante.

« Ci sono altre prove, con licenza di vostra Maestà » disse il Coniglio Bianco, saltando su di scatto « è stato appena rinvenuto questo foglio. »

« Che contiene? » disse la Regina.

« Non l'ho ancora aperto » disse il Coniglio Bianco; « ma si direbbe una lettera, scritta dall'imputato a... a qualcuno. »

« Dev'essere così » disse il Re « a meno che non sia stata scritta a nessuno, il che peraltro capita di rado. »

« A chi è indirizzata? » disse uno dei giurati.

« Non porta alcun indirizzo » disse il Coniglio Bianco « anzi, sull'esterno non c'è scritto niente. » Aprì il foglio mentre parlava e aggiunse: « Non è una lettera, dopotutto: è una poesia ».

« La scrittura è dell'imputato? » chiese un altro giurato.

« No » disse il Coniglio Bianco « e questa è appunto la cosa più strana. » (Tutti i giurati parvero perplessi.)

« Avrà imitato la scrittura di qualcun altro » disse il Re. (Tutti i giurati si rasserenarono.)

« Con licenza di vostra Maestà » disse il Fante « io non l'ho scritta, e del resto la cosa non sarebbe dimostrabile: infatti non è firmata. »

« Se non hai firmato » disse il Re « non hai fatto che peggiorare le cose. Evidentemente le tue intenzioni non erano buone, altrimenti avresti firmato come una persona perbene. »

A questo ci fu un battimani generale: era la prima cosa veramente sensata che il Re avesse detto quel giorno.

« Ciò prova la sua colpevolezza » disse la Regina « dunque, mozza... »

« Ciò non prova un bel niente! » disse Alice. « Ma se non sapete nemmeno di che parla! »

« Leggila » disse il Re.

Il Coniglio Bianco inforcò gli occhiali. « Da dove incomincio, di grazia, Maestà? » chiese.

« Comincia dal principio » disse il Re, molto grave « e vai avanti finché non arrivi alla fine: allora fermati. »

Sull'aula scese un silenzio mortale, mentre il Coniglio Bianco leggeva forte questi versi:

« Da lei sei dunque andato, e
  A lui mi hai reso noto;
Lei ti parlò bene di me,
  Ma disse che non nuoto.

Lui mandò quindi a dir che io
  Non m'ero mosso (è vero):
Se lei insistesse a parer mio
  Saresti meno fiero.

Io uno a lei, due loro a lui,
  A noi tu tre ne hai dati:
Poi tutti a te li die' costui,
  Ma miei erano stati.

Se io o lei per caso fossimo
  Mischiati in questo affare,
Tu noi secondo lui con lor
  Dovresti liberare.

A me era sempre parso che
  (Le venne un accidente)
Tu fra lei noi e lui
  Non ci capissi niente.

A lui che lei li preferì
  Bisognerà tacere:
Questo non dovrà uscir di qui,
  Ma fra noi rimanere. »[69]

« È la prova più importante che abbiamo ascoltato finora » disse il Re, fregandosi le mani; « pertanto ordino che i giurati... »

« Se uno solo di loro è capace di spiegarla » disse Alice (negli ultimi minuti era talmente cresciuta da non aver più il minimo timore di interromperlo) « gli regalo una moneta da sei soldi. Per me non contiene un atomo di senso. »

Tutti i giurati scrissero sulle lavagne: « Per lei non contiene un atomo di senso » ma nessuno si provò a spiegare il significato del foglio.

« Se non ha senso » disse il Re « la cosa ci risparmia un bel po' di fatica, visto che non avremo bisogno di cercarlo. Però non saprei » continuò, aprendosi sul ginocchio il foglio con i versi e guardandoli con un occhio solo; « un po' di significato mi pare di vedercelo, dopotutto. "*... ma disse che non nuoto...*" tu non sai nuotare, vero? » aggiunse, rivolto al Fante.

Il Fante scosse tristemente il capo. « Ne ho forse l'aria? » disse. (E certo non l'aveva, essendo fatto interamente di cartone.)

« Bene, fin qui » disse il Re; e proseguì borbottando fra sé sui versi: « "*Lei ti parlò bene di me...*" Alla giuria, è chiaro... "*Se lei insistesse...*" Questa dev'essere la Regina... "*Saresti meno fiero...*" E lo credo! "*Io uno a lei, due loro a lui, a noi tu tre ne hai dati...*" Qui si allude certo a quello che ha fatto dei dolci... »

« Ma poi dice "*tutti a te li die' costui*" » disse Alice.

« E infatti eccoli qui! » disse il Re trionfante, indicando i dolci sul tavolo. « Niente potrebb'essere più limpido. E poi, ancora... "*le venne un accidente...*" a te non sono mai venuti accidenti, vero, cara? » disse alla Regina.

« Mai! » disse la Regina inferocita, tirando un calamaio alla Lucertola. (Il povero piccolo Bill aveva smesso di scrivere col dito sulla sua lavagnetta, visto che tanto non lasciava segni; ma ora si affrettò a rimettersi al lavoro, servendosi dell'inchiostro che gli colava giù per il viso, finché ce ne fu.)

« Allora ogni riferimento a te è *accidentale* » disse il Re, guardando intorno l'aula con un sorriso.

Ci fu un silenzio di tomba.[70]

« È una freddura! » aggiunse irritatissimo il Re, e tutti risero. « Che la giuria pronunci il verdetto » disse il Re, per circa la ventesima volta di quel giorno.

« No, no! » disse la Regina. « Prima la sentenza e poi il verdetto. »

« Che idiozia! » disse forte Alice. « Voler cominciare dalla sentenza! »

« Chiudi il becco! » disse la Regina facendosi paonazza.

« Neanche per sogno! » disse Alice.

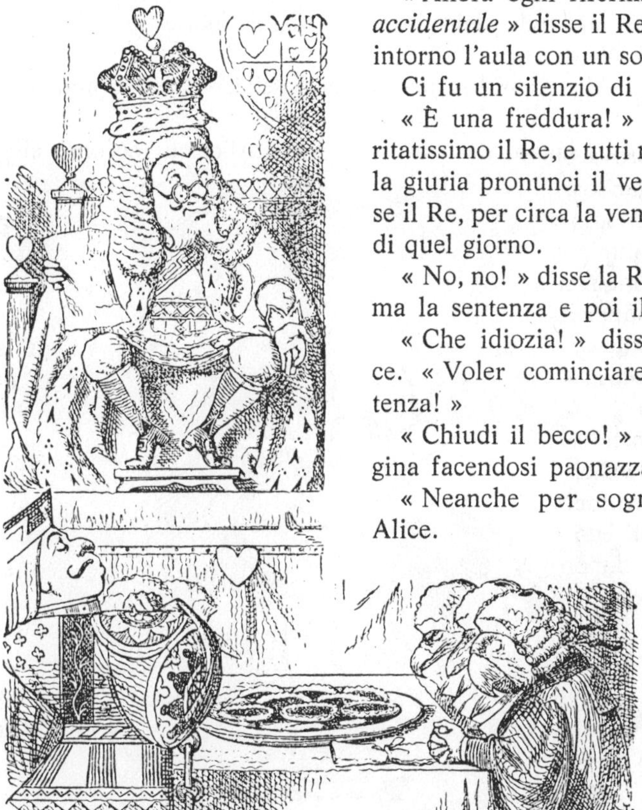

« Mozzatele il capo! » gridò la Regina con quanta voce aveva. Nessuno si mosse.

« A chi credete di far paura? » disse Alice (a questo punto aveva riacquistato le sue dimensioni normali). « Non siete che un mazzo di carte! »

A queste parole tutto il mazzo si alzò in aria e ridiscese in picchiata su di lei; Alice emise uno strilletto, mezzo di paura e mezzo di rabbia, cercando di scrollarsi le carte di dosso; e si trovò distesa sulla panca, con il capo in grembo a sua sorella, che le stava delicatamente togliendo dal viso delle foglie morte scese volteggiando dagli alberi.

« Svegliati, Alice, cara! » diceva sua sorella. « Che dormita hai fatto! »

« Ho fatto un sogno così curioso! » disse Alice. E raccontò alla

sorella meglio che poté tutte queste sue strane Avventure che avete appena finito di leggere; e quand'ebbe finito, la sorella le dette un bacio e disse: « Certo è stato un sogno curioso, cara; ma ora corri a prendere il tè: si sta facendo tardi ». Così Alice si alzò e scappò via, ripensando meglio che poteva durante la corsa a che sogno meraviglioso era stato.

Ma sua sorella rimase ferma a sedere proprio dove Alice l'aveva lasciata, con la testa appoggiata sulla mano, a guardare il sole al tramonto e a pensare alla piccola Alice e a tutte le sue meravigliose Avventure, finché anche lei non si mise a sognare in un certo modo, e questo fu il suo sogno:

Dapprima sognò proprio la piccola Alice in persona: la riebbe lì ad abbracciarle le ginocchia con le manine, gli occhi lucenti e pieni di desiderio fissi nei suoi... udì ancora l'esatta intonazione della sua voce, e rivide quel suo strano vezzo di buttare indietro il capo per respingere i capelli capricciosi che le scendevano sempre sugli occhi... e mentre ascoltava, o le pareva di ascoltare, tutto il luogo intorno a lei divenne vivo delle strane creature del sogno della sua sorellina.[71]

I lunghi fili d'erba frusciavano ai suoi piedi per il passaggio frettoloso del Coniglio Bianco... il Topo spaventato sguazzava nel vicino laghetto... udiva il tintinnìo delle tazze della Lepre Marzolina e dei suoi amici seduti al loro pasto interminabile, e la voce stridula della Regina che mandava al patibolo i suoi disgraziati ospiti... ancora una volta il porcellino di latte starnutiva in braccio alla Duchessa, fra i tonfi di pentole e piatti... ancora una volta lo strillo del Grifone, lo stridore della matita della Lucertola e il rantolo dei Porcellini d'India repressi riempirono l'aria, frammisti ai singhiozzi lontani dell'infelice Finta Tartaruga.

Così se ne restò lì a occhi chiusi, quasi credendosi nel Paese delle Meraviglie, pur sapendo che le sarebbe bastato riaprirli e tutto sarebbe ridiventato la prosaica realtà... l'erba avrebbe frusciato smossa soltanto dal vento, e il laghetto si sarebbe increspato sotto l'ondeggiare dei giunchi... il tintinnìo delle tazzine da tè sarebbe ridiventato quello delle campane delle pecore, e gli strilli acuti della Regina la voce del pastorello... e gli starnuti del bambino, lo stridere del Grifone e tutti gli altri rumori si sarebbero mutati (lo sapeva) nel clamore confuso dell'aia affaccendata... mentre i muggiti delle mucche lontane avrebbero sostituito gli accorati singhiozzi della Finta Tartaruga.

Infine, si immaginò come questa sua stessa sorellina sarebbe diventata anche lei una donna adulta, nei tempi a venire; e come durante gli anni più maturi avrebbe serbato il cuore semplice e affettuoso della sua infanzia; e come avrebbe riunito intorno a sé altri bambini, e avrebbe fatto a sua volta brillare di desiderio i *loro* occhi con molti racconti strani, forse perfino con il sogno del Paese delle Meraviglie di tanto tempo prima; e come avrebbe diviso tutti i loro semplici dolori e goduto di tutte le loro semplici gioie, nel ricordo della sua fanciullezza, e dei felici giorni d'estate.

Note

[1] All in the golden afternoon
  Full leisurely we glide;
For both our oars, with little skill
  By little arms are plied,
While little hands make vain pretence
  Our wanderings to guide.

Ah, cruel Three! In such an hour,
  Beneath such dreamy weather,
To beg a tale of breath too weak
  To stir the tiniest feather!
Yet what can one poor voice avail
  Against three tongues together?

Imperious Prima flashes forth
  Her edict « to begin it »:
In gentler tones Secunda hopes
  « There will be nonsense in it. »
While Tertia interrupts the tale
  Not *more* than once a minute.

Anon, to sudden silence won,
  In fancy they pursue
The dream-child moving through a land
  Of wonders wild and new,
In friendly chat with bird or beast –
  And half believe it true.

And ever, as the story drained
  The wells of fancy dry,
And faintly strove that weary one
  To put the subject by,
« The rest next time – » « It *is* next time! »
  The happy voices cry.

Thus grew the tale of Wonderland:
  Thus slowly, one by one,
Its quaint events were hammered out –
  And now the tale is done,

And home we steer, a merry crew,
  Beneath the setting sun.

Alice! A childish story take,
  And with a gentle hand
Lay it where Childhood's dreams are twined
  In Memory's mystic band,
Like pilgrim's withered wreath of flowers
  Pluck'd in a far-off land.

Con risultati sicuramente inadeguati, si è tentata per le poesie dei due libri di Alice una traduzione che allo stesso tempo fosse letterale e mantenesse uno schema metrico e di rime il più possibile vicino all'originale. I lettori hanno comunque la possibilità di rifarsi al testo inglese, che viene dato in nota.

Gran parte del materiale di questa e delle note che seguiranno è tratto dal fondamentale commento di Martin Gardner, *The Annotated Alice*, New York 1960, esistente anche in versione italiana (Longanesi, Milano 1972), al quale si rimanda chi desideri documentarsi ulteriormente.

Questa poesia introduttiva e dedicatoria rievoca una gita in barca sul Tamigi, avvenuta il 4 luglio del 1862. In quella occasione i giovani reverendi Charles Lutwige Dodgson e Robinson Duckworth, entrambi docenti a Oxford, invitarono le tre figlie del grecista Henry George Liddell, *dean* del Christ Church College. « Prima » (Lorina Charlotte) aveva all'epoca tredici anni, « Secunda » (Alice Pleasance), dieci, e « Tertia » (Edith), otto. Dodgson, alias Lewis Carroll, aveva trent'anni. Sulla gita, lunga circa tre miglia da Folly Bridge al paesino di Godstow, esistono numerose testimonianze, a partire da quelle di Carroll stesso, nel suo diario e in un articolo del 1887, intitolato « Alice sulla scena ». Qui dice fra l'altro: « Molti giorni avevamo vogato insieme su quelle acque tranquille, le tre fanciulline ed io, e molte fiabe erano state improvvisate per loro – allo stesso modo quando, a volte, il narratore era *in vena*, e fantasie non sollecitate gli si affollavano intorno fitte, e quando, altre volte in cui la Musa spossata veniva spronata all'azione, procedeva a capo chino e a passi pesanti, più perché doveva dire qualcosa che perché avesse qualcosa da dire – eppure nessuna di tutte queste storie fu mai scritta... finché giorno venne, quasi per caso, che una delle piccole ascoltatrici domandò che la storia venisse scritta per lei. È stato molti anni fa, ma ricordo distintamente, ora mentre scrivo, come, in un disperato tentativo di scavare una qualche nuova vena fiabesca, avessi mandato la mia eroina giù a capofitto in una tana di coniglio, tanto per cominciare, senza la minima idea di cosa sarebbe successo dopo. E così, per il piacere di una bambina che amavo (non ricordo alcun altro motivo), stesi manoscritto, e illustrai con rozzi disegni di mia mano... il libro che ho recentemente pubblicato in facsimile. Durante la stesura, aggiunsi molte idee nuove, che parvero sbocciare da sole dal filone originario; e molte altre si aggiunsero da sole quando, anni dopo, lo riscrissi per la stampa. Vieni dunque avanti, dalle ombre del passato, *Alice*, bambina dei miei sogni. Molti, molti anni sono scivolati via da quell'*aureo pomeriggio* che ti vide nascere, ma io posso rievocarlo quasi con la stessa chiarezza che se fosse stato ieri – l'azzurro senza nubi in alto, sotto lo specchio delle acque, il pigro avanzare della barca, il tintinnio delle gocce che cadevano dai remi mentre questi ondeggiavano sonnolenti avanti e indietro, e (unico vivido bagliore di vita in tutta questa scena di sopore) i tre visi intenti, assetati di notizie dal paese delle fate, che non avrebbero mai accettato un "no": e dalle cui labbra il "Ti prego, raccontaci una storia" aveva tutta la rigida ineluttabilità del Fato! »

In *The Life and Letters of Lewis Carroll* di Stuart Dodgson Collingwood (London 1898) è citata una rievocazione analoga dovuta ad Alice in persona; altri ricordi di Alice furono poi citati da suo figlio Caryl Hargreaves, in un articolo apparso sul *Cornhill Magazine* nel luglio 1932. In *The Lewis Carroll Picture Book* (London 1899) il curatore, sempre Collingwood, cita infine i ricordi del reverendo Duckworth, che al momento del commiato sentì dire dalla piccola Alice all'amico: « Oh, signor Dodgson, come vorrei che mi scrivesse le avventure di Alice! ».

Nell'ultima strofa del testo inglese si allude all'uso dei pellegrini antichi di portare in capo ghirlande di fiori. La parola « little », « piccolo », usata per tre volte in connessione al « crudele trio », allude infine al cognome Liddell, che ricorda nel suono.

[2] Alice Pleasance Liddell era bruna e aveva gli occhi neri; era anche eccezionalmente graziosa, come attestano numerose fotografie anche dello stesso Carroll (particolarmente famose alcune in cui è camuffata da straccioncella). Del resto sappiamo che fece perdere la testa ad almeno un altro grande appassionato di bambine, John Ruskin, che a Oxford le diede lezioni di disegno e che nella sua autobiografia, *Praeterita*, ha lasciato un commovente resoconto della delusione provata un pomeriggio in cui, invitato dalla piccola Alice a prendere il tè con lei a quattr'occhi, la loro intimità fu rovinata dall'imprevisto ritorno del *dean* Liddell e signora, cui la neve aveva impedito di raggiungere la loro destinazione. L'Alice bionda immaginata dal disegnatore John Tenniel, primo e più grande illustratore di Carroll, non ha niente a che fare con l'originale. Sembra che Carroll ne fosse in un primo tempo perplesso, ma che poi lasciasse via libera alla fantasia dell'artista.

[3] Gardner ricorda come William Empson in *Some Version of Pastoral* abbia notato come questo sia il primo di molti scherzi sulla morte disseminati nei libri di Alice.

[4] Dinah, personaggio che incontreremo (con i suoi piccoli) in *Attraverso lo Specchio*, era la gatta delle piccole Liddell.

[5] « Do cats eat bats? ». In inglese la frase ha un ritmo che culla Alice; inoltre l'assonanza fra le parole « cat », « gatto », e « bat », « pipistrello », facilita l'inversione dei termini della domanda.

[6] Gardner ricorda come Carroll in qualità di vicebibliotecario di Christ Church lavorasse spesso in una stanzetta buia che dava sul bel giardino del decanato, dove le bambine Liddell giocavano a croquet.

[7] « Curiouser and curiouser » È una delle stravaganze linguistiche carrolliane (qui si tratta di una semplice sgrammaticatura, plausibile nella bocca di una bambina) entrate nell'uso comune, scherzoso, della classe colta inglese.

[8] Carroll descrisse il carattere del Coniglio Bianco nell'articolo « Alice sulla scena », spiegando di averlo concepito come contrasto rispetto ad Alice. « In

luogo della "giovinezza", "audacia", "vigore" e "rapida franchezza di propositi" di lei, si legga "anziano", "timido", "debole" e "tentennante e nervoso"... Secondo me il Coniglio Bianco dovrebbe portare gli occhiali. Sono certo che ha la voce esitante, le ginocchia tremanti, e che nell'insieme il suo aspetto indica la totale incapacità di dire "Sciò!" a un'oca! »

[9] Gardner, grande specialista di problemi matematici (come Carroll), spiega che Alice non arriverà mai fino a 20 perché siccome le tavole pitagoriche normali si fermano alla dozzina, continuando logicamente la sua assurda progressione – 5 per 4 fa 12, 6 per 4 fa 13, 7 per 4 fa 14, ecc., – si finisce con 12 per 4 = 19. Gardner ricorda peraltro anche un'altra spiegazione, molto più complessa, proposta da A. L. Taylor in *The White Knight* (London 1952).

[10] « How doth the little crocodile
Improve his shining tail,
And pour the waters of the Nile
On every golden scale!

« How cheerfully he seems to grin,
How neatly spreads his claws,
And welcomes little fishes in,
With gently smiling jaws! »

Questi versi scaturiscono sulle labbra della frastornata Alice invece di quelli della poesia edificante che come tutti i bambini vittoriani conosceva a memoria, intitolata « Against Idleness and Mischief » (« Contro l'ozio e il male »). La poesia, del teologo e noto innografo Isaac Watts (1674-1748), comincia così: « How dot the little busy bee / Improve each shining hour, / And gather honey all the day / From every opening flower! » (« L'industriosa piccola ape / Migliora ogni ora lucente / E tutto il giorno raccoglie il miele / Da ogni fiore che si dischiude! »). Chi parla è un bambino. La poesia continua esprimendo il proposito di imitare la piccola ape, per tener lontano l'ozio e Satana, trascorrendo i propri primi anni « fra i libri, o il lavoro, o il sano svago ».

Come si vedrà, quasi tutte le poesie del primo libro di Alice e molte del secondo sono la parodia di componimenti didattici facenti parte della comune cultura dell'infanzia dell'epoca. Imitandone i ritmi e stravolgendone i significati Carroll si conquistò la simpatia dei bambini con una operazione della quale avrebbe in seguito considerato preoccupato la componente eversiva. Fu in parte per mettersi a posto la coscienza con un atto di riparazione che avrebbe messo mano, in seguito, al romanzo « morale » *Sylvie and Bruno.*

[11] Le macchine da bagno erano state inventate intorno al 1750 dal quacchero Benjamin Beale, frequentatore della spiaggia di Margate. Erano cabine montate su ruote, nelle quali ci si spogliava; successivamente la cabina veniva trascinata nell'acqua, e il bagnante si poteva immergere senza farsi vedere in *deshabillé.* Se ne veda una divertente descrizione nella recente *Autobiography* di Agatha Christie (London 1977).

[12] Il 17 giugno 1862 c'era stata un'altra gita in barca (puntualmente registrata sul diario di Carroll). Oltre ai reverendi Dodgson e Duckworth e alle

tre bambine Liddell ne avevano fatto parte Fanny, Elizabeth e Lucy Liddell, rispettivamente sorelle e zia di Carroll. Il pomeriggio quella volta non fu aureo: un furioso acquazzone costrinse i gitanti ad abbandonare la barca e a tornare a piedi, bagnati fradici. L'episodio è rievocato con molti particolari nel manoscritto originale del primo libro di Alice, intitolato *Le avventure di Alice sottoterra*; nell'edizione a stampa Carroll eliminò molti riferimenti comprensibili solo ai reduci dell'avventura, della quale qui restano soltanto alcuni personaggi: l'Anatra (Duck in inglese) è Duckworth, il Pappagallo (Lory, « lorichetto ») è Lorina Liddell, l'Aquilotto è Edith Liddell, e il Dodo (o « dronte », animale proverbialmente estinto) è Dodgson stesso, che pare balbettasse (« do-do ») quando pronunciava il proprio nome.

[13] È una citazione dallo *Short Course of History* di Havilland Chepmell (1862), uno dei testi scolastici delle bambine Liddell.

[14] L'amore di Carroll per i bisticci linguistici è proverbiale. Questo nell'originale suona così: « ...found it advisable... » « Found what? » said the Duck. « Found *it,* » the Mouse replied rather crossly: « of course you know what "it" means. » Lo scherzo verte sul cosiddetto (dai grammatici) « *it* preparatorio »: il pronome neutro che funge da oggetto in attesa dell'oggetto autentico, nel caso un infinito. Esempio: « I find *it* difficult to believe *that* » (« trovo difficile crederlo »). Tale *it* non ha corrispondente italiano, e a una mente logica può benissimo apparire come una delle tante « assurdità » della lingua inglese.

[15] « A Caucus Race ». Nata in America, dove tuttora indica un comizio elettorale, la parola « caucus » prese in Inghilterra un significato dispregiativo, e vale « cricca, combriccola », insomma l'apparato organizzativo di un partito rivale. C'è un « caucus » di corvi in un altro famoso libro vittoriano per bambini, *Water Babies* di Charles Kingsley (1863), dove la situazione ha un chiaro significato di satira politica. Carroll non allude però a niente di preciso; se di politica ha voluto parlare, si è limitato a descriverla come una serie di corse in circolo, senza punto di arrivo, con contentino generale alla fine.

[16] « Tale » (« storia ») si pronuncia come « tail» (« coda »), donde il bisticcio, e la forma grafica della poesia del Topo.

[17] « Fury said to a mouse, / That he met in the house, / "Let us both go to law: / *I* will prosecute *you.* – / Come, I'll take no denial; / We must have a trial: / For really this morning / I've nothing to do." / Said the mouse to the cur, / "Such a trial, dear sir, / With no jury or judge, / Would be wasting our breath." / "I'll be judge, I'll be jury," / Said the cunning old Fury; / "I'll try the whole cause, / And condemn you to death." »

La poesia emblematica, nella quale i versi sono disposti in modo da formare una figura apparentata all'argomento, è nata nell'antica Grecia e ha avuto in Inghilterra cultori illustri, fra cui si ricordano il poeta metafisico George Herbert, e, in tempi moderni, Dylan Thomas (per tacere di E. E. Cummings, Mallarmé, Apollinaire).

[18] « I had not! » (« Neanche per sogno! ») ha detto il Topo, nell'inglese; e Alice capisce « A knot! » (« Un nodo! »).

[19] « The Rabbit Sends in a Little Bill », che vuol dire anche « Il Coniglio manda dentro un piccolo Bill ». Bill è il nome della lucertola.

[20] Il Bruco ha detto « Explain yourself », cioè, alla lettera, « spiega te stessa ». Alice obbietta che non può spiegare se stessa, in quanto non è se stessa, ma un'altra.

[21] « You are old, father William, » the young man said,
  « And your hair has become very white;
And yet you incessantly stand on our head –
  Do you think, at your age, it is right? »

« In my youth, » father William replied to his son,
  « I feared it might injure the brain;
But, now that I'm perfectly sure I have none,
  Why, I do it again and again. »

« You are old, » said the youth, « as I mentioned before,
  And have grown most uncommonly fat;
Yet you turned a back-somersault in at the door –
  Pray what is the reason of that? »

« In my youth, » said the sage, as he shook his grey locks,
« I kept all my limbs very supple
By the use of this ointment – one shilling the box –
  Allow me to sell you a couple? »

« You are old, » said the youth, « and your jaws are too weak
  For anything tougher than suet;
Yet you finished the goose, with the bones and the beak –
  Pray, how did you manage to do it? »

« In my youth, » said his father, « I took to the law,
  And argued each case with my wife;
And the muscular strength, which it gave to my jaw,
  Has lasted the rest of my life. »

« You are old, » said the youth, « one would hardly suppose
  That your eye was as steady as ever;
Yet you balanced an eel on the end of your nose –
  What made you so awfully clever? »

« I have answered three questions, and that is enough, »
  Said his father. « Don't give yourself airs!
Do you think I can listen all day to such stuff?
  Be off, or I'll kick you down stairs! »

Questa poesia, una delle più note di Carroll, è la parodia di un componimento edificante di Robert Southey (1774-1843), intitolato « The Old Man's Comforts and How He Gained Them » (« Le consolazioni del Vecchio e come se le era guadagnate »). Qui un giovane si meraviglia della gagliardia del padre, ormai giunto a tarda età; questi risponde attribuendola al saggio comportamento tenuto da giovane, quando pensando al futuro non si abbandonò ai piaceri, ma tenne sempre presenti Dio, e il fatto che l'età beata non sarebbe durata in eterno. Dicono le prime due strofe: « You are old, father William », the young man cried, / « The few locks which are left you are grey; / You are hale, father William, a hearty old man; / Now tell me the reason, I pray. » // « In the days of my youth », father William replied, / « I remember'd that youth would fly fast, / And abus'd not my healt and my vigour at first, / That I never might need them at last. » (« Babbo William, sei vecchio, » esclamò il giovanotto, « I pochi capelli che ti restano sono grigi; sei robusto, babbo William, sei un vecchio gagliardo; or dimmene la ragione, ti prego. » « Ai giorni della mia gioventù » rispose babbo William, « mi sono ricordato che la gioventù sarebbe volata via in fretta, e non ho abusato della mia salute e del mio vigore in principio, per non trovarmene sprovvisto alla fine. »)

[22] Nella sua *Life of Lewis Carroll* (London 1932) Langford Reed ha fatto notare come per la Duchessa Tenniel si sia ispirato a un quadro di Quintin Matsys noto come « la Duchessa Brutta », presunto ritratto (ma postumo di almeno un secolo) di Margaretha detta Maultasch o « bocca a sacco », duchessa della Carinzia e del Tirolo, che ebbe fama di essere la donna più brutta della storia.

[23] « Grin like a Cheshire cat » (« sorridere come un gatto del Cheshire »), era una frase proverbiale la cui origine è incerta. Le principali tesi, esposte in due numeri di *Notes and Queries* rispettivamente nel 1850 e nel 1852, sono che il caratteristico formaggio del Cheshire fosse modellato una volta in forme raffiguranti un gatto che sorride; ovvero che molte taverne della regione mostrassero sull'insegna leoni zannuti, dipinti dallo stesso pittore.

[24] « Speak roughly to your little boy,
And beat him when he sneezes:
He only does it to annoy,
Because he knows it teases. »

CHORUS
« Wow! wow! wow! »

« I speak severely to my boy,
And beat him when he sneezes:
For he can thoroughly enjoy
The pepper when he pleases! »

CHORUS
« Wow! wow! wow! »

È la parodia di una poesia un tempo popolare e di autore non identificato con certezza: oggi si tende ad attribuirla a tale David Bates, verseggiatore di Philadelphia attivo intorno alla metà del secolo, piuttosto che a G. W. Langford sotto il cui nome viene spesso citata. Chiunque l'abbia concepita, si tratta certamente di un piccolo capolavoro di umorismo involontario. Tutte le nove strofe cominciano con l'esortazione a parlare con gentilezza (la prima: « Speak gently! It is better far / To rule by love than fear; / Speak gently; let no harsh words mar / The Good we might do here! » vuol dire:

« Parla con gentilezza! È assai meglio governare con l'amore che col terrore; parla con gentilezza, non fare che aspre parole sciupino il bene che potremmo operare qui! »). Una strofa dice: « Parla con gentilezza, dolcemente, ai poveri; che non si senta un tono aspro; essi hanno già abbastanza da sopportare, senza metterci anche una parola scortese! ».

[25] Lo sviscerato amore di Carroll per le bambine era bilanciato da una pari avversione per i maschietti. I soli bambini con cui risulta si sia mostrato affabile avevano sorelline appetitose. Anche in *Sylvie and Bruno Concluded*, come fa notare Gardner, un bambino antipatico viene trasformato in porcospino.

[26] Rilevando che questo è uno fra i passi più citati dei libri di Alice, Gardner ricorda fra l'altro che il filosofo John Kemeny ha collocato la domanda di Alice e la famosa risposta del gatto all'inizio del capitolo sulla scienza e i valori del suo volume *A Philosopher Looks at Science* (1959). « La risposta del Gatto esprime con molta precisione l'eterno dissidio fra scienza ed etica. Come spiega Kemeny, la scienza non può dirci dove andare, ma una volta che abbiamo presa questa decisione fondandola altrove, può indicarci la strada migliore per giungerci. »

[27] Anche le espressioni « mad as a hatter » (« matto come un cappellaio ») e « mad as a March hare » (« matto come una lepre marzolina ») erano comuni all'epoca di Carroll. La prima derivava probabilmente dal fatto che i cappellai erano frequenti vittime di avvelenamento per via del mercurio adoprato nel trattamento del feltro, avvelenamento che negli stadi avanzati causava allucinazioni e altri squilibri gravi. Le lepri maschie eseguono folli capriole a marzo, stagione dei calori.

[28] Qui Gardner cita il *Teeteto*, e in particolare il luogo in cui Socrate e Teeteto osservano come, visto che si possono sostenere con pari calore idee, opinioni, ecc., da svegli o da dormienti (in entrambi i casi il tempo ha uguale durata, e l'anima si batte per sostenere che sono vere « unicamente quelle opinioni che essa ha di volta in volta come presenti »), lo stesso si può affermare per i casi di malattia e di pazzia. In una pagina del diario di Carroll (9 febbraio 1856) si dice: « Domanda: quando sognamo e, come spesso avviene, ne abbiamo la vaga coscienza e cerchiamo di svegliarci, non diciamo e facciamo cose che nella vita da svegli sarebbero folli? Non possiamo allora definire talvolta la follia come l'incapacità di distinguere la vita da svegli da quella dei dormienti? Spesso sogniamo senza il minimo sospetto di irrealtà: "Il sogno ha il suo mondo", ed è spesso realistico quanto l'altro. »

[29] In inglese l'assonanza è fra « pig », « maiale », e « fig », « fico ».

[30] Tenniel fece il Cappellaio somigliante non al Primo Ministro Gladstone, come si disse all'epoca, ma a un eccentrico personaggio molto noto a Oxford, tale Theophilus Carter, soprannominato il Cappellaio Pazzo per il suo cilindro e le sue stranezze. Costui aveva inventato un letto-sveglia che buttava in terra il dormiente, fatto che può esser messo in rapporto con i suoi continui accenni al tempo. e con i suoi tentativi di svegliare il ghiro. In tempi più

recenti fu notata la somiglianza, certo non prevista da Tenniel, fra il Cappellaio Pazzo e Bertrand Russell.

[31] « Dormouse », roditore inglese che essendo animale notturno trascorre in stato di letargo tutto il giorno.

[32] Concepito come un indovinello assurdo, senza risposta, questo rompicapo proposto dal Cappellaio Pazzo eccitò tuttavia molti enigmisti dilettanti; l'americano Sam Loyd propose per esempio varie soluzioni, come « nessuna, perché le note per cui sono noti non sono notate come note musicali »; « nessuna, perché Poe scrisse sopra entrambi », e diverse altre. In una prefazione a una ristampa del 1896 comunque Carroll pur confermando di non avere avuto in mente nessuna soluzione in origine, ne propose una concepita a posteriori: « nessuna. Infatti entrambi producono delle note ("notes" vale tanto "note musicali" quanto "biglietti"), benché queste siano *molto* piatte ("flat" vale tanto "piatto" quanto "bemolle"); e non vengono mai messi con la parte sbagliata davanti. »

[33] Quindi era il 4 maggio. Alice Liddell era nata il 4 maggio 1852; aveva dieci anni all'epoca della gita. Ma l'Alice dell'avventura ha esattamente sette anni (ne avrà sette e mezzo quella del viaggio dietro lo specchio).

[34] « Twinkle, twinkle, little bat!
How I wonder what you're at! »
« Up above the world you fly,
Like a tea-tray in the sky.
Twinkle, twinkle... »

La parodia riguarda stavolta la notissima (ancora oggi) poesia di Jane Taylor, « The Star »: « Twinkle, twinkle, little star, / How I wonder what you are! / Up above the world so high, / Like a diamond in the sky » (« La Stella. Brilla, brilla, stellina, come mi chiedo che cosa tu sia! Lassù tanto alta sopra il mondo, come un diamante nel cielo »), ecc., per cinque strofe.

[35] « Killing time », « ammazzare il tempo » vuol dire anche « passare il tempo senza costrutto », « oziare ».

[36] Gardner cita Arthur Stanley Eddington, che con altri commentatori della teoria della relatività ha paragonato il Tè del Cappellaio Pazzo a quella parte del modello del cosmo tracciato da De Sitter in cui il tempo è eternamente immobile. Ma Carroll voleva alludere al fatto che spesso il tè dei bambini in casa Liddell coincideva con la cena dei grandi, alle sei del pomeriggio (l'abitudine di prendere il tè alle cinque non era ancora diventata universale in Inghilterra).

[37] « Three little sisters », « tre sorelline », con un secondo gioco (il primo è nella poesia introduttiva) sull'assonanza fra « little » e « Liddell ». Elsie è Lorina Charlotte, le cui iniziali in inglese si pronunciano « el-si », Lacie è l'anagramma di Alice, e Tillie viene da Matilda, soprannome domestico di Edith.

[38] La logica assurda del Cappellaio Pazzo funziona meno bene in italiano. « Take some more tea » (« Prendi ancora tè ») vale anche, alla lettera, « pren-

di più tè »; Alice risponde che non può prenderne « ancora » (« di più »), e il Cappellaio osserva che peraltro prenderne « di meno » (« less ») è impossibile.

[39] In inglese « to draw » unito alle preposizioni « out », « from », significa estrarre; senza preposizione, come qui, « disegnare ».

[40] Tutte parole con la M in inglese (« mouse-traps », « moon », « memory », « multitude »).

[41] « Much of a muchness », frase idiomatica significante che due quantità sono su per giù uguali.

[42] In questa società di carte da gioco le figure (in inglese, « court cards », « carte di corte ») sono l'aristocrazia, e le scartine (piatte, facili da rivoltare, irriconoscibili da dietro) sono suddivise in base ai semi. Le picche (« spades » in inglese, che vale anche « vanghe ») sono i giardinieri; i fiori (« clubs », « mazze ») sono i soldati; i quadri (« diamonds », « diamanti ») sono i cortigiani, e i cuori sono i dieci principini.

[43] Nell'articolo già ricordato, « Alice sulla scena », Carrol dice di essersi immaginato la Regina di Cuori « come una sorta di incarnazione di passione incontrollabile, di Furia cieca e senza scopo. »

[44] Che quindi non hanno mentito (secondo la logica letterale di Carroll, applicata in molti analoghi, bonari scherzi con i suoi piccoli corrispondenti): non ci sono più i tre colpevoli, e quindi non ci sono più nemmeno le loro teste.

[45] L'espressione proverbiale inglese, « a cat may look at a king », significa più o meno che gli inferiori non sono automaticamente spogliati di tutti i loro diritti davanti ai superiori.

[46] Nell'Inghilterra dell'epoca la camomilla era una medicina amarissima molto diffusa, estratta dalla pianta omonima.

[47] Lo ha detto la stessa Duchessa nel capitolo VI.

[48] Anche questa frase di Carroll è scherzosamente entrata in proverbio. Dice « take care of the sense, and the sounds will take care of themselves », stravolgendo il preesistente proverbio « take care of the pence, and the pounds will take care of themselves »: « tu bada ai soldini, le sterline poi penseranno loro a badare a se stesse ».

[49] L'immagine dei maiali volanti tornerà nel quarto capitolo di *Attraverso lo specchio* (nel « Tricheco e il Carpentiere »).

[50] La « mock turtle soup », o « zuppa di finta tartaruga » (o « pseudotartaruga ») era, ed è ancora, un'imitazione della zuppa di tartaruga verde, di solito ricavata dal vitello. Tenniel ha pertanto rappresentato il malinconico animale come un ibrido fra un vitello e una tartaruga.

[51] Tenniel effigia correttamente questo animale araldico, mezzo aquila e mezzo leone, familiare ai lettori del Canto 29 del *Purgatorio* (Gardner definisce la *Divina Commedia* « un altro e meno noto viaggio nel Paese delle Meraviglie con partenza da un buco nel terreno »). Grifone e Finta Tartaruga sarebbero parodie dello studente sentimentale, esemplare allora abbastanza diffuso a Oxford.

[52] La freddura inglese è « we called him Tortoise because he taught us », « lo chiamavamo testuggine perché ci insegnava » – esiste un'assonanza fra le parole.

[53] Erano voci dei conti presentati dai collegi: « francese, musica e bucato extra » – in quanto non compresi nella retta.

[54] Le materie della Finta Tartaruga sono naturalmente giochi di parole: « reeling », « rotolamento », assomiglia a « reading », « lettura »; « writhing », « grinze », a « writing », « scrittura »; « ambition », « ambizione », a « addition », « addizione »; « distraction », « distrazione », a « substraction », « sottrazione »; « uglification », « bruttificazione », a « multiplication », « moltiplicazione »; « derision », « derisione », a « division », « divisione »; « mystery », « mistero », a « history », « storia »; « seaography », « marografia », a « geography », « geografia »; « drawling », « stiramento », a « drawing », « disegno »; « stretching », « stiramento », a « sketching », « schizzi »; « fainting in coils », « svenimento a spirale », a « painting in oils », « pittura a olio »; « laughing », « riso », a « Latin », « latino »; « grief », « cruccio », a « Greek », « greco ».

[55] « Lesson », « lezione », non ha naturalmente alcun rapporto con « to lessen », « diminuire ».

[56] Anche le bambine Liddell come tutte le loro coetanee bennate avevano preso lezioni di ballo, e in particolare di quadriglia.

[57] « Will you walk a little faster? » said a whiting to a snail,
« There's a porpoise close behind us, and he's treading on my tail.
See how eagerly the lobsters and the turtles all advance!
They are waiting on the shingle – will you come and join the dance?
Will you, won't you, will you, won't you, will you join the dance?
Will you, won't you, will you, won't you, won't you join the dance?

You can really have no notion how delightful it will be
When they take us up and throw us, with the lobsters, out to sea! »
But the snail replied « Too far, too far! » and gave a look askance –
Said he thanked the whiting kindly, but he would not join the dance.
Would not, could not, would not, could not, would not join the dance.
Would not, could not, would not, could not, could not join the dance.

« What matters it how far we go? » his scaly friend replied.
« There is another shore, you know, upon the other side.
The further off from England the nearer is to France –
Then turn not pale, beloved snail, but come and join the dance.
Will you, won't you, will you, won't you, will you join the dance?
Will you, won't you, will you, won't you, won't you join the dance? »

Il metro è quello della poesia di Mary Howitt « The Spider and the Fly », « Il ragno e la mosca », la cui prima strofa dice: « Will you walk into my parlour? » said the spider to the fly. / « 'Tis the prettiest little parlour that ever you did spy. / The way into my parlour is up a winding stair, / And I've got man curious things to show when you are there. » / « Oh, no, no », said the little fly, « to ask me is in vain, / For who goes up your winding stair can ne'er come down again. » (« Vuoi venir nel mio salotto? » disse il ragno alla moschina. « È il salotto più grazioso che tu abbia mai visto. Per andar nel mio salotto si sale una scala a chiocciola, e una volta lassù ho tante cose curiose da mostrarti. » « Oh, no, no », disse la moschina, « è inutile che mi inviti, perché chi sale la tua scala a chiocciola non la scende mai più. » Di parodia qui non si può parlare, l'accenno diretto è soltanto nel primo verso.

58 Così venivano atteggiati dai pescivendoli. In seguito Carroll avrebbe detto di essersi reso conto solo successivamente che i pesci impanati in realtà non avevano la coda in bocca, ma nell'orecchio.

59 « Whiting », « nasello » (una specie di merluzzo), vuol dire anche « bianchetto », quello che si dà alle scarpe. Così « soles », « sogliole », vale anche « suole »; e la pronuncia di « eels », « anguille », richiama quella di « heels », « tacchi ».

60 Altra freddura. « Porpoise », « marsuino », assomiglia a « purpose », « scopo ».

61 « 'This the voice of the Lobster: I heard him declare
"You have baked me too brown, I must sugar my hair."
As a duck with its eyelids, so he with his nose
Trims his belt and his buttons, and turns out his toes.
When the sands are all dry, he is gay as a lark,
And will talk in contemptuous tones of the Shark:
But, when the tide rises and sharks are around,
His voice has a timid and tremulous sound. »

È la parodia dei primi versi di « The Sluggard », « Il poltrone », di Isaac Watts, autore edificante già preso in giro nel capitolo II. Si tratta del ritratto di un accidioso, proposto all'esecrazione del lettore: « 'Tis the voice of the sluggard; I heard him complain, / "You have wak'd me too soon, I must slumber again." / As the door on its hinges, so he on his bed, / Turns his sides and his shoulders and his heavy head. », ecc. (« È la voce del poltrone; lo sentii lamentarsi: "Mi avete svegliato troppo presto, devo sonnecchiare ancora un po'." Come l'uscio sui cardini, così lui sul suo letto volta i fianchi e le spalle e il pesante capo. »).

62 « I passed by his garden, and marked, with one eye,
How the Owl and the Panther were sharing a pie:
The Panther took pie-crust, and gravy, and meat,
While the Owl had the dish as its share of the treat.
When the pie was all finished, the Owl, as a boon,
Was kindly permitted to pocket the spoon:

While the Panther received knife and fork with a growl,
And concluded the banquet by... ».

La terza strofa del « Poltrone » dice: « I pass'd by his garden, and saw the wild brier, / The thorn and the thistle grow broader and higher; / The clothes that hang on him are turning to rags; / And his money still wastes till he starves or he begs. » (« Sono passato dal suo giardino, e ho visto l'erica selvatica, il rovo e il cardo crescere sempre più alti e vigorosi; gli abiti che gli pendono addosso stanno diventando tanti stracci, e il denaro lo spreca fino a ridursi alla fame o all'accattonaggio. »).

63 « Beautiful Soup, so rich and green,
Waiting in a hot tureen!
Who for such dainties would not stoop?
Soup of the evening, beautiful Soup!
Soup of the evening, beautiful Soup!

Beau-ootiful Soo-oop!
Beau-ootiful Soo-oop!
Soo-oop of the e-e-evening,
Beautiful, beautiful Soup!

« Beautiful Soup! Who cares for fish,
Game, or a any other dish?
Who would not give all else for two p
ennywort only of Beautiful Soup?
Pennyworth only of Beautiful Soup?

Beau-ootiful Soo-oop!
Beau-ootiful Soo-oop!
Soo-oop of the e-e-evening,
Beautiful, beauti-FUL SOUP! »

Dal diario di Carroll si apprende che il 1° agosto 1862 le sorelline Liddell gli cantarono la popolare canzone « Star of the Evening » (« Stella della sera »), di James M. Sayles. Comincia: « Beautiful star in heav'n so bright, / Softly falls thy silv'ry light, / As thou movest from earth afar, / Star of the evening, beautiful star. CHORUS: Beautiful star, /Beautiful star, / star of the evening, beautiful star. » (« Bella stella tanto luminosa in cielo, dolce cade la tua argentea luce, mentre tu incedi lontana dalla terra, stella della sera, bella stella. CORO: Bella stella, bella stella, stella della sera, bella stella. ») Si noti l'invenzione nella seconda strofa inglese, con la scissione di p (pronunciato consonanticamente) e di -ennyworth (la parola è « pennyworth », « soldo di »), quasi un'anticipazione delle acrobazie di E. E. Cummings e altri moderni.

64 « Jurors » e « jurymen », sinonimi in inglese.

65 « The Queen of Hearts, she made some tarts,
All on a summer day:
The Knave of Hearts, he stole those tarts
And took them quite away! »

Non si tratta stavolta di una parodia, ma di una « nursery rhyme » o poesia per bambini autentica. Ne troveremo molte altre nel volume seguente.

[66] Solo a partire dal 1971, con la conversione al sistema decimale, il sistema monetario inglese (1 sterlina = 20 scellini, 1 scellino = 12 pence) ha cessato di imporre lunghi e faticosi calcoli ai suoi utenti.

[67] Il Cappellaio ha la coscienza sporca perché ricorda quando, al capitolo VII, la Regina lo ha accusato di avere assassinato il tempo cantando « Brilla, brilla, pipistrello! ».

[68] « Brillìo » in inglese è « twinkling ». « È cominciato col tè » (« It began with the tea ») si pronuncia come « Cominciava con la lettera T ». Il Re risponde: « Of course twinkling begins with a T! Do you take me for a dunce? » (« Certo che twinkling comincia con la T! Mi hai preso per un idiota? »).

[69] « They told me you had been to her,
And mentioned me to him:
She gave me a good character,
But said I could not swim.

He sent them word I had not gone
(We know it to be true):
If she should push the matter on,
What would become of you?

I gave her one, they gave him two,
You gave us three or more;
They all returned from him to you,
Though they were mine before.

If I or she should chance to be
Involved in this affair,
He trusts to you to set them free,
Exactly as we were.

My notion was that you had been
(Before she had this fit)
An obstacle that came between
Him, and ourselves, and it.

Don't let him know she liked them best,
For this must ever be
A secret, kept from all the rest,
Between yourself and me. »

Il primo verso e il metro sono quelli di « Alice Gray », popolarissima canzone sentimentale di William Mee. Ma questo nonsenso si riallaccia piuttosto a una precedente poesia di Carrol stesso, nella stessa vena assurda, intitolata « She's All My Fancy Painted Him » (« Ella è tutto ciò che la mia fantasia lo aveva dipinto »). Lunga otto strofe, era apparsa nel 1855 su « *The Comic Times* ».

[70] Nel testo il gioco di parole è sul duplice significato di « fit », « accesso (di collera) » e, come verbo, « addirsi »: « Mai avuto un accesso di collera? » « Mai! » « Allora le parole della lettera non ti riguardano. »

[71] Per un ritorno del motivo del sogno nel sogno vedi il capitolo IV di *Attraverso lo Specchio.*

Attraverso lo Specchio

e quello che Alice vi trovò

Prefazione dell'Autore

Poiché il problema di scacchi della pagina seguente ha reso perplessi alcuni dei miei lettori, sarà forse opportuno precisare che è stato studiato correttamente, per quanto riguarda le *mosse.* Forse l'alternanza di Bianco e Rosso non è stata osservata così rigidamente come si sarebbe potuto fare, e l'arroccamento delle tre Regine è semplicemente un modo per dire che le medesime sono entrate nel Palazzo: ma lo scacco del Re Bianco alla mossa 6, la cattura del Cavaliere Rosso alla mossa 7 saranno trovati da chiunque si prenda la briga di trasferire i pezzi sulla scacchiera e di ripetere le mosse descritte, in rigida conformità con le leggi del gioco.[1]

Le parole nuove della poesia *Jabberwocky* hanno fatto sorgere alcune differenze di opinione riguardo alla loro pronuncia: perciò sarà bene dare qualche informazione anche riguardo a questo punto. Si pronunci « *slithy* » come se fosse composto dalle due parole « *sly* » e « *the* »; si faccia *dura* la « g » di « *gyre* » e « *gimble* »; e si faccia rimare « *rath* » con « *bath* ».

Natale 1896.

ROSSO

BIANCO

Il Pedone Bianco (Alice) gioca e vince in undici mosse

1. Alice incontra la Regina Rossa
2. Alice attraversa D3 (*in treno*) e arriva in D4 (*Tweedledum e Tweedledee*)
3. Alice incontra Regina Bianca (*con scialle*)
4. Alice in D5 (*bottega, fiume, bottega*)
5. Alice in D6 (*Humpty Dumpty*)
6. Alice in D7 (*foresta*)
7. Regina Bianca prende Cavaliere Rosso
8. Alice in D8 (*incoronazione*)
9. Alice diventa Regina
10. Alice arrocca (*banchetto*)
11. Alice prende la Regina Rossa e vince

1. Regina Rossa in H4
2. Regina Bianca in C4 (*dopo scialle*)
3. Regina Bianca in C5 (*diventa pecora*)
4. Regina Bianca in F4 (*lascia uovo su scaffale*)
5. Regina Bianca in C8 (*in fuga dal Cavaliere Rosso*)
6. Cavaliere Rosso in E2 (*scacco*)
7. Cavaliere Bianco in F5
8. Regina Rossa nella casella del Re (*esame*)
9. Le Regine arroccano
10. Regina Bianca in A6 (*minestra*)

Bimba dal viso di candore
E dall'aria stupita!
Me e te, malgrado volin l'ore,
Separa mezza vita:
Ma il tuo sorriso accoglierà
La storia che il mio amor ti dà.

Non vidi il tuo radioso viso
Né i tuoi sorrisi puri;
Pensare a me ti sarà inviso
Negli anni tuoi futuri;
Ma tu non mi deluderai
Se la mia storia ascolterai.

Storia iniziata un dì lontano
Di un'estate nel pieno:
Il ritmo semplice era e piano –
Quello del nostro remo –
Ne sopravvive ancora un'eco
Malgrado il tempo invido e bieco.

Ascolta, dunque: poi, una voce
Foriera di tempesta
A letto chiamerà, feroce,
Una fanciulla mesta!
(Anche ogni adulto è un bambinetto
Che mai vorrebbe andare a letto.)

Fuori, la neve, il turbinare,
Della tempesta il grido;
Dentro rosseggia il focolare:
È il tuo tiepido nido.

Tu, presa dall'incantamento,
Scordi le raffiche del vento.

E se anche un'ombra di rimpianto
Tremerà nella storia
Perché si dileguò frattanto
Dell'estate la gloria...
Non potrà, livida, sciupare
Il tuo piacere di ascoltare.[2]

Capitolo I

La Casa dello Specchio

Una cosa era certa: la gattina *bianca* non c'entrava per nulla. Era tutta colpa della gattina nera. Infatti da un quarto d'ora la gattina bianca si stava facendo lavare il muso dalla vecchia gatta (e senza nemmeno protestare troppo, per giunta): così come vedete non avrebbe potuto essere implicata nel misfatto.

Questo era il metodo di Dinah per lavare il muso ai suoi gattini: prima immobilizzava il malcapitato mettendogli una zampa sull'orecchio, poi con l'altra zampa gli strofinava tutto il muso, di contropelo, partendo dal naso: e in questo momento, come dicevo, era intenta all'operazione sulla gattina bianca, che se ne stava lunga distesa, ferma ferma, e cercava di fare le fusa... sentendo senza dubbio che tutto ciò era per il suo bene.

Ma il turno della gattina nera era venuto prima, quel pomeriggio, e così, mentre Alice stava accoccolata in un angolo della grande poltrona, mezzo a sonnecchiare e mezzo a parlare fra sé, la gattina se l'era spassata parecchio con la matassa di lana ritorta che Alice aveva tentato di avvolgere, rotolandola in lungo e in largo fino a disfarla del tutto; ed eccola lì, sparsa per il tappeto del caminetto, tutta nodi e viluppi, con in mezzo la gattina che si inseguiva la coda.

« Oh! Brutta cattiva, cattiva, cattiva! » esclamò Alice prendendo in braccio la gattina e dandole un bacetto per farle capire che era in disgrazia. « Dinah avrebbe proprio dovuto insegnarti un po' di educazione! Lo sai, Dinah, che toccava a te? » aggiunse, guardando la vecchia gatta con aria di rimprovero e mettendo nella voce più indignazione che poteva... poi si riarrampicò sulla poltrona, portandosi dietro la gattina e la lana, e si mise a rifare la matassa. Ma non progrediva troppo, dato che parlava tutto il tempo, a volte con la gattina, e a volte fra sé. Kitty le sedeva compunta in grembo, facendo finta di seguire i progressi dell'avvolgimento, e sporgendo ogni tanto una zampetta con cui toccava delicatamente il gomitolo, come per dire che sarebbe stata lieta, potendo, di collaborare.

« Lo sai che giorno è domani, Kitty? » cominciò Alice. « Se fossi stata alla finestra con me lo avresti indovinato... Ma Dinah ti stava facendo il bagno, e non potevi. Guardavo i ragazzi che raccoglievano la legna per il falò... sapessi quanta ce ne vuole! Solo che faceva un tale freddo, e veniva giù tanta di quella neve, che hanno dovuto smettere. Non fa niente, Kitty, domani andremo a vedere il falò. » [3] Qui Alice girò due o tre volte il filo intorno al collo della gattina, tanto per vedere come le stava: la conseguenza fu un parapiglia, in cui il gomitolo rotolò in terra, e metri e metri di filo si dipanarono un'altra volta.

« Lo sai che mi sono molto arrabbiata, Kitty », continuò Alice, non appena si furono rimesse comodamente a posto, « quando ho visto il disastro che avevi combinato. Per poco non aprivo la finestra e ti mettevo fuori nella neve! E l'avresti meritato, cattivaccia! Che hai da dire in tua difesa? Zitta, non interrompermi! » continuò, levando un dito. « Voglio dirti quante nei hai combinate. Numero uno: hai strillato due volte mentre Dinah ti lavava il musetto stamattina. Questo non puoi negarlo, Kitty: ti ho sentito! Come dici? » (facendo finta che la gattina avesse parlato). « Ti ha messo la zampa nell'occhio? Be', peggio per te, così imparerai a tenere gli occhi aperti... se li avessi chiusi forte forte non sarebbe successo. Basta con le scuse, ora, stai a sentire! Numero due: hai tirato via per la coda Bucaneve [4] un attimo dopo che le avevo messo davanti il piat-

tino col latte! Eh? avevi sete? E come lo sai che non aveva sete anche lei? Ed eccoci al numero tre: mi hai disfatto tutto il gomitolo della lana mentre non guardavo!

« Sono tre marachelle, Kitty, e finora non sei stata punita per nessuna. Lo sai che sto tenendo da parte tutti i tuoi castighi per mercoledì a otto... Pensa se facessero così anche con i miei! » continuò, parlando più a sé che alla gattina. « Che mi farebbero alla fine dell'anno? Mi manderebbero in prigione, immagino. Oppure... vediamo... se per esempio ogni castigo fosse andare a letto senza cena: all'arrivo di quel giorno funesto dovrei saltare cinquanta cene tutte insieme! Be', non è che mi dispiacerebbe poi tanto! Preferirei saltarle che mangiarle tutte!

« La senti la neve contro i vetri, Kitty? Che rumore dolce e soffice! Proprio come se fuori ci fosse qualcuno che bacia tutte le finestre. Chissà se la neve gli vuole bene, ai campi e agli alberi, ché li bacia con tanto affetto? E poi li copre ben bene, li mette al calduccio sotto una coperta bianca; e forse dice: "Dormite ora, tesori, fino a quando torna l'estate". E quando d'estate si svegliano, Kitty, si vestono tutti quanti di verde, e ballano... tutte le volte che c'è il vento... oh, com'è bello! » esclamò Alice, lasciando cadere il gomitolo per battere le mani. « E come vorrei che fosse vero! Sono certa che i boschi hanno sonno d'autunno, quando le foglie ingialliscono.

« Kitty, sai giocare a scacchi, tu? Non ridere ora, carina. Te lo chiedo sul serio. Perché poco fa mentre giocavamo ci guardavi proprio come se avessi capito tutto: e quando ho detto: "Scacco!" ti sei messa a fare le fusa! Be', era uno scacco bellissimo, Kitty, e avrei vinto di certo se non fosse stato per quell'odioso Cavaliere che è calato a zig-zag fra i miei pezzi. Senti, cara Kitty, facciamo finta... » E qui vorrei potervi raccontare la metà delle cose che diceva Alice dopo la sua frase favorita « Facciamo finta ». Solo il giorno prima aveva avuto una lunghissima discussione con la sorella... e tutto perché Alice aveva cominciato con un « Facciamo finta di essere re e regine »; e la sorella, che amava la precisione, aveva risposto che non era possibile, visto che erano solo in due, e da ultimo Alice era stata ridotta a dire: « Be', tu ne fai uno, e io faccio tutti gli altri ». E una volta aveva spaventato sul serio la sua vecchia bambinaia gridandole in un orecchio all'improvviso: « Balia! Facciamo finta che io sono una iena affamata, e tu un osso! ».

Ma ci siamo allontanati dal discorso di Alice alla gattina. « Facciamo finta che tu sia la Regina Rossa, Kitty! Lo sai che, secondo me, se ti mettessi seduta ritta a braccia conserte saresti spiccicata. Su, da brava, provaci! » E Alice prese la Regina Rossa dal tavolino e la mise davanti alla gattina come modello da imitare; ma la cosa non funzionò, soprattutto, come disse Alice, perché la gattina non voleva saperne di incrociare a dovere le braccia. Allora per punizione Alice la tenne ferma davanti allo Specchio, onde potesse vedersi con quel muso lungo « ... e se non sarai subito buona » aggiunse « ti metterò dall'altra parte, nella Casa dello Specchio. Che ne diresti?

« Ora, Kitty, se mi dai un po' di retta senza chiacchierare tanto, ti dirò come la penso a proposito della Casa dello Specchio. Prima di tutto, c'è la stanza che puoi vedere dall'altra parte del vetro... è uguale al nostro salotto, solo che le cose sono all'incontrario.[5] Io riesco a vederla tutta quanta quando monto in piedi su una sedia... tutto, meno il pezzetto dietro il camino. Oh! Come mi piacerebbe poter vedere anche quello! Vorrei tanto sapere se l'inverno accendono il fuoco: non si capisce mai, vedi, tranne quando il nostro fuoco fuma, e allora si vede salire il fumo anche in quella stanza... ma può darsi che facciano solo finta, tanto per far credere che hanno un fuoco anche loro. E poi i loro libri sono un po' come i nostri, solo che le parole vanno per l'altro verso: questo lo so, perché ho messo un libro nostro davanti al vetro, e dall'altra parte me ne hanno mostrato uno loro.

« Ti piacerebbe abitare nella Casa dello Specchio, Kitty? Chissà se ti darebbero il latte anche lì? Forse il Latte dello Specchio non è buono...[6] ma oh, Kitty! eccoci al corridoio. Se ne vede appena una fettina, del corridoio, nella Casa dello Specchio, a patto di lasciare aperta la porta del nostro salotto; e quella fettina assomiglia moltissimo al corridoio nostro, però chissà, più avanti potrebbe essere tutto diverso. Oh, Kitty, come sarebbe bello poter entrare nella Casa dello Specchio! Sono sicura che ci sono delle cose meravigliose! Facciamo finta che ci sia un modo di entrare, Kitty. Facciamo finta che il vetro sia diventato morbido come nebbia, e che possiamo passare dall'altra parte. Ecco, guarda: sta diventando una specie di brina, proprio in questo momento, te lo dico io! Andare di là sarà facilissimo... » Mentre diceva così, era in piedi sulla mensola del camino, pur non avendo la minima idea di come c'era arrivata. E certo il vetro cominciava a sciogliersi e a svanire, proprio come una luminosa nebbia d'argento.

Dopo un altro momento Alice era dall'altra parte del vetro; con un salto leggero atterrò nella stanza dello Specchio. La primissima cosa che fece fu guardare se ci fosse un fuoco nel camino, e fu lietissima di trovarcene uno vero, che ardeva non meno allegramente di quello che si era lasciata dietro. « Così starò calda come

nell'altra stanza » pensò Alice « anzi, di più, perché non verrà nessuno a dirmi di stare lontana dal fuoco. Oh, che divertimento sarà quando dal vetro mi vedranno qua dentro, e non potranno prendermi! »

Poi cominciò a guardarsi intorno, e notò che quanto si poteva vedere della vecchia stanza era affatto comune e poco interessante, ma che tutto il resto era così diverso che di più non sarebbe stato possibile. Per esempio, i quadri sulla parete accanto al fuoco sembravano tutti vivi, e perfino l'orologio sul caminetto (come sapete, nello Specchio non potete vederne che il retro) aveva la faccia di un vecchietto, e le sorrideva.

« Non la tengono in ordine come l'altra, questa stanza » rifletté Alice, notando nel camino, fra le ceneri, parecchi pezzi del gioco degli scacchi; ma un momento dopo, con un piccolo « Oh! » di sorpresa, si mise giù a quattro gambe per guardarli meglio. I pezzi camminavano, a due a due!

« Ecco il Re Rosso e la Regina Rossa » disse Alice (sottovoce, per paura di spaventarli) « ed ecco il Re Bianco e la Regina Bianca seduti sull'orlo della paletta... ed ecco due Torri che se ne vanno a braccetto... non credo che possano sentirmi » continuò, avvicinando loro il capo, « e sono quasi certa che non mi vedono. Mi sembra di stare diventando invisibile... »

Qui qualcosa cominciò a stridere sul tavolo dietro Alice, facendole voltare il capo appena in tempo per vedere una delle Pedine Bianche ruzzolare e mettersi a tirar calci: la guardò assai incuriosita di vedere cosa sarebbe accaduto a questo punto

« È la voce di mia figlia! » gridò la Regina Bianca passando di corsa accanto al Re, con tanta violenza da scaraventarlo fra la cenere. « Mia preziosa Lily! Mia gattina imperiale! » e si mise ad arrampicarsi freneticamente su per il bordo del parafuoco.

« Buffoncella imperiale! » disse il Re, strofinandosi il naso, che era rimasto leso nella caduta. Aveva il diritto di essere un po' seccato con la Regina, perché era coperto di cenere da capo a piedi.

Alice era molto ansiosa di rendersi utile, e siccome la povera piccola Lily dagli strilli era sull'orlo di un attacco isterico, si affrettò a prendere la Regina e a posarla sul tavolo accanto alla sua rumorosa figlioletta.

La Regina si mise a sedere ansimando: il rapido viaggio aereo l'aveva lasciata senza fiato, e per un paio di minuti non poté fare altro che abbracciare in silenzio la piccola Lily. Non appena ebbe recuperato un poco il fiato, si affacciò a gridare forte al Re Bianco, che se ne stava seduto e imbronciato fra le ceneri: « Attento al vulcano! ».

« Che vulcano? » disse il Re, alzando il capo a guardare con apprensione nel fuoco, come ritenendo quello il posto più adatto a ospitarne uno.

« Mi ha... risucchiata... quassù » ansimò la Regina, che aveva ancora il fiato mozzo. « Attento a salire... per la via normale... non farti risucchiare! »

Alice guardò il Re Bianco che arrancava piano piano da una sbarra all'altra, e finalmente disse: « Ma in quel modo ci metterai delle ore ad arrivare in cima al tavolo. Non sarebbe molto meglio se ti dessi una mano io? » ma il Re non prestò la minima attenzione alla domanda: era evidente che non poteva né udire Alice, né vederla.

Così Alice lo prese con molta delicatezza e lo sollevò più lentamente di come avesse fatto con la Regina, per non lasciare senza fiato anche lui; ma prima di posarlo sul tavolo, pensò che forse era il caso di spolverarlo un poco, tanto era coperto di cenere.

In seguito Alice disse di non aver mai visto in vita sua una faccia come quella che fece il Re quando si trovò sorretto in aria da una mano invisibile, e spolverato per giunta: era troppo esterrefatto per gridare, ma gli occhi e la bocca continuarono a farglisi sempre più grandi e più rotondi, finché la mano di Alice si mise a tremare dalle risa in modo tale, che per poco non lo lasciò cadere in terra.

« Oh! Non fare queste smorfie, ti prego, caro mio! » esclamò, del tutto dimentica che il Re non poteva udirla. « Mi fai ridere troppo; non ce la faccio più a tenerti! E non spalancare tanto la bocca! Ci entrerà tutta la cenere... ecco, ora mi sembri abbastanza ripulito! » aggiunse, ravviandogli i capelli e deponendolo sul tavolo accanto alla Regina.

Il Re ricadde subito supino, e rimase perfettamente immobile; e Alice fu un po' allarmata di quel che aveva fatto, e fece il giro della stanza in cerca di un po' d'acqua da buttargli addosso. Però non trovò altro che una boccetta d'inchiostro, e quando fu di ritorno portandola seco trovò che aveva ripreso i sensi, e che stava parlando con la Regina, atterrito, a voce bassa... tanto bassa, che Alice riuscì appena a distinguere quello che dicevano.

Il Re diceva: « Te lo assicuro, mia cara, mi sono sentito gelare fino alla punta dei baffi! ».

Al che la Regina rispondeva: « Non hai baffi ».

« L'orrore di quel momento » continuò il Re « non lo dimenticherò mai, mai! »

« Sì, invece » disse la Regina « se non ne prenderai nota. »

Alice guardò con grande interesse il Re che tirava fuori di tasca un enorme taccuino di appunti, e si metteva a scrivere. Un'idea improvvisa la colpì; prese con le dita l'estremità della matita che sporgeva di un tantino dalle spalle del Re, e si mise a scrivere in sua vece.

Il povero Re assunse un'aria perplessa e infelice, e lottò con la matita per qualche tempo senza dir nulla; ma Alice era troppo più forte di lui, e da ultimo il Re ansimò: « Mia cara! Davvero bisogna che mi procuri una matita più sottile. Questa non riesco a governarla: scrive un sacco di cose che non ho intenzione di... ».

« Che genere di cose? » disse la Regina, guardando il taccuino (nel quale Alice aveva scritto: « *Il Cavaliere Bianco scivola lungo l'attizzatoio. Il suo equilibrio è assai precario* »).[7] Non sono appunti delle *tue* impressioni!

Sul tavolo accanto ad Alice c'era un libro, e mentre lei continuava a tenere d'occhio il Re Bianco (perché era ancora un po' in pensiero per lui, e teneva pronto l'inchiostro con cui spruzzarlo nel caso di un nuovo svenimento), voltava le pagine, per vedere se ci fosse qualche punto che potesse leggere « ... perché è tutto in una lingua che non conosco » si disse.

Era così.

CIARLESTRONIANA

Era brillosto, e i tospi agíluti
Facean girelli nella civa;
Tutti i paprussi erano mèlacri,
Ed il trugón striniva.[8]

Ci si arrovellò per qualche tempo, ma da ultimo ebbe un'illuminazione. « Ma certo! È un Libro dello Specchio! E se lo metto davanti a uno specchio, le parole ridiventeranno normali. »

Ed ecco la poesia che Alice lesse.

CIARLESTRONIANA

Era brillosto, e i tospi agìluti
Facean girelli nella civa;
Tutti i paprussi erano mélacri,
Ed il trugòn striniva.

« Ma bada al Ciarlestrone, o figlio!
Con fauci e denti ti rinserra.
Del Giuggio uccèl bada all'artiglio,
E al frumio Bandafferra! »

Il figlio impugna il brando vòrpido,
In cerca del mansone va;
E giunto dei Tontoni all'albero
Fermo e perplesso sta.

Qui mentre sosta in pensier bellici
L'occhidibragia Ciarlestrone
Si sonfla nella selva tulgida,
Sbollando nell'azione!

Un, dué! Un, dué! E poi daccapo,
Il brando vòrpido schidiatta!
Morto il nemico, col suo capo
Galonfa alla ritratta.

« Il Ciarlestrone hai schiantato?
Qua che t'abbracci, o raggioso!
Callò! Callài! Giorno fregiato! »
Quei stripetò, gioioso.

Era brillosto, e i tospi agiluti
Facean girelli nella civa;
Tutti i paprussi erano mélacri,
Ed il trugòn striniva.[9]

« Sembra molto grazioso » disse Alice quando fu arrivata alla fine « ma è abbastanza difficile da capire! » (Come vedete non volle confessare, nemmeno a se stessa, di non averne decifrato una sillaba.) « In qualche modo è come se mi riempisse la testa di idee... solo che non so di preciso quali! In ogni modo, qualcuno ha ucciso qualcosa: questo almeno è chiaro... »

« Ma oh! » pensò Alice, saltando su d'un tratto « se non mi sbrigo, dovrò tornare dall'altra parte dello Specchio prima di aver visto com'è il resto della casa! Diamo un'occhiata al giardino, tanto per cominciare! » In un momento fu fuori della stanza, e scese di corsa le scale... ovvero, almeno, non si trattava esattamente di corsa, ma di una nuova invenzione per scendere le scale in modo comodo e veloce, come si disse Alice. Le bastò tenere le punte delle dita sulla ringhiera per scivolare dolcemente giù senza nemmeno toccare i gradini con i piedi; poi attraversò sempre scivolando l'ingresso, e sarebbe finita dritta contro la porta sullo slancio se non si fosse aggrappata allo stipite.

Dopo tanto fluttuare in aria le girava un po' la testa, e fu alquanto lieta di ritrovarsi a camminare nel modo normale.

Capitolo II

Il Giardino dei Fiori Parlanti

« Il giardino potrei vederlo molto meglio » si disse Alice « se riuscissi a arrivare in cima a quella collina: e questo sentierino porta dritto fin lassù... cioè, no, non proprio... » (aveva già percorso un tratto del sentiero, e voltato diverse curve strette), « ma finirà per arrivarci, immagino. Però, come si attorciglia! Più che un sentiero sembra un cavatappi! Ecco, dietro questa curva c'è di certo la collina... macché! Riporta verso casa, invece! Be', quand'è così proverò nel senso opposto. »

E così fece, vagando in su e in giù e tentando una curva dopo l'altra; ma nonostante tutti i suoi sforzi continuava a tornare verso la casa. Una volta che girò un angolo più rapidamente del solito le successe addirittura di cozzarci contro, senza fare in tempo a fermarsi.

« Non se ne parla nemmeno » disse Alice guardando la casa e facendo finta di discutere con lei. « Per ora non ho la minima intenzione di rientrare. Lo so, dovrei riattraversare lo Specchio e tornare nella vecchia stanza... ma sarebbe la fine di tutte le mie avventure! »

Così voltò decisa le spalle alla casa e ripartì lungo il sentiero, con la ferma intenzione di andare dritta fino al colle. Per un po' tutto andò bene, e Alice si stava appunto dicendo: « Questa volta ce l'ho fatta... » quando il sentiero virò bruscamente con una scossa (così almeno la raccontò in seguito), e un attimo dopo Alice si ritrovò in atto di imboccare la porta della casa un'altra volta.

« Che disastro! » esclamò. « Non ho mai visto una casa che stesse sempre fra i piedi come questa, mai e poi mai! »

Tuttavia la collina rimaneva in bella evidenza; non c'era altro da fare che riprendere il tentativo. Questa volta Alice arrivò davanti a una vasta aiuola tutta bordata di margherite, con un salice al centro.

« O Giglio Tigrato! »[10] disse Alice, rivolgendosi a un fiore che ondeggiava graziosamente al vento « come vorrei che tu potessi parlare! »

« Certo che possiamo parlare » disse il Giglio Tigrato « quando c'è qualcuno con cui ne valga la pena. »

Dallo stupore Alice restò senza parola per un minuto: era letteralmente senza fiato. Finalmente, mentre il Giglio Tigrato si limitava a lasciarsi ondeggiare, Alice riprese, con voce timida... quasi in un sussurro: « E tutti i fiori sanno parlare? ».

« Parlano come te » disse il Giglio Tigrato. « Anzi, più forte. »

« Sai, per noi non è educazione parlare per primi » disse la Rosa; « io non vedevo l'ora che dicessi qualcosa! Pensavo: "Dal viso sembra abbastanza a posto, anche se non proprio intelligente!". E poi, sei del colore giusto, il che è molto importante. »

« A me del colore non importa » notò il Giglio Tigrato. « Se avesse i petali un pochino più arricciati, sarebbe perfetta. »

Ad Alice non piaceva sentirsi criticare, così si mise a fare domande. « Non vi viene mai paura, piantati qua in mezzo senza nessuno che vi badi? »

« C'è l'albero al centro » disse la Rosa. « A che altro serve? »

« Ma che può fare lui, in caso di pericolo? » chiese Alice.

« Può abbaiare » disse la Rosa.

« Fa "bau-bau"! » esclamò una Margherita. « Non per niente è un "bau-bab"! »[11]

« Non lo sapevi? » esclamò un'altra Margherita. E a questo punto le margherite si misero a strillare tutte insieme, finché l'aria non parve piena delle loro vocette stridule. « Silenzio, tutte quante! » esclamò con collera il Giglio Tigrato, dondolandosi da una parte e dall'altra fino a tremare di eccitazione. « Sanno che non posso acchiapparle! » ansimò, chinando il capo fremente verso Alice « altrimenti non si azzarderebbero! »

« Non fa niente! » disse Alice per consolarlo, e chinandosi verso le margherite, che stavano appunto ricominciando, sussurrò: « Se non state zitte, vi colgo! ».

Si fece subito un gran silenzio, e diverse margherite rosa diventarono bianche.

« Giusto! » disse il Giglio Tigrato. « Le margherite sono le peggiori. Come apri bocca, attaccano tutte insieme un baccano da farti appassire! »

« Come mai sapete tutti parlare così bene? » disse Alice, sperando di metterlo di migliore umore con un complimento. « Io ho visto molti giardini, ma nessun fiore sapeva parlare. »

« Metti una mano in terra e tasta il terreno » disse il Giglio Tigrato. « Allora capirai. »

Alice obbedì. « È duro » disse; « ma non capisco che c'entri. »

« Nella maggior parte dei giardini » disse il Giglio Tigrato, « fanno i letti troppo morbidi... e i fiori dormono sempre. » [12]

Sembrava un'ottima ragione, e Alice fu molto lieta di apprenderla. « Non ci avevo mai pensato! » disse.

« Secondo me tu non pensi *mai* » disse la Rosa, in tono alquanto severo.

« Non ho mai visto nessuno con una faccia più stupida » disse una Violetta,[13] così all'improvviso che Alice sussultò; perché era la prima volta che quella parlava.

« Zitta tu! » esclamò il Giglio Tigrato. « Come se avessi mai visto qualcuno! Sempre lì a russare col capo sotto le foglie... tu il mondo lo conosci sì e no come un germoglio! »

« Ci sono altre persone nel giardino oltre a me? » disse Alice, decidendo di ignorare l'ultima osservazione della Rosa.

« Nel giardino c'è un altro fiore in grado di spostarsi qua e là come te » disse la Rosa. « Mi domando come fai... » (« Tu ti domandi sempre » disse il Giglio Tigrato) « ma è più folta di te. »

« È come me? » domandò Alice, eccitata dall'idea che le era venuta. « Allora in qualche parte del giardino c'è un'altra bambina come me! »

« Sì, d'aspetto è sgraziata come te » disse la Rosa, « ma è più rossa... e direi che ha i petali più corti. »

« Li porta su, come una dalia » disse il Giglio Tigrato « non buttati qua e là alla rinfusa come i tuoi. »

« Ma non è colpa tua » aggiunse gentilmente la Rosa. « È che tu stai cominciando ad appassire... e allora un certo disordine nei petali è inevitabile. »

La cosa non piacque affatto ad Alice, che quindi per cambiare argomento chiese: « E qui ci viene mai? ».

« Credo proprio che la vedrai fra non molto » disse la Rosa. « È di quelle che hanno nove spighe. »

« E dove le porta? » chiese Alice, un po' incuriosita.

« Ma tutt'intorno al capo, naturalmente » rispose la Rosa. « Anzi, mi domando come mai non le hai anche tu. Credevo che fosse la regola. »

« Eccola! » esclamò la Consolida Reale. « Sento i passi, toc, toc, sulla ghiaia del viottolo. »

Alice si voltò impaziente di vederla, e trovò che si trattava della Regina Rossa. « Com'è cresciuta! » fu la sua prima osservazione. Ed era vero: quando Alice l'aveva trovata nella cenere era alta solo otto centimetri... ora invece sovrastava Alice di mezza testa!

« Tutto merito dell'aria fresca » disse la Rosa « c'è un'aria magnifica, qua fuori. »

« Voglio andarle incontro » disse Alice. Sebbene i fiori fossero abbastanza interessanti, una conversazione con una vera Regina le sembrò un'esperienza assai più lusinghiera.

« Impossibile » disse la Rosa. « Io ti consiglierei di andare nella direzione opposta. »

Questo parve una sciocchezza ad Alice, la quale pertanto non disse nulla, e si avviò subito verso la Regina Rossa. Ma ecco che con sua sorpresa la perse immediatamente di vista, per trovarsi invece di nuovo sul punto di infilare la porta d'ingresso della casa.

Un po' indispettita, fece un passo indietro, e dopo aver guardato in ogni direzione alla ricerca della Regina (che finalmente scorse, a una notevole distanza), pensò di provare stavolta a prendere la direzione opposta.

Funzionò a meraviglia.[14] Non camminava nemmeno da un minuto quando si trovò a faccia a faccia con la Regina Rossa, e proprio davanti alla collina che aveva tanto desiderato di raggiungere.

« Di dove vieni? » chiese la Regina Rossa. « E dove vai? Guardami in viso, parla come si deve, e non giocherellare con le dita tutto il tempo. »[15]

Alice obbedì a tutte queste ingiunzioni e spiegò meglio che poté di avere perso la strada.

« Non capisco come hai fatto a perdere la strada » disse la Regina; « tutte le strade da queste parti appartengono a *me*... piuttosto, come mai sei venuta? » aggiunse in tono più affabile. « Fai la riverenza mentre pensi a cosa rispondere. Così guadagni tempo. »

Tale affermazione suonò strana alle orecchie di Alice, la quale però aveva troppa soggezione della Regina per non crederle. « Voglio provarci quando sarò tornata a casa » rifletté « la prima volta che faccio tardi per la cena. »

« Adesso è ora che tu risponda » disse la Regina, guardando

l'orologio; « apri la bocca un pochino di più quando parli, e di' sempre "Altezza". »

« Volevo solo vedere com'era il giardino, Altezza... »

« Benissimo » disse la Regina, dandole un leggero scappellotto, cosa che Alice non gradì affatto. « Per quanto, se lo chiami giardino... Io ho visto dei giardini in confronto ai quali questo è un deserto. »

Alice non osò contraddirla su questo punto, ma continuò: « ...e ho pensato di cercare di arrivare in cima a quel colle... ».

« A proposito di colli » la interruppe la Regina, « potrei farti vedere dei colli io, in confronto ai quali quello lì ti sembrerebbe una vallata. »

« Macché » disse Alice, sorpresa lei stessa di trovarsi a contraddirla « come fa un colle a essere una vallata? È un controsenso... »

La Regina Rossa scosse il capo. « Chiamalo pure controsenso se ti va » disse, « ma io ho sentito dei controsensi in confronto ai quali questo ti sembrerebbe sensato come un dizionario! »

Alice fece un'altra riverenza, dato che dal tono della Regina temeva che si fosse un po' offesa: e camminarono in silenzio finché non furono in cima alla collinetta.

Per qualche minuto Alice stette lì senza parlare, a guardare la campagna in ogni direzione... e si trattava di una campagna veramente curiosa. C'era un certo numero di ruscelletti sottili che l'attraversavano in linea retta da un lato all'altro, e le fette di terreno così limitate erano divise in tanti quadrati da un corrispondente numero di piccole siepi verdi che andavano da un ruscello all'altro.

« Ma guarda, è segnata proprio come una grande scacchiera! » disse infine Alice. « Mancano solo degli uomini che si muovano, da qualche parte... ma ci sono! » aggiunse giuliva, e il cuore cominciò a batterle di eccitazione via via che continuava. « È un'enorme partita a scacchi questa che giocano... in tutto il mondo...[16] sempre che questo sia il mondo. Oh, che divertimento! Come vorrei essere una di loro! Non mi dispiacerebbe fare la Pedina, se solo potessi raggiungerli... benché naturalmente più di tutto mi piacerebbe essere una Regina. »

Scoccò un'occhiata alquanto timida in direzione della Regina vera mentre pronunciava queste parole, ma la sua compagna si limitò a sorridere amabilmente e a dire: « Presto fatto. Puoi fare la Pedina della Regina Bianca, se vuoi, visto che Lily [17] è troppo piccola per giocare; tanto per cominciare, sei nella Seconda Casella: quando arriverai all'Ottava Casella diventerai Regina... ». In questo preciso momento, come fu come non fu, si misero a correre.

Alice non riuscì mai a capire, ripensandoci in seguito, come avevano cominciato: ricordava solo che correvano tenendosi per mano, e la Regina andava così veloce che al massimo lei riusciva a tenerne il passo: e la Regina continuava a gridare: « Più svelta! Più svelta! » ma Alice sentiva di non poter correre più di così, e le mancava perfino il fiato per dirlo.

La parte più curiosa della faccenda era che gli alberi e le altre cose intorno a loro non si spostavano minimamente: per quanto corressero, era come se non superassero mai nulla. « Mi domando se non sarà che ogni cosa si sposta con noi » pensava la povera Alice, assai perplessa. E la Regina parve indovinare quello che pensava, perché gridò: « Più svelta! Non cercare di parlare! ».

Non che Alice ne avesse alcuna intenzione. Le sembrava che non sarebbe riuscita a parlare mai più, tanto la corsa le toglieva il respiro: eppure la Regina continuava a gridare: « Più svelta! Più svelta! » e a trascinarsela dietro. « Ci siamo? » riuscì ad ansimare Alice da ultimo.

« Ci siamo quasi! » disse la Regina. « L'abbiamo passato dieci minuti fa! Più svelta! » E continuarono a correre per un po' in silenzio, col vento che soffiava negli orecchi di Alice, quasi, le parve, strappandole i capelli dalla testa.

« Ecco! Ecco! » gridò la Regina. « Più svelta! Più svelta! » E corsero tanto che alla fine sembrò quasi che si levassero in volo, senza più toccare il terreno con i piedi, finché d'un tratto, proprio quando Alice stava per raggiungere il colmo della fatica, si fermarono, e Alice si trovò a sedere in terra, senza più fiato e con la testa che le girava.

La Regina l'appoggiò contro un albero e disse in tono gentile: « Ora puoi riposarti un poco ».

Alice si guardò intorno molto sorpresa. « Ehi, ma secondo me siamo state tutto il tempo sotto quest'albero! È tutto esattamente com'era prima! »

« Certo » disse la Regina. « Perché, come dovrebb'essere? »

« Be', al paese nostro » disse Alice, sempre con un po' di fiatone « in genere si arriva in un altro posto... se si corre per tanto tempo come abbiamo fatto noi. »

« Che paese lento! » disse la Regina. « Qui, invece, vedi, devi correre più che puoi, per restare nello stesso posto. Se vuoi andare da qualche altra parte devi correre almeno il doppio. » [18]

« Grazie, preferirei non provarci nemmeno! » disse Alice. « Sono più che contenta di restare qui... è solo che ho caldo, e una sete! »

« Io lo so cosa ti andrebbe! » disse la Regina affabilmente, estraendo di tasca una scatolina. « Lo vuoi un biscotto? »

Alice pensò che non sarebbe stata buona educazione dire: « No » benché non si trattasse affatto della cosa che avrebbe voluto in quel momento. Perciò lo prese e lo mandò giù meglio che poté. Il biscotto era molto secco, e le parve di non essere mai stata tanto vicina a strozzarsi in vita sua.

« Mentre ti rinfreschi » disse la Regina « io prendo le misure. » E tratto dalla tasca un nastro con i segni dei centimetri, cominciò a misurare il terreno, piantandovi dei paletti qua e là.

« In capo a due metri » disse mentre metteva un paletto per segnare la distanza, « ti darò le tue istruzioni... vuoi un altro biscotto? »

« No, grazie » disse Alice « uno basta e avanza! »

« Passata la sete, eh? » disse la Regina.

Alice non sapeva cosa rispondere, ma per fortuna la Regina continuò senza aspettare la replica. « In capo a circa *tre* metri le ripeterò... per paura che le dimentichi. In capo a *quattro*, ti saluterò. E in capo a *cinque*, me ne andrò! ».

A questo punto aveva conficcato tutti i paletti, e Alice continuò a guardarla con grande interesse tornare all'albero, e quindi avviarsi lentamente lungo la fila.

Al paletto che segnava due metri si voltò a guardarla e disse: « Tu sai che la pedina fa due caselle nella prima mossa. Perciò attraverserai la Terza Casella *molto* rapidamente... in treno, direi... e ti troverai nella Quarta Casella in men che non si dica. Be', questa casella appartiene a Tweedledum e a Tweedledee... la Quinta è soprattutto acqua... la Sesta appartiene a Humpty Dumpty... ma non hai niente da dire? ».

« Io... non sapevo di dover dire qualcosa... proprio ora » balbettò Alice.

« Avresti dovuto dire » continuò la Regina in tono grave di rimprovero: « "Lei è veramente gentile a darmi tutte queste istruzioni"... in ogni modo, facciamo conto che tu l'abbia detto... la Settima Casella è tutta foresta... però un Cavaliere ti indicherà la strada... e nell'Ottava Casella saremo Regine insieme, e ci sarà gran festa e divertimenti! ». Alice si alzò, fece la riverenza, e si rimise a sedere.

Al paletto successivo la Regina si voltò di nuovo, e stavolta disse: « Parla francese quando non ti viene in mente un nome di una cosa in inglese... cammina con le punte in fuori... e ricordati chi sei! ». Non aspettò la riverenza di Alice, stavolta, ma passò subito al paletto seguente, dove si voltò per un momento a dire « Arrivederci » e poi si slanciò verso l'ultimo.

Come successe Alice non lo seppe mai, ma nel momento preciso in cui la Regina giunse all'ultimo paletto, sparì.[19] Che fosse svanita in aria, o che fosse entrata nel bosco di corsa (« e sa correre, quella lì! » pensò Alice), non ci fu il modo di indovinarlo. Ma non c'era più, e Alice cominciò a rendersi conto di essere una Pedina, e che ben presto le sarebbe toccato di muoversi.

Capitolo III

Insetti allo Specchio

Naturalmente la prima cosa da fare era esaminare ben bene il paese che avrebbe attraversato. « È proprio come quando si studia la geografia » pensò Alice mentre si rizzava in punta di piedi nella speranza di arrivare a vedere un po' più in là. « Fiumi principali... nessuno. Monti principali... uno solo, e ce l'ho sotto i piedi, ma non credo abbia un nome. Città principali... ehi, chi sono quelle creature che fanno il miele laggiù? Api no, non è possibile... le api a un chilometro e mezzo di distanza non le vedi... » e rimase lì senza parlare per un po', a fissarne una che si affacciava fra i fiori, tuffandovi la proboscide « proprio come una vera ape » pensò Alice.

Ma tutto era meno che una vera ape: infatti era un elefante... come Alice scoprì ben presto, per quanto sulle prime l'idea la lasciasse senza fiato. « E chissà che fiori enormi! » fu il suo pensiero successivo. « Saranno come delle case senza tetto, e con sotto un gambo... e chissà quanto miele producono! Quasi quasi scendo e... no, ancora no » continuò, ripensandoci proprio mentre stava per spiccare la corsa giù per la discesa, e cercando di trovare una scusa per questo improvviso ritegno. « È meglio non scendere là in mezzo senza un bel ramo lungo per tenerli a bada... ma pensa le risate quando mi chiederanno se ho fatto una buona passeggiata. "Sì", dirò, "non c'è male..." » (e qui fece la sua mossetta caratteristica, buttando il capo all'indietro) « "però c'era un caldo, un polverone, e gli elefanti davano un fastidio!" »

« Credo che scenderò dall'altra parte » disse dopo una pausa; « e magari gli elefanti li vado a trovare dopo. E poi non vedo l'ora di arrivare nella Terza Casella! »

Così, con questa scusa, si mise a correre giù per la china, e scavalcò con un salto il primo dei sei ruscelli.[20]

*   *   *   *   *
  *   *   *   *
*   *   *   *   *

« Biglietti, prego! » disse il Controllore affacciandosi al finestrino. Un attimo dopo tutti tendevano i biglietti; questi erano grandi suppergiù quanto le persone, e parvero riempire lo scompartimento.

« Su! Fa' vedere il biglietto, bambina! » continuò il Controllore, guardando Alice tutto arrabbiato. E moltissime voci dissero tutte insieme (« come il coro di una canzone » pensò Alice): « Non farlo aspettare, bambina! Su, il suo tempo vale mille sterline al minuto! ».

« Temo di non averlo » disse Alice in tono spaventato; « non c'era biglietteria lì dove sono salita. » E di nuovo il coro continuò. « Non c'era posto per costruirla lì dov'è salita. In quel punto il terreno vale mille sterline ogni due centimetri e mezzo! »

« Non cercare scuse » disse il Controllore « dovevi fartelo dare dal macchinista. » E ancora una volta il coro di voci continuò con « Il macchinista. Eh, sì, solo il fumo vale mille sterline lo sbuffo! »

Alice pensò: « Allora non serve a niente parlare ». Le voci non risuonarono questa volta, dato che non aveva parlato, ma, con sua grande sorpresa, *pensarono* tutte in coro (spero che voi comprendiate cosa vuol dire *pensare in coro* – perché io debbo confessare che non lo comprendo): « Meglio non dire niente. Il linguaggio vale mille sterline la parola! ».

« Stanotte mi sognerò mille sterline, ci scommetto! » pensò Alice.

Durante tutto questo tempo il Controllore non aveva cessato di fissarla, prima con un cannocchiale, poi con un microscopio, infine con un binocolo da teatro. Finalmente disse: Stai viaggiando nella direzione sbagliata » chiuse il finestrino e se ne andò.

« Una bambina così piccola » disse il signore seduto di fronte a lei (aveva un vestito di carta bianca)[21] « dovrebbe sapere in che direzione va, anche se non sapesse come si chiama! »

Una Capra che era seduta accanto al signore vestito di bianco

chiuse gli occhi e disse a voce alta: « Dovrebbe conoscere la strada della biglietteria, anche se non sapesse l'alfabeto! ».

C'era uno Scarafaggio seduto accanto alla Capra (nell'insieme si trattava di una comitiva stranissima) il quale, siccome a quanto pareva la regola era che dovessero parlare tutti a turno, proseguì con un « Dovrà tornare indietro come bagaglio! »

Alice non riuscì a vedere chi sedeva accanto allo Scarafaggio, ma dopo quest'ultimo toccò a una voce rauca. « Cambiate le macchine... » disse, e a questo punto si strozzò e fu costretta a lasciare la frase a metà.

« Sembra un cavallo » pensò Alice fra sé. E una vocina piccina piccina le disse all'orecchio: « Potresti farne un gioco di parole... un destriero che si distrae, che' ne dici? ».[22]

Poi una voce molto gentile disse da lontano: « Bisognerebbe metterle un'etichetta: "Bambina fragile",[23] eh?... ».

E dopo altre voci continuarono (« Quanta gente in questo scompartimento! » pensò Alice) dicendo: « Deve andare con la posta, dato che ha una testa... ».[24] Bisogna mandarla come messaggio telegrafico... » « Deve tirare lei il treno per il resto del viaggio... » e così via.

Ma il signore vestito di carta bianca si chinò verso di lei e le sussurrò all'orecchio: « Non dar retta a quello che dicono, carina, ma prendi un biglietto di andata-ritorno a ogni fermata del treno ».

« Questo poi no! » disse Alice con una certa impazienza. « Io non c'entro affatto con questo treno... ero in un bosco un momento fa... e vorrei poterci tornare! » « Potresti fare un bel gioco di parole » le disse la vocina all'orecchio « qualcosa con volere e volare. » [25]

« Smetti di prendere in giro » disse Alice, guardandosi intorno invano per vedere da dove venisse la vocina. « Se ti piacciono tanto i giochi di parole, perché non te li fai da sola? »

La vocina emise un profondo sospiro. Era evidentemente molto, molto infelice, e Alice avrebbe detto volentieri qualcosa per consolarla « se solo sospirasse come tutti gli altri! » pensò. Ma si trattava di un sospiro così straordinariamente esile, che Alice non l'avrebbe udito affatto se non fosse stato emesso tanto vicino al suo orecchio. La conseguenza fu che il suo orecchio ne fu molto solleticato, distogliendo così i suoi pensieri dall'infelicità della povera creaturina.

« So che sei un'amica » continuò la vocina; « una cara amica, una vecchia amica. E non mi faresti mai del male, anche se non sono che un insetto. »

« Che tipo di insetto? » si informò Alice, con un po' d'ansia. Quello che voleva sapere in realtà era se si trattava di un insetto che punge o no, ma pensò che non fosse una domanda troppo educata da farsi.

« Come, allora non... » cominciò la vocina, quando fu sommersa dall'acuto sibilo della locomotiva, e tutti saltarono in piedi allarmati, Alice con gli altri.

Il Cavallo, che aveva sporto il capo dal finestrino, lo tirò dentro con calma e disse: « È solo un ruscello che dobbiamo saltare ». Tutti parvero paghi della risposta, sebbene Alice provasse un certo nervosismo all'idea di un treno che salta. « Ad ogni buon conto, ci porterà alla Quarta Casella » si disse. Dopo un altro momento sentì il vagone che si alzava dritto in aria, e dallo spavento si aggrappò alla cosa più a portata di mano; il caso volle che fosse la barba della Capra.[26]

* * * * *
* * * *
* * * * *

Ma la barba sembrò dissolversi nel momento in cui la toccava, e Alice si trovò tranquillamente seduta sotto un albero... mentre la Zanzara (poiché questo era l'insetto con cui aveva parlato) si dondolava su un ramoscello proprio sopra la sua testa, facendole vento con le ali.

Certo si trattava di una Zanzara molto grande: « all'incirca le dimensioni di un pollo » pensò Alice. Però la cosa non la mise a disagio, dopo la loro lunga conversazione.

« ... sicché non ti sono simpatici *tutti* gli insetti? » continuò la Zanzara, tranquilla come se nulla fosse successo.

« Mi sono simpatici quando sanno parlare » disse Alice. « Nessuno di loro parla mai nel posto da dove vengo. »

« In che tipo di insetti ti compiaci, nel posto da dove vieni? » si informò la Zanzara.

« Non mi *compiaccio* in nessun tipo di insetto » spiegò Alice « perché mi fanno una certa paura... quelli grossi, almeno. Ma te ne posso nominare qualcuno. »

« E quando li chiami per nome, rispondono » osservò distrattamente la Zanzara.

« Non l'ho mai sentito dire. »

« Che se ne fanno di un nome » disse la Zanzara « se quando li chiami non rispondono? »

« Loro, niente » disse Alice; « ma credo che serva a chi glielo ha dato. Se no, perché hanno dei nomi le cose? »

« Non saprei » rispose la Zanzara. « E poi, laggiù nel bosco le cose non hanno nome... in ogni modo, vai avanti con la tua lista di insetti; stai sprecando del tempo. »

« Be', c'è la Mosca Cavallina » cominciò Alice, enumerando i nomi sulle dita.

« Benissimo » disse la Zanzara. « Se guardi in quel cespuglio, a mezz'altezza, ci vedrai una Mosca Cavallina a Dondolo. È tutta di legno, e si sposta a forza di dondolarsi da un ramo all'altro. »

« E di che si nutre? » chiese Alice, molto incuriosita.

« Di linfa e segatura » disse la Zanzara. « Continua con la tua lista. »

Alice guardò con grande interesse la Mosca Cavallina a Dondolo, e decise che dovevano averla ridipinta di fresco, tanto pareva lustra e appiccicosa; quindi continuò.

« Poi c'è il Moscon d'Oro. »

« Guarda sul ramo che hai sopra la testa » disse la Zanzara « e ci troverai un Moscone di Brillanti. Ha il corpo di *plum-pudding*, le ali di foglie di agrifoglio, e la testa è un'uvetta che brucia nel cognac. » [27]

« E di che si nutre? » chiese Alice, come prima.

« Di frumento [28] e di pasticcio di carne » rispose la Zanzara; « e fa il nido nelle scatole di regali di Natale. »

« E poi c'è la Farfalla » continuò Alice, dopo aver guardato ben bene l'insetto col capo in fiamme, ed aver riflettuto fra sé: « Mi domando se è per questo che gli insetti amano tanto entrare nella fiamma delle candele... Vogliono diventare tanti Mosconi di Brillanti! ».

« Lì ai tuoi piedi, che striscia » disse la Zanzara (Alice ritirò i piedi, un po' allarmata), « puoi osservare la Farfalla Pane e Burro.[29] Ha per ali delle fette sottilissime di pane e burro, il corpo di crosta, e la testa è una zolletta di zucchero. »

« E di che si nutre? »

« Di tè leggero alla crema. »

Una nuova difficoltà sorse nella mente di Alice. « E se non ne trova? » chiese.

« Allora muore, naturalmente. »

« Ma deve capitare molto spesso » osservò Alice, pensierosa.

« Capita sempre » disse la Zanzara.

Dopo questo, Alice tacque per un paio di minuti, soprappensiero. La Zanzara frattanto si trastullò continuando a ronzarle intorno alla testa; infine tornò a posarsi e osservò: « Tu non vuoi perdere il tuo nome, vero? ».

« No davvero » disse Alice, un po' preoccupata.

« Eppure non so » continuò la Zanzara in tono distratto « pensa per un momento quanto sarebbe comodo per te riuscire a tornare a casa senza! Per esempio, se l'istitutrice volesse chiamarti alle tue lezioni, dovrebbe dire: "Vieni qui..." e a questo punto si fermerebbe, perché non avrebbe un nome con cui chiamarti, e naturalmente tu non dovresti andare. »

« Non funzionerebbe, ne sono certa » disse Alice. « L'istitutrice non si sognerebbe mai di considerarlo una scusa valida. Se non si ricordasse il mio nome, mi chiamerebbe "Signorina", come fanno le persone di servizio. »

« Be', se dicesse solo "Signorina" e basta » osservò la Zanzara « certo tu a lezione non ci andresti.[30] Ecco una freddura. Vorrei che l'avessi fatta tu. »

« E perché l'avrei dovuta fare io? » chiese Alice. « È pessima. »

Ma la Zanzara si limitò a emettere un profondo sospiro, mentre due lacrimoni le scendevano lungo le guance.

« Non dovresti fare delle freddure » disse Alice « se la cosa ti rende tanto infelice. »

Poi venne un altro di quei piccoli sospiri malinconici, e stavolta sembrò davvero che a forza di sospirare la povera Zanzara fosse svanita, perché quando Alice rialzò gli occhi, non c'era più assolutamente niente di visibile sul ramoscello; e siccome cominciava a sentire un certo freddo a forza di stare lì seduta senza far niente, Alice si alzò e si mise in cammino.

Ben presto giunse in un campo aperto, con un bosco all'estremità opposta: sembrava molto più scuro dell'ultimo bosco, e Alice esitò un pochino a inoltrarvisi. Tuttavia, ripensandoci, decise di proseguire: « perché indietro certamente non ci voglio andare » pensò, e questa era l'unica via per arrivare all'Ottava Casella.

« Questo dev'essere il bosco » si disse pensierosa « dove le cose non hanno nome. Mi domando che ne sarà del *mio* nome quando ci entrerò. Non mi piacerebbe affatto perderlo... perché allora me ne darebbero un altro, e sarebbe quasi certamente bruttissimo. Però potrebb'essere divertente cercare la creatura che ha il mio vecchio nome! È proprio come gli annunci, quando qualcuno ha perso il cane... "*risponde al nome di Fido: aveva un collare di ottone...*" pensa un po': chiamare "Alice" tutto quello che incontri, finché qualcosa non ti risponde! Solo che se fossero furbi, non risponderebbero affatto. »

Andava così a ruota libera, quando arrivò al bosco: sembrava molto fresco e ombroso. « Be', in ogni modo è un gran sollievo » disse inoltrandosi sotto gli alberi, « dopo avere avuto tanto caldo, entrare in un... in un... in cosa? » continuò, piuttosto sorpresa dàlla propria incapacità di pensare la parola. « Voglio dire, di entrare sotto al... sotto il... sotto *questo*, insomma! » mettendo la mano sul tronco dell'albero. « Come si chiamerà, mi domando? Secondo me non ha nome... anzi, non ce l'ha di certo! »

Stette ferma e in silenzio per un momento, a riflettere: poi ricominciò di colpo. « Allora è successo davvero, dopotutto! E io chi sono? Voglio ricordarlo, se posso! Sono decisa! » Ma la decisione non le fu di grande aiuto, e tutto quello che riuscì a dire, dopo grandi perplessità, fu: « L, questo lo so. Comincia per L! ».[31]

Proprio in quel momento passò per caso un cerbiatto: guardò Alice con i suoi occhioni gentili, ma non parve minimamente spaventato. « Ehi! Ehi! » disse Alice, tendendo la mano e cercando di accarezzarlo; ma quello fece un passetto indietro e quindi si fermò nuovamente a guardarla.

« Come ti chiami? » disse infine il Cerbiatto. Che vocina dolce aveva!

« Vorrei saperlo! » pensò la povera Alice. Rispose, con una certa tristezza: « Niente, per ora ».

« Pensaci meglio » disse l'altro; « così non va. »

Alice pensò, ma senza alcun costrutto. « Per favore, non mi diresti tu come ti chiami? » disse timidamente. « Credo che potrebbe aiutarmi un poco. »

« Te lo dico se vieni un po' più in là » disse il Cerbiatto. « Qui non me lo ricordo. »

Così avanzarono insieme nel bosco, Alice con le braccia avvinte amorosamente al tenero collo del Cerbiatto, finché non sbucarono in un altro campo aperto, e qui il Cerbiatto spiccò un salto improvviso, liberandosi dall'abbraccio di Alice. « Sono un Cerbiatto » gridò con voce piena di gioia. « E tu sei una bambina umana! Povero me! » Un'improvvisa espressione di allarme gli apparve nei begli occhi marrone, e un attimo dopo il Cerbiatto era schizzato via a tutta velocità.[32]

Alice rimase a guardare nella direzione che l'altro aveva preso, e fu lì lì per scoppiare a piangere dal dolore di aver perso tanto improvvisamente il suo caro piccolo compagno di viaggio. « Però adesso so il mio nome » disse, « e questa è una consolazione. Alice... Alice... non lo dimenticherò più. E ora mi domando quale di queste frecce dovrei seguire. »

Non era una domanda cui fosse molto difficile rispondere, dato che nel bosco c'era una strada sola, e le due frecce erano puntate nella medesima direzione. « Deciderò » si disse Alice « quando la strada si dividerà e le frecce indicheranno due direzioni diverse. »

Ma questo non sembrava probabile. Alice camminò ancora a lungo, ma dovunque la strada si biforcasse c'erano sempre due frecce che indicavano la stessa direzione, una che diceva "PER LA CASA DI TWEEDLEDUM", e l'altra "ALLA CASA DI TWEEDLEDEE".

« Secondo me » disse finalmente Alice « abitano tutti e due nella stessa casa! Mi domando come mai non ci avevo pensato prima... Ma non posso fermarmi troppo tempo. Mi affaccerò soltanto a dire "Come va?" e a chiedergli la strada per uscire dal bosco. Se potessi arrivare all'Ottava Casella prima che si faccia buio! » Così continuò a vagare, parlando fra sé lungo la via, finché, svoltando una curva stretta, non si imbatté in due ometti grassi, tanto all'improvviso da non poter evitare di trasalire e di fare un passo indietro; ma dopo un momento si riprese, certa che si trattasse di[33]

Capitolo IV

Tweedledum e Tweedledee

Erano ritti sotto un albero, ciascuno con un braccio intorno al collo dell'altro, e Alice capì subito chi era l'uno e chi l'altro, perché uno aveva « DUM » ricamato sul colletto, e l'altro « DEE ». « Dietro avranno "TWEEDLE" tutti e due » si disse Alice.

Erano talmente immobili che Alice si dimenticò che fossero vivi, e stava appunto per andargli dietro a vedere se avevano la parola « TWEEDLE » scritta sul colletto, quando una voce proveniente da quello segnato « DUM » la fece sussultare.

« Se credi che siamo di cera » disse la voce « devi pagare il

biglietto. Le statue di cera non le fanno mica perché la gente le guardi gratis. Nossignora! »

« Se viceversa » aggiunse quello segnato "DEE" « pensi che siamo vivi, devi dire qualcosa. »

« Mi dispiace davvero » fu tutto quanto poté dire Alice; poiché le parole della vecchia canzone continuavano a risuonarle nelle orecchie come il tic-tac di un orologio, e a stento poté evitare di ripeterle a voce alta:

« Tweedledum ha Tweedledee
  A duello sfidato.
Di Tweedledum ha Tweedledee
  Il sonaglio sciupato.

Ma poi calò un mostruoso corvo
  Nero come antracite:
Quelli a veder com'era torvo
  Scordarono la lite. » [34]

« Io lo so che pensi » disse Tweedledum; « ma non è così, nossignora. »

« Se viceversa » continuò Tweedledee, « così fosse, potrebbe essere; e se così fosse, sarebbe; ma dato che non è, non si dà. È logico. »

« Pensavo » disse Alice con molto garbo, « quale sarà la strada migliore per uscire da questo bosco? Si sta facendo buio. Me lo direste, per favore? »

Ma i due ometti grassi si limitarono a scambiarsi uno sguardo e a sorridere.

Sembravano talmente una coppia di scolaretti cresciuti, che Alice non poté fare a meno di puntare il dito contro Tweedledum e di dire: « Primo Ragazzo! ».

« Nossignora! » esclamò bruscamente Tweedledum, e richiuse la bocca con uno scatto.

« Secondo Ragazzo! » disse Alice, passando a Tweedledee, per quanto fosse sicurissima che quello si sarebbe limitato a strillare: « Se viceversa! » e così fu.

« Hai cominciato male! » esclamò Tweedledum. « Per prima cosa quando si fa una visita si deve dire "Piacere" e dare la mano! »

E a questo punto i due fratelli si scambiarono un abbraccio, e quindi tesero le due mani libere per stringere quelle di Alice.[35]

Alice non voleva porgere la mano prima a questo o a quello, per paura che l'altro si offendesse; e per cavarsela afferrò le due mani contemporaneamente. Un attimo dopo tutti e tre ballavano in cerchio. La cosa sembrò affatto naturale (come Alice ricordò in seguito), e lei non si sorprese nemmeno quando sentì della musica, che pareva provenire dall'albero sotto il quale ballavano. La musica era prodotta (a quanto poté giudicare Alice) dai rami che si strofinavano l'uno contro l'altro, come archetti e violini.

« Certo però fu buffo » (disse in seguito Alice, quando raccontò tutta la storia alla sorella) « trovarmi a cantare "*Giriamo intorno al cespuglio di gelso*".[36] Non so quando avevo cominciato, ma mi pareva di cantare da chissà quanto tempo! »

Gli altri due ballerini erano grassi, e ben presto restarono senza fiato. « Quattro giri bastano per un ballo » ansimò Tweedledum, e smisero di ballare con la stessa rapidità con cui avevano cominciato: la musica cessò nello stesso momento.

Allora lasciarono andare le mani di Alice, e stettero fermi a guardarla per un minuto: poi ci fu una pausa alquanto imbarazzata, perché Alice non sapeva come cominciare una conversazione con persone con cui aveva appena ballato. « Non mi sembra il caso di dire "Piacere" a questo punto » disse fra sé; « questo stadio dovremmo averlo passato. »

« Spero che non siate troppo stanchi » disse infine.

« Nossignora. E grazie tante per l'interessamento » disse Tweedledum.

« Grazie infinite! » aggiunse Tweedledee. « Ti piacciono le poesie? »

« Si-ì, abbastanza... *certe* poesie » disse Alice in tono dubbioso. « Mi direste qual è la strada per uscire dal bosco? »

« Quale le recito? » disse Tweedledee, voltandosi a guardare Tweedledum con occhioni pieni di solennità, e senza dar peso alla domanda di Alice.

«"*Il Tricheco e il Carpentiere*" è la più lunga » rispose Tweedledum, con un abbraccio affettuoso al fratello.

Tweedledee cominciò all'istante:

« Sul mare il sol risplende... »

A questo punto Alice si arrischiò a interromperlo.

« Se è molto lunga » disse, più gentilmente che poteva « non vi dispiacerebbe dirmi prima qual è la strada... »

Tweedledee sorrise affabile, e ricominciò:

« Sul mare il sol risplende
  E splende sulla sponda
Sforzandosi di rendere
  Più lucida ogni onda...
Il fatto era stranissimo
  Perché era notte fonda.

Splende la luna acida
  Ché essendo il giorno chiuso
Trova il sole superfluo,
  Lo considera intruso.
'Ma che faccia di bronzo!
  Mai visto un tal sopruso!'

L'acqua del mare è umida,
  La sabbia, invece, asciutta.
Non si vedea una nube in ciel
  (Perché non c'era); e in tutta
L'aria non c'era un solo uccel...
  Sembravano in combutta.

Ed il Tricheco e il Carpentier
  Venivano con lena
Ed alla vista piangono
  Di tutta quella rena.
'Se la spazzasser', dicono,
  'Noi non staremmo in pena!'

'Sette fanciulle e sette scope
  Per sei mesi a spazzare
Secondo te,' disse il Tricheco,
  'Ce la potrebber fare?'
'Non credo,' disse il Carpentiere,
  E giù lacrime amare.

'Venite qui, care Ostriche!'
  Se ne uscì poi il Tricheco.
'Due passi e quattro chiacchiere
  Vi invito a fare meco!

Soltanto quattro vengano,
  Io più di due non reco.'

L'Ostrica anziana lo guardò
  Ma non profferì motto;
L'Ostrica anziana ammiccò
  Con aria di rimbrotto...
L'invito insomma declinò
  Con un contegno chiotto.

Ma quattro Ostriche giovani
  Accettano con fede;
Stiran la giacca, lustrano
  La scarpa a ciascun piede...
Stranissimo per l'ostrica,
  Che piede non possiede.

Quattro altre le seguirono
  E quindi altri quartetti;
Parecchie si affollarono
  A frotte ed a pacchetti...
Fra l'onde si accalcavano
  Per esser fra gli eletti.

Quindi il Tricheco e il Carpentiere
  Passeggian sulla riva
Fino a trovare un masso basso,
  Atto all'iniziativa:
E sosta delle Ostriche
  L'attenta comitiva.

'È tempo' fa il Tricheco,
'Di chiacchiere cordiali:
Su scarpe... navi... ceralacca...
Su cavoli... e reali...
Sul perché sia bollente il mar...
Se i porci abbian le ali.'

'Aspetta!' gridan le Ostriche
'A far la discussione;
Molte di noi son troppo grasse,
E molte hanno il fiatone!'
'Va bene!' disse il Carpentiere,
Con lor soddisfazione.

'Ci serve una pagnotta, sai,'
Disse il Tricheco, schietto.
'Del pepe e dell'aceto poi,
Un litro di chiaretto...
Se siete pronte, o Ostriche,
Darei l'avvio al banchetto.'

'Mangiando noi?' le Ostriche
Domandano allarmate.
'Vostre amiche carissime
Ci avete dichiarate!'
'Che notte!' fa il Tricheco;
'E voi, non l'ammirate?'

‘Che care a venir tutte qui!
  Avervici è un piacere.’
‘Mi tagli un’altra fetta?’
  Domanda il Carpentiere.
‘Ma insomma, vuoi deciderti?
  Ti metti o no a sedere?’

‘Peccato,’ fa il Tricheco allor
  ‘Trattarle così male.
Han camminato e corso tanto...
  È stato un po’ sleale.’
Domanda il Carpentiere:
  ‘Mi passeresti il sale?’

‘Piango,’ dice il Tricheco,
  ‘Sono proprio commosso.’
E sceglie fra quei mitili,
  In lacrime, il più grosso.
Dal dispiacer terribile
  Aveva il naso rosso.

‘E adesso, care Ostriche?
  Torniam sotto la luna?’
Fa il Carpentier, ma le Ostriche
  Non dan risposta alcuna.
Il che non era affatto strano:
  Non ne restava una.[37]

« A me e più simpatico il Tricheco » disse Alice; « perché a lui un pochino è dispiaciuto, per le povere ostriche. »

« Però ne ha mangiate più del Carpentiere » disse Tweedledee. « Vedi, si teneva il fazzoletto davanti perché il Carpentiere non potesse contare quante ne prendeva; e viceversa. »

« Che imbroglione! » disse Alice indignata. « Allora mi è più simpatico il Carpentiere... se non ne ha mangiate tante quanto il Tricheco. »

« Ma ne ha mangiate tante quante è riuscito a prenderne » disse Tweedledum.

Era un problema.[38] Dopo una pausa, Alice cominciò: « Bene! Erano dei tipi molto antipatici tutti e due... ». Qui si riprese un po' allarmata, udendo qualcosa che le parve simile allo sbuffare di una grossa locomotiva nel bosco lì accanto, ma che temette fosse più probabilmente un animale feroce. « Ci sono leoni o tigri da queste parti? » chiese timidamente.

« È solo il Re Rosso che russa » disse Tweedledee.

« Vieni a vederlo! » esclamarono i fratelli, e presa ciascuno una mano di Alice, la guidarono dove il Re dormiva.

« Non è carino? » disse Tweedledum.

Alice onestamente non avrebbe potuto dirlo. Aveva una cuffia da notte rossa e lunga lunga, con tanto di nappa, e se ne stava tutto rannicchiato come una specie di fagotto informe, russando forte.

« Se continua così gli si staccherà la testa » osservò Tweedledum.

« Ho paura che prenderà freddo, disteso sull'erba umida » disse Alice, che era una bambina molto previdente.

« In questo momento sta sognando » disse Tweedledee; « secondo te cosa sogna? »

Alice disse: « Questo non può dirlo nessuno ».

« Ma sogna te! » esclamò Tweedledee, battendo trionfante le mani. « E se smettesse di sognarti, dove credi che saresti? »

« Dove sono ora, naturalmente » disse Alice.

« Macché! » ribatté Tweedledee con disprezzo. « Tu non saresti più in nessun posto. Tu non sei che una specie di cosa nel suo sogno! » [39]

« Se quel Re lì si svegliasse » aggiunse Tweedledum « tu ti spegneresti... paf!... proprio come una candela! »

« Ma no! » esclamò Alice indignata. « E poi, se sono soltanto una specie di cosa nel suo sogno, cosa siete voi, vorrei sapere? »

« Idem » disse Tweedledum.

« Idem, idem! » gridò Tweedledee.

Lo gridò così forte che Alice non poté fare a meno di dire: « Ssss! finirete per svegliarlo, se fate tanto baccano ».

« È inutile che parli di svegliarlo » disse Tweedledum « tanto tu non sei che una delle cose nel suo sogno. Sai benissimo di non essere vera. »

« Sì che sono vera! » disse Alice, e si mise a piangere.

« Non credere che piangendo diventerai più vera » osservò Tweedledee « non c'è niente da piangere. »

« Se non fossi vera » disse Alice, quasi ridendo fra le lacrime (tutto sembrava talmente ridicolo), « non riuscirei a piangere. »

« Non crederai mica che quelle siano lacrime vere » la interruppe Tweedledum in tono di sommo disprezzo.

« So che parlano a vanvera » pensò Alice fra sé « ed è sciocco piangerci sopra. » Così si asciugò le lacrime e continuò più allegramente che poté. « In ogni modo, farei meglio a uscire dal bosco, perché davvero si sta facendo molto buio. Pioverà secondo voi? »

Tweedledum aprì un grande ombrello sul capo proprio e su quello del fratello, e vi guardò dentro. « No, non mi pare » disse: « almeno... non qui sotto. Nossignora. »

« Ma può piovere fuori? »

« Può... se vuole » disse Tweedledee, « noi non abbiamo niente in contrario. Viceversa. »

« Che egoisti! » pensò Alice, e stava per dire « Buona notte » e lasciarli, quando Tweedledum saltò fuori dall'ombrello e l'afferrò per il polso.

« Lo vedi questo? » disse, con voce strozzata dall'ira, e in un attimo gli occhi gli diventarono grandi e gialli, mentre indicava con dito tremante una cosina bianca in terra, sotto l'albero.

« Non è che un sonaglio » disse Alice, dopo un attento esame della cosina bianca. « Non è un serpente a sonagli » aggiunse in fretta, credendo che l'altro si fosse spaventato, « solo un vecchio sonaglio... molto vecchio, e rotto. »

« Lo sapevo! » esclamò Tweedledum, cominciando a pestare i piedi qua e là e a strapparsi i capelli. « È rovinato, naturalmente! » E a questo punto guardò Tweedledee, che immediatamente si sedette in terra e cercò di nascondersi sotto l'ombrello.

Alice gli posò la mano sul braccio, e disse per calmarlo: « Non devi prendertela così per un vecchio sonaglio ».

« Ma non è vecchio! » gridò Tweedledum, più furibondo che mai. « È nuovo, te lo dico io... l'ho comprato ieri... il mio bel SONAGLIO

NUOVO! » e la sua voce si alzò di tono fino a diventare un vero strillo.

Durante ciò Tweedledee faceva del suo meglio per chiudersi dentro l'ombrello: tentativo talmente straordinario da distogliere affatto l'attenzione di Alice dal fratello arrabbiato. Ma Tweedledee non ci riuscì, e finì rotoloni avvolto nell'ombrello, con la testa che ne sporgeva; e così rimase, aprendo e chiudendo la bocca e gli occhioni... « Sembra più che altro un pesce » pensò Alicc.

« Naturalmente sei d'accordo che ci dobbiamo battere in duello? » disse Tweedledum in tono più calmo.

« Ritengo di sì » rispose l'altro imbronciato, strisciando fuori dall'ombrello: « soltanto, bisogna che lei ci aiuti a vestirci. »

Così i due fratelli se ne andarono per mano nel bosco e tornarono un momento dopo con le braccia piene di roba... come cuscini, coperte, tappetini, tovaglie, copripiatti e secchi per il carbone. « Spero che tu sia brava ad appuntare spilli e legare lacci » osservò Tweedledum. « Ora ci dobbiamo mettere addosso tutta questa roba, in un modo o nell'altro. »

In seguito Alice raccontò di non aver mai visto tanto trambusto per così poco in vita sua... l'agitazione continua dei due... la quantità di oggetti che si misero addosso... e il daffare che le diedero

a forza di legare lacci e allacciare bottoni... « Quando saranno pronti sembreranno più che altro due sacchi pieni di vestiti vecchi! » si disse Alice mentre sistemava un cuscino intorno al collo di Tweedledee, « per impedire che gli tagliassero la testa », come disse lui.

« Sai » aggiunse molto grave « è una delle cose più serie che ti possano capitare nel duello... che ti taglino la testa. »

Alice rise forte: ma riuscì a trasformare il riso in tosse, per paura di offenderlo.

« Sono molto pallido? » disse Tweedledum, venendo a farsi legare l'elmo. (Lui lo chiamava elmo, ma certo assomigliava molto di più a una casseruola.)

« Be'... sì... un po' » rispose Alice, gentilmente.

« Io di solito sono molto coraggioso » continuò lui a voce bassa, « è solo che oggi mi capita di avere il mal di testa. »

« E io ho mal di denti! » disse Tweedledee, che aveva sentito la frase dell'altro. « Sto molto peggio di te! »

« Quand'è così fareste meglio a non battervi oggi » disse Alice, cui questa parve una buona occasione per fare la pace.

« Un pochino dobbiamo batterci, ma non è detto che debba durare poi tanto » disse Tweedledum. « Che ore sono adesso? »

Tweedledee guardò l'orologio e disse: « Le quattro e mezzo ».

« Battiamoci fino alle sei, e poi andiamo a cena » disse Tweedledum.

« Benissimo » disse l'altro, più malinconico « e lei può stare a guardarci... solo, è meglio che non ti avvicini troppo » aggiunse. « Di solito io colpisco tutto quello che vedo... quando mi eccito sul serio. »

« E io colpisco tutto quello che è a portata » gridò Tweedledum « che lo veda o no! »

Alice rise. « Dovete dare un sacco di colpi agli alberi, secondo me » disse.

Tweedledum si guardò intorno con un sorriso di soddisfazione. « Non credo » disse « che ci sarà più un solo albero in piedi per un bel raggio, quando avremo finito! »

« E tutto per un sonaglio! » disse Alice, sperando ancora di farli vergognare almeno un poco di battersi per un'inezia simile.

« Non mi sarebbe importato tanto » disse Tweedledum, « se non fosse stato nuovo. »

« Vorrei che venisse il mostruoso corvo! » pensò Alice.

« C'è una spada sola, sai » disse Tweedledum al fratello « ma tu puoi prendere l'ombrello... ha la punta tale e quale. Solo, bisogna che ci sbrighiamo a cominciare. Si sta facendo buio. »

« E anche di più » disse Tweedledee.

Il buio calava così improvviso che Alice pensò trattarsi di un temporale in arrivo. « Che nuvolone nero fitto! » disse. « E con che velocità si avvicina! Ehi, ma mi pare che abbia le ali! »

« È il corvo! » gridò Tweedledum con voce stridula e allarmata; e i due fratelli voltarono i tacchi e scomparvero in un momento.

Alice corse per un tratto nel bosco, e si fermò sotto un grande albero. « Qui non potrà mai raggiungermi » pensò « è troppo grande per riuscire a infilarsi fra gli alberi. Vorrei che non sbattesse le ali in quel modo, però... sta facendo scoppiare un uragano nel bosco... Ma guarda! Uno scialle... dev'essere volato via a qualcuno! »

Capitolo V

Lana e Acqua

Così dicendo, afferrò lo scialle e si guardò intorno in cerca del proprietario. Un momento dopo arrivò la Regina Bianca, a corsa pazza nel bosco, con le braccia aperte e tese come volando,[40] e Alice molto educatamente le andò incontro con lo scialle.

« Per fortuna, mi sono trovata sulla traiettoria » disse Alice, aiutandola a rimetterselo.

La Regina Bianca si limitò a guardarla con una sorta di terrore impotente, mentre continuava a ripetere sottovoce fra sé qualcosa che suonava come « Pane e burro, pane e burro » e Alice pensò che se esisteva una probabilità di intavolare una conversazione, questa era affidata alla sua iniziativa. Così cominciò, alquanto timidamente: « Posso mettermi agli ordini della Regina Bianca? ».

« Sì, se lo chiami stare in ordine » disse la Regina. « Io ho un concetto della cosa totalmente diverso. »[41]

Pensando che non era assolutamente il caso di litigare proprio all'inizio della loro conversazione, Alice fece un sorriso e disse: « Se la Vostra Altezza vorrà dirmi come cominciare, farò del mio meglio ».

« Ma io non voglio affatto! » gemette la povera Regina Bianca. « Sono due ore che provo a mettermi in ordine da sola. »

Alice rifletté che sarebbe stata una buona idea per la Regina procurarsi qualcuno che l'aiutasse quando si vestiva, tanto era tremendo il disordine in cui ella si trovava. « Si è messa tutto di sghimbescio » pensò Alice, « ogni cosa sta su a forza di spilli! » « Posso raddrizzarle lo scialle? » aggiunse a voce alta.

« Io non so che gli è preso! » disse la Regina con voce malinconica. « Credo che sia di malumore. L'ho appuntato in questo punto e in quest'altro, ma non c'è verso di farlo contento! »

« È che non può stare dritto se lo appunta da una parte sola » disse Alice raddrizzandoglielo delicatamente. « Poveri noi! In che stato ha i capelli! »

« Ci è rimasta impigliata la spazzola! » disse la Regina con un sospiro. « E il pettine l'ho perso ieri. »

Alice liberò con cautela la spazzola e riassettò i capelli meglio che poté. « Su, ora va molto meglio! » disse, dopo aver cambiato posto alla maggior parte degli spilli. « Però dovrebbe proprio procurarsi una cameriera personale! »

« Ti assumerei volentieri! » disse la Regina. « Due soldi la settimana, e marmellata un giorno sì e uno no. »

Alice non poté fare a meno di ridere e disse: « Non dicevo per me... e poi, la marmellata non mi piace ».

« È una marmellata buonissima. »

« Be', oggi non mi va, in ogni modo. »

« Oggi non ti toccherebbe nemmeno se ti andasse » disse la Regina. « La regola è: "marmellata domani e marmellata ieri..." ma mai "marmellata oggi." »

« Ma ci sarà pure la "marmellata oggi", qualche volta » obiettò Alice.

« No, non è possibile » disse la Regina. « La marmellata c'è tutti i giorni no; oggi è un giorno sì, capisci. »

« Non capisco » disse Alice. « È tremendamente complicato! »

« È l'effetto della vita all'indietro » disse gentilmente la Regina; « all'inizio fa sempre girare un po' la testa... »

« La vita all'indietro! » ripeté Alice meravigliatissima. « Non ho mai sentito di una cosa simile! »

« ... ma ha pure un gran vantaggio, che la memoria funziona in tutt'e due le direzioni. »

« La mia funziona in una direzione sola » osservò Alice. « Io non posso ricordare le cose prima che siano successe. »

« Una memoria che funziona solo all'indietro non è un gran che » osservò la Regina.

« E quali cose ricorda meglio lei? » si arrischiò a domandare Alice.

« Oh, le cose che sono successe fra due settimane » rispose la Regina con noncuranza. « Per esempio, adesso » continuò mentre si metteva un gran cerotto sul dito, « prendiamo il Messo del Re.[42] In questo momento è in prigione e sta scontando la pena: ma il processo non comincia fino a mercoledì prossimo, e naturalmente il delitto sarà commesso per ultimo. »

« E se lui non lo commette? » disse Alice.

« Tanto meglio, no? » disse la Regina, assicurandosi il cerotto intorno al dito con un pezzetto di nastro.

Ad Alice l'affermazione parve innegabile. « Certo che sarebbe meglio » disse, « ma sarebbe stato ancora meglio non averlo punito. »

« Qui ti sbagli di sicuro » disse la Regina. « Non sei mai stata punita, tu? »

« Solo per delle piccole mancanze » disse Alice.

« E certo la cosa ti ha fatto bene! » disse trionfante la Regina.

« Sì, ma io le cose per cui mi punivano le avevo fatte » disse Alice; « la differenza è tutta qui. »

« Ma se non le avessi fatte » disse la Regina « sarebbe stato ancora meglio; meglio, meglio, cento volte meglio! » A ogni « meglio » la voce le si fece più acuta, per terminare con un vero e proprio strillo.

Alice stava dicendo: « C'è qualcosa che non torna... » quando la Regina si mise a urlare così forte da farle lasciare la frase a metà. « Ohi, ohi, ohi! » gridava la Regina, scuotendo la mano come se avesse voluto staccarsela. « Mi esce il sangue dal dito! Ohi, ohi, ohi! »

I suoi strilli erano talmente simili al fischio di una locomotiva a vapore, che Alice dovette tapparsi le orecchie con ambo le mani.

« Che c'è? » disse non appena ebbe la possibilità di farsi sentire. « Si è punta il dito? »

« Non ancora » disse la Regina « ma succederà presto... ohi, ohi, ohi! »

« E quando dovrebbe succedere? » chiese Alice, con una gran voglia di ridere.

« Appena mi riappunto lo scialle » gemette la povera Regina « la spilla si aprirà di colpo. Ohi, ohi! » Mentre diceva queste parole, la spilla si aprì, e la Regina l'afferrò con foga e cercò di chiuderla nuovamente.

« Attenta! » gridò Alice. « L'ha presa all'incontrario! » E afferrò la spilla, ma era troppo tardi: la spilla era scivolata, e la Regina si era punta il dito.

« Ecco il perché del sangue » disse la Regina con un sorriso. « Ora capisci come vanno le cose qui. »

« Ma perché non grida adesso? » domandò Alice, pronta a coprirsi di nuovo le orecchie.

« Ma io ho già gridato ben bene » disse la Regina. « A che servirebbe gridare un'altra volta? »

Intanto si rischiarava. « Il corvo dev'essere volato via » disse Alice. « Sono contenta. Credevo che si stesse facendo notte. »

« Vorrei poter essere contenta anch'io! » disse la Regina. « Solo, non riesco mai a ricordarmi come si fa. Devi essere molto felice, tu che abiti in questo bosco e sei contenta quando ti pare! »

« Ma qui ci si sente così soli! » disse Alice con voce malinconica; e al pensiero della propria solitudine due lacrimoni le scesero per le guance.

« Oh, non fare così! » esclamò la povera Regina, torcendosi le mani dalla disperazione. « Pensa che sei una bambina grande. Pensa a quanta strada hai fatto oggi. Pensa a che ore sono. Pensa a quello che vuoi, ma non piangere! »

A questo Alice non poté fare a meno di ridere, anche così, in mezzo alle lacrime. « Perché, lei riesce a non piangere pensando a qualcosa? » domandò.

« È così che si fa » disse la Regina con gran decisione. « Nessuno può fare due cose per volta. Pensiamo alla tua età, tanto per cominciare... quanti anni hai? »

« Sette anni e mezzo precisi. »

« Non c'è bisogno che dica "precisi" »,[43] osservò la Regina. « Ti credo lo stesso. Ora ti darò io qualcosa da credere. Io ho esattamente centun anni, cinque mesi e un giorno. »

« Non posso crederlo! » disse Alice.

« Davvero? » disse la Regina in tono di commiserazione. « Prova ancora: inspira profondamente, e chiudi gli occhi. »

Alice rise. « Non serve a niente provare » disse: « non si possono credere le cose impossibili. »

« Mi sembra che tu non abbia molta pratica » disse la Regina. « Alla tua età io mi esercitavo mezz'ora al giorno. Certe volte arrivavo a credere anche a sei cose impossibili prima di colazione. Ecco che lo scialle se ne va un'altra volta! »

Mentre parlava le si era riaperta la spilla, e un'improvvisa folata di vento trasportò lo scialle della Regina al di là di un piccolo ruscello. Di nuovo la Regina corse come volando dietro lo scialle, con le braccia spalancate, e stavolta riuscì a riprenderlo da sola. « L'ho preso! » gridò in tono di trionfo. « Ora vedrai come me lo riappunto tutto da sola! »

« Allora il dito è migliorato, spero » disse Alice molto educatamente, attraversando il ruscelletto per seguire la Regina.[44]

* * * * *
* * * *
* * * * *

« Oh, va molto meglio! » gridò la Regina, con la voce che le diventava sempre più stridula via via che proseguiva. « Molto me-eglio! Me-eglio! Me-e-e-eglio! Mee-eehh! » L'ultima parola finì in un lungo belato, tanto simile a quello di una pecora che Alice sussultò.

Guardò la Regina, e le parve che si fosse improvvisamente ricoperta di lana. Alice si stropicciò gli occhi e guardò un'altra volta. Non riusciva a capire cosa fosse successo. Si trovava in una bottega? Ed era davvero... era davvero una *pecora*, quella che stava seduta dall'altra parte del banco? Per quanto stropicciasse, non ne ricavò altro: si trovava in una botteguccia buia[45] coi gomiti appoggiati al banco, e davanti a sé aveva una vecchia pecora seduta su una poltrona e intenta a lavorare a maglia. Ogni tanto la Pecora si interrompeva per guardarla attraverso un gran paio d'occhiali.

« Che cosa vuoi comprare? » disse infine la Pecora, alzando un momento gli occhi.

« Non so ancora » disse Alice con molto garbo. « Prima vorrei dare un'occhiata in giro, se posso. »

« Puoi guardarti davanti, e da entrambi i lati, se vuoi » disse la Pecora; « ma in giro non puoi di certo... se non hai degli occhi nella nuca. »

Ma per l'appunto Alice non li aveva; e quindi si accontentò di guardare gli scaffali qua e là, come le si paravano davanti.

Il negozio sembrava pieno di ogni sorta di oggetti curiosi... ma la cosa più strana era che ogni volta che Alice appuntava lo sguardo sopra uno scaffale, quello scaffale era sempre vuoto, benché gli altri tutt'intorno fossero sempre pieni zeppi fino a traboccare.

« Ma qui le cose scorrono! » disse infine in tono accorato, dopo aver passato un paio di minuti nel vano inseguimento di un oggetto grande e colorito, che a volte sembrava una bambola e a volte una cassetta da lavoro, e che si trovava sempre nello scaffale sopra quello che guardava. « E questa è la più indisponente... ma sai che faccio ora? » aggiunse, come colpita da un'idea improvvisa. « La voglio seguire fino all'ultimo scaffale. Non potrà mica attraversare il soffitto! »

Ma anche questo tentativo fallì: la « cosa » attraversò il soffitto in tutta tranquillità, come se non avesse mai fatto altro.

« Sei una bambina o una trottola? » disse la Pecora, prendendo un altro paio di ferri. « Mi farai venire le vertigini se continui a girare in quel modo. » Ora lavorava con quattordici paia di ferri contemporaneamente, e Alice non poté fare a meno di guardarla stupefatta.

« Come farà a lavorare con tanti ferri? » pensò fra sé la bambina, perplessa. « E aumentano ogni momento, come quelli di un porcospino! »

« Sai remare? » chiese la Pecora, porgendole un paio di ferri.

« Sì, un poco... ma non sulla terraferma... e non con due ferri... » stava per dire Alice, quando d'un tratto i ferri si trasformarono in remi, e la bottega diventò una barchetta che scivolava fra due sponde: sicché non le rimase che fare del suo meglio.

« Piuma! »[46] esclamò la Pecora, prendendo un altro paio di ferri.

Dal tono non sembrava un'osservazione a cui rispondere; perciò Alice non disse nulla, ma tirò a sé i remi. L'acqua aveva qualcosa di molto strano, pensò: ogni tanto i remi vi restavano conficcati, e non ne uscivano più.

« Piuma! Piuma! » esclamò di nuovo la Pecora, prendendo altri ferri. « Fra un attimo prenderai un granchio. » [47]

« Un bel granchiolino! » pensò Alice. « Mi piacerebbe. »

« Non hai sentito quando ho detto "Piuma"? » esclamò irritata la Pecora, prendendo un bel mazzo di ferri.

« Certo » disse Alice « lo ha ripetuto molte volte... e molto forte. Dove sono i granchi, per favore? »

« Nell'acqua, naturalmente! » disse la Pecora, infilandosi qualche ferro nella pelliccia, poiché ne aveva le mani piene. « Piuma, dico! »

« Perché continua a ripetere "Piuma"? » domandò infine Alice, piuttosto seccata. « Non sono mica un uccello! »

« Sì, invece » disse la Pecora « sei un'ochetta. »

Questo offese un po' Alice, così che non vi fu conversazione per un minuto o due, mentre la barca scivolava dolcemente, a volte fra banchi di erbacce (dove i remi si impigliavano peggio che mai), e a volte sotto alcuni alberi, ma sempre con le stesse sponde alte e cupe sulle loro teste.

« Oh, per favore! Ci sono dei giunchi profumati! » esclamò Alice con un subitaneo trasporto di gioia. « Davvero... e come sono belli! »

« È inutile che me li chiedi "per favore" », disse la Pecora senza levare gli occhi dal lavoro: « non ce li ho messi io e non ho intenzione di toglierli. »

« No, ma volevo dire... per favore, possiamo fermarci a coglierne un po'? » implorò Alice. « Se non le dispiace fermare un momento la barca. »

« E come vuoi che la fermi, io? » disse la Pecora. « Se smetti di remare, si fermerà da sola. »

Alice lasciò la barca alla deriva lungo la corrente, a entrare lieve fra i giunchi ondeggianti. E allora le piccole maniche furono rimboccate con cura, e le braccine si tuffarono fino al gomito per cogliere i giunchi il più in basso possibile... e per un po' Alice dimenticò totalmente la Pecora e il lavoro a maglia, china sul fianco della barca, sfiorando l'acqua con le punte dei capelli... mentre con occhi accesi e pieni di desiderio coglieva un cespo dopo l'altro degli amati giunchi profumati.

« Speriamo solo che la barca non si rovesci! » si diceva. « Oh, com'è bello questo! Peccato che non ci arrivo. » E certo era un po' indisponente (« sembra quasi che lo facciano apposta » pensava) che per quanto riuscisse a raccogliere molti bei giunchi al silenzioso passaggio della barca, ce ne fosse sempre uno più bello al quale non arrivava.

« I più graziosi sono sempre i più distanti! » disse infine, rivolgendo un sospiro all'ostinazione con cui i giunchi volevano crescere

tanto lontani, e con guance accese e capelli gocciolanti si arrampicò di nuovo al suo posto, e si mise a disporre i nuovi tesori.

Cosa le importava in quel momento che i giunchi avessero cominciato ad appassire e a perdere tutto il profumo e la bellezza, dal momento stesso in cui li aveva colti? Anche i veri giunchi profumati, sapete, durano ben poco... e questi, che erano giunchi di sogno, si scioglievano quasi come la neve, mentre erano ammucchiati ai suoi piedi... ma Alice quasi non se ne accorse, c'erano tante altre cose curiose a cui pensare.

Non erano andate molto avanti, quando la pala di un remo si conficcò nell'acqua e non volle più venir fuori (come Alice spiegò in seguito), e la conseguenza fu che il manico la colpì sotto il mento, e nonostante una serie di gridolini di « Ahi, ahi, ahi! » emessi dalla povera Alice, la sbalzò dal sedile nel mucchio di giunchi.

Però Alice non si fece alcun male, e si rialzò ben presto: la Pecora aveva continuato il suo lavoro a maglia proprio come se nulla fosse stato. « Hai preso un bel granchio! » osservò mentre Alice tornava al suo posto, molto lieta di trovarsi ancora a bordo.

« Davvero? Non l'ho visto » disse Alice, sbirciando cauta oltre la sponda della barca nell'acqua buia. « Peccato che mi sia scappato... come mi piacerebbe un granchiolino da portare a casa! » Ma la Pecora si limitò a ridere con disprezzo, e continuò a lavorare a maglia.

« Ci sono molti granchi qui? » disse Alice.

« Granchi, e ogni genere di roba » disse la Pecora; « un'ampia scelta, basta solo che ti decida. Allora, cos'è che vuoi comprare? »

« Comprare! » le fece eco Alice in un tono che era mezzo stupito e mezzo spaventato... perché i remi, e la barca, e il fiume, erano svaniti tutti in un momento, e si trovava di nuovo nella botteguccia buia.

« Vorrei comprare un uovo, per favore » disse timidamente Alice. « Quanto costano? »

« Uno, cinque soldi... due, due soldi » rispose la Pecora.

« Come, due costano meno di uno? » disse Alice sorpresa, tirando fuori il borsellino.

« Però, se compri due uova, devi mangiarle tutte e due » disse la Pecora.

« Allora ne prendo uno, per favore » disse Alice mettendo i soldi sul banco. Perché pensò: « Potrebbero non essere buone ».

La Pecora prese i soldi e li ripose in una scatola: poi disse: « Io non consegno mai la merce in mano alla gente... non sta bene... devi prenderlo da sola ». E così dicendo se ne andò all'estremità opposta della bottega, e mise l'uovo in cima a uno scaffale.

« Chissà perché non sta bene » pensò Alice mentre si inoltrava a tentoni fra tavoli e sedie, perché la bottega era molto buia, verso il fondo. « Più mi avvicino e più sembra che l'uovo si allontani. Vediamo un po', è una seggiola questa? Ma ha i rami, dico io! Strano, un albero qua dentro! Ma c'è anche un ruscello! Be', questo è il negozio più strambo che abbia mai visto! » [48]

* * * * *

* * * *

* * * * *

Così continuò, meravigliandosi sempre di più a ogni passo. Infatti tutte le cose si mutavano in alberi nel momento in cui le raggiungeva, e ormai Alice si aspettava che l'uovo avrebbe fatto altrettanto.

Capitolo VI

Humpty Dumpty

Invece l'uovo si limitò a farsi sempre più grande e sempre più umano: quando Alice fu giunta a pochi metri di distanza, vide che aveva occhi, naso e bocca; e quando fu giunta a tu per tu con lui, vide chiaramente che si trattava di HUMPTY DUMPTY in persona. « Non può essere nessun altro! » si disse. « Ne sono certa come se avesse il nome scritto in faccia! »

E ci sarebbe stato lo spazio per scrivercelo anche cento volte, su quel faccione enorme. Humpty Dumpty sedeva con le gambe incrociate alla turca in cima a un alto muro – tanto stretto che Alice si domandò come facesse a non perdere l'equilibrio – e siccome teneva gli occhi fissi nella direzione opposta, e non dette segno di notare la sua presenza, sulle prime Alice lo prese per un fantoccio imbottito.

« E come è identico a un uovo! » disse forte, con le mani pronte ad afferrarlo, perché si aspettava che cadesse da un momento all'altro.

« È molto irritante » disse Humpty Dumpty dopo un lungo silenzio, e senza guardare in direzione di Alice « sentirsi dare dell'uovo... molto! »

« Io ho detto solo che lei *assomiglia* a un uovo, signore » spiegò Alice in tono gentile. « E certe uova sono molto graziose » aggiunse, sperando di far passare la sua osservazione per una specie di complimento.

« C'è gente » disse Humpty Dumpty evitando di guardarla come al solito « che non ha più giudizio di un bambino! »

A questo Alice non seppe cosa rispondere: non si poteva certo chiamare una conversazione, pensò, poiché lui non diceva mai niente *a lei*; per esempio, la sua ultima osservazione era stata evidentemente rivolta a un albero – così Alice rimase ferma e recitò piano, fra sé:

« Humpty Dumpty sedeva sul muro;
Humpty Dumpty cadette sul duro.
Né i cavalli né tutte le guardie del Re
Riuscirono a rimettere Humpty Dumpty sui pie'. »[49]

« Quest'ultimo verso è troppo lungo » aggiunse quasi ad alta voce, dimenticando che Humpty Dumpty l'avrebbe udita.

« Non star lì a chiacchierare da sola in quel modo » disse Humpty Dumpty, guardandola per la prima volta « piuttosto dimmi come ti chiami e che fai. »

« Mi chiamo Alice, ma... »

« È un nome abbastanza sciocco! » la interruppe Humpty Dumpty, spazientito. « Che significa? »

« È necessario che un nome abbia un significato? » domandò Alice, dubbiosa.

« Certo » disse Humpty Dumpty con una risatina; « il mio nome sta a significare la mia forma... ed è una forma bella e ben fatta. Con un nome come il tuo potresti essere di qualunque forma. »[50]

« Perché se ne sta solo soletto? » disse Alice, non volendo iniziare una discussione.

« Perché non c'è nessuno con me! » esclamò Humpty Dumpty. « Credevi che non sapessi rispondere, eh? Fammi un'altra domanda. »

« Non sarebbe più al sicuro giù in terra? » continuò Alice, non per proporgli un altro indovinello, ma sinceramente preoccupata per quella strana creatura. « Quel muro è talmente sottile! »

« I tuoi indovinelli sono incredibilmente facili! » gorgogliò Humpty Dumpty. « Certo che no! Figuriamoci, se mai mi capitasse di cadere... il che è assolutamente escluso... ma se mi capitasse... » E a questo punto contrasse le labbra, assumendo un aspetto talmente solenne e grandioso che Alice trattenne le risa a stento. « *Se cadessi* » proseguì « *il Re mi ha promesso...* sì, impallidisci pure, se vuoi! Non te l'aspettavi, eh? *Il Re mi ha promesso... con la sua lingua...* di... di... »

« Di mandare tutti i suoi cavalli e tutti i suoi uomini » l'interruppe Alice, alquanto sconsideratamente.

« Be', così proprio non va, parola mia! » esclamò Humpty Dumpty, esplodendo in una collera improvvisa. « Sei stata a origliare alle porte... e dietro gli alberi... e giù per i camini... altrimenti non avresti potuto saperlo! »

« Ma no, davvero! » disse Alice molto gentilmente. « È in un libro. »

« Ah, bene! È possibile che scrivano cose del genere in un *libro* » disse Humpty Dumpty in tono più calmo. « Uno di quei libri che chiamate Storia d'Inghilterra. Guardami bene, ora! Io sono uno che ha parlato con un Re, in carne ed ossa: può darsi che non ti capiterà mai più di vederne un altro; e per dimostrarti che non mi

do delle arie, ti consento di stringermi la mano! »[51] E fece un sorriso che gli arrivò quasi da un orecchio all'altro, mentre si chinava in avanti (e mancò pochissimo che non cadesse dal muro) e porgeva la mano ad Alice. Stringendola, lei lo guardò un po' ansiosa. « Se sorridesse un altro po', gli angoli della bocca gli si incontrerebbero dietro » pensò « e allora non so proprio che ne sarebbe della sua testa! Temo che si staccherebbe! »

« Sì, tutti i suoi cavalli e tutti i suoi uomini » continuò Humpty Dumpty. « Mi rimetterebbero su in un minuto! Comunque, questa conversazione ha preso un'andatura un po' troppo rapida: torniamo al penultimo argomento. »

« Temo di non ricordarmi di che si trattava » disse Alice, con molto garbo.

« In tal caso ricominciamo daccapo » disse Humpty Dumpty « e tocca a me scegliere un argomento... » (« Ne parla proprio come se fosse un gioco! » pensò Alice.) « Allora, ecco una domanda per te. Quanti anni hai detto che avevi? »

Alice fece un breve calcolo, e disse: « Sette anni e sei mesi ».

« Sbagliato! » esclamò trionfalmente Humpty Dumpty. « Non hai mai detto una cosa simile! »

« Credevo che mi avesse chiesto quanti anni ho » spiegò Alice.

« Se avessi voluto dir questo, l'avrei detto » disse Humpty Dumpty.

Alice non voleva cominciare un'altra discussione, perciò non disse nulla.

« Sette anni e sei mesi! » ripeté Humpty Dumpty soprappensiero. « Un'età scomoda. Se mi avessi chiesto un consiglio, ti avrei detto "Piantala a sette anni"... ma adesso è troppo tardi. »

« Io non chiedo mai consigli sulla crescita » disse Alice, indignata.

« Troppo orgogliosa? » s'informò l'altro.

A questa insinuazione Alice si indignò ancora di più.

« Voglio dire » disse « che uno non può fare a meno di crescere. »

« *Uno* no, forse » disse Humpty Dumpty « ma *due* sì. Se tu ti fossi fatta dare una mano, avresti potuta farla finita a sette anni. »

« Bella la sua cintura! » osservò improvvisamente Alice. (Le parve che ne avessero abbastanza tutti e due, dell'argomento dell'età; e se davvero dovevano scegliere a turno i soggetti di conversazione, adesso toccava a lei.) « Cioè » si corresse, ripensandoci « volevo dire, bella la sua cravatta... no, voglio dire, cintura... la prego di scusarmi! » aggiunse desolata, perché Humpty Dumpty sembrava offeso mortalmente, e lei cominciò a pentirsi di avere scelto questo argomento. « Avrei dovuto capire » pensò « qual è il collo e quale la vita! »

Evidentemente Humpty Dumpty era molto seccato; tuttavia per un paio di minuti non disse nulla.

Quando riprese a parlare, fu in un cupo gorgoglìo.

« È una... cosa... veramente... irritante » disse infine « una persona che non distingue una cravatta da una cintura! »

« Lo so, è molto ignorante da parte mia » disse Alice, in un tono così umile che Humpty Dumpty si raddolcì.

« È una cravatta, bambina, ed è bellissima, come dici tu. È un regalo del Re e della Regina Bianchi. Hai capito? »

« Davvero? » disse Alice, contentissima di scoprire che aveva scelto un buon argomento, dopotutto.

« Me l'hanno data » continuò pensieroso Humpty Dumpty mentre accavallava un ginocchio sull'altro e se lo teneva con le mani « me l'hanno data... come regalo di non-compleanno. »

« Chiedo scusa? » disse Alice con aria perplessa.

« Non sono offeso » disse Humpty Dumpty.

« Voglio dire, che cosa è un regalo di non-compleanno? »

« Un regalo fatto quando non è il tuo compleanno, naturalmente. »

Alice rifletté un poco. « A me piacciono di più i regali del compleanno » disse infine.

« Non sai quello che dici! » esclamò Humpty Dumpty. « Quanti giorni ci sono in un anno? »

« Trecentosessantacinque » disse Alice.

« E tu quanti compleanni hai? »

« Uno. »

« E trecentosessantacinque meno uno, quanto fa? »

« Fa trecentosessantaquattro, naturalmente. »

Humpty Dumpty non ne parve altrettanto sicuro. « Preferirei vederlo per iscritto » disse.

Alice non poté fare a meno di sorridere estraendo il suo taccuino e tirando la somma per lui:

$$\begin{array}{r}365\\1\\\hline 364\end{array}$$

Humpty Dumpty prese il taccuino e lo guardò con attenzione. « Mi sembra ben fatto... » cominciò.

« Lo tiene alla rovescia! » lo interruppe Alice.

« Già, è vero! » disse allegro Humpty Dumpty, mentre lei glielo girava. « Mi pareva un po' strano. Come dicevo, sembra ben fatto... benché ora non abbia il tempo di esaminarlo a dovere... e il risultato dimostra che ci sono trecentosessantaquattro giorni in cui puoi ricevere regali di non-compleanno... »

« Certo » disse Alice.

« E solo *uno* per i regali di compleanno, sai. Piglia su e porta a casa! »

« Non capisco cosa dovrei portarmi a casa » disse Alice.

Humpty Dumpty fece un sorriso di disprezzo. « Naturale... devo dirtelo io. Volevo dire, "ecco un argomento che ti stende definitivamente!" »

« Ma "piglia su e porta a casa" non è proprio come dire "ecco un argomento che ti stende" » obiettò Alice.

« Quando *io* uso una parola » disse Humpty Dumpty in tono alquanto sprezzante « questa significa esattamente quello che decido io... né più né meno. »

« Bisogna vedere » disse Alice « se lei *può* dare tanti significati diversi alle parole. »

« Bisogna vedere » disse Humpty Dumpty, « chi è che comanda... è tutto qua. »[52]

Alice era troppo perplessa per dir niente; così dopo un minuto Humpty Dumpty ricominciò. « Certe hanno un caratterino... soprattutto i verbi: sono i più orgogliosi... con gli aggettivi puoi fare quello che vuoi, ma con i verbi... comunque, io posso farli filare tutti quanti! Impenetrabilità! Ecco cosa dico! »

« E sarebbe così cortese da dirmi » disse Alice « che cosa significa? »

« Ora parli come una bambina ragionevole » disse Humpty Dumpty con aria molto compiaciuta. « Con "impenetrabilità" volevo dire che ne abbiamo abbastanza di questo argomento, e che faresti meglio a dirmi cosa vuoi fare a questo punto, poiché non credo tu voglia fermarti qui per tutto il resto della tua vita. »

« Bel carico di significati per una parola sola » disse Alice in tono pensieroso.

« Quando do tanto lavoro a una parola » disse Humpty Dumpty « le pago sempre lo straordinario. »

« Oh! » disse Alice. Era troppo confusa per fare qualsiasi altra osservazione.

« Ah, dovresti vederle come vengono da me il sabato sera » proseguì Humpty Dumpty, agitando grave il capo da una parte e dall'altra « per intascare lo stipendio. »

(Alice non si azzardò a domandare con cosa le pagava; perciò, come capirete, non sono in grado di dirvelo.)

« Lei sembra molto bravo a spiegare le parole, signore » disse Alice. « Vorrebbe avere la gentilezza di dirmi il significato della poesia intitolata "*Ciarlestroniana*"? »

« Sentiamola » disse Humpty Dumpty. « Io posso spiegare qualunque poesia sia mai stata inventata... e molte di quelle che non sono state ancora inventate. »

Questo inizio suonava assai promettente, e così Alice recitò la prima strofa:

« Era brillosto, e i tospi agìluti
Facean girelli nella civa;
Tutti i paprussi erano mélacri,
Ed il trugòn striniva. »

« Basta così, per cominciare » la interruppe Humpty Dumpty « qui ci sono già parecchie parole difficili. "*Brillosto*" vuol dire le quattro del pomeriggio... l'ora in cui si arrostiscono le cose per la cena. »

« Ho capito » disse Alice: « e "*agìluti*"? ».

« Be', "*agìluto*" vuol dire "agile" e "lutulento", cioè fangoso, vischioso. È un po' come una valigia, capisci... ci sono due significati in una parola sola. »

« Ora capisco » osservò Alice, pensierosa; e i "*tospi*" che cosa sono? »

« Be', i "*tospi*" sono una specie di tassi... sono un po' come le lucertole... e un po' come i cavatappi. »

« Debbono essere creature molto curiose a vedersi. »

« Sì » disse Humpty Dumpty; « e fanno il nido sotto le meridiane... e si nutrono di cacio. »

« E che vuol dire "facean *girelli*"? »

« Che facevano buchi come un succhiello. »

« E la "*civa*" è il praticello intorno a una meridiana, immagino? » disse Alice, sorpresa lei stessa della propria perspicacia.

« Certo. Si chiama "*civa*", capisci, perché o ci vanno, o ci vagano... »

« O ci vacillano » aggiunse Alice.

« Precisamente. Allora, "*mélacri*" vuol dire "melanconici" più "alacri": è un'altra parola-valigia. E il "*paprusso*" è un uccello sparuto dall'aria trasandata, con le penne ritte da tutte le parti... una specie di spazzolone vivente. »

« E il "*trugone*", allora? » chiese Alice. « Ma forse le sto dando troppo disturbo. »

« Be', il "*trugone*" è una specie di maiale verde. »

« E che significa "*striniva*"? »

« Be', "*strinire*" è qualcosa che sta fra urlare e fischiare, con in mezzo una specie di starnuto: in ogni modo, lo sentirai, forse... laggiù in quel bosco... e una volta che lo avrai sentito, ti basterà. Chi ti ha recitato tutta questa roba difficile? »[53]

« L'ho letta in un libro » disse Alice. « Ma mi hanno recitato anche una poesia molto più facile di questa... me l'ha recitata Tweedledum, mi pare. »

« Quanto alle poesie » disse Humpty Dumpty tendendo una delle sue manone, « devi sapere che io le so recitare quanto chiunque altro, se vogliamo dirla tutta... »

« Oh, non ce n'è bisogno! » disse in fretta Alice, sperando così di impedirgli di cominciare.

« Il componimento che sto per recitare » proseguì l'altro senza far caso all'interruzione « è stato scritto interamente per il tuo svago. »

Alice capì che in questo caso non avrebbe potuto fare a meno di ascoltarlo; così si sedette e disse: « Grazie » un po' triste.

D'inverno, quando tutto è bianco,
Per te io canto questo canto...

« Solo che io non lo canto » aggiunse Humpty Dumpty a mo' di spiegazione.

« Lo vedo » disse Alice.

« Devi avere degli occhi ben aguzzi per *vedere* se canto o no » osservò Humpty Dumpty in tono severo. Alice tacque.

Quando verdeggia la primavera
Ti spiegherò la tiritera:

« Molte grazie » disse Alice.

Poi dell'estate nel polverone
Capirai forse la mia canzone;

Quando d'autunno cadrà la frutta
Prendi la penna e scrivila tutta.

« Sì, se riuscirò a ricordarmela fino allora » disse Alice.

« Non c'è bisogno che continui a fare di questi commenti » disse Humpty Dumpty « sono sciocchi e rovinano l'atmosfera. »

Trasmisi ai pesci un'ambasciata
Con tutti i miei desiderata.

Molto sollecita, a gir di posta,
Dei pesciolini fu la risposta.

Dai pesci fu dichiarato a me:
'Noi non possiamo, signor, perché...'

« Temo di non capire bene » disse Alice.
« Fra poco diventa più facile » rispose Humpty Dumpty.

Io gli mandai subito a dire:
'Il mio consiglio è di obbedire.'

Dissero i pesci con un boato:
'Non ti sarai mica arrabbiato?'

Tornai ad insistere con tono urbano:
Quelli facevano tutti l'indiano.

Presi una pentola nuova di zecca:
Per la bisogna era perfetta.

Col cuore che mi balzava in petto
Riempii la pentola al rubinetto.

Venne uno e disse: 'Io ti comprendo:
Ma i pesciolini stanno dormendo.'

Io gli risposi, senza esitare,
'Quand'è così, valli a svegliare.'

Dubbi in proposito non gli lasciai:
Dentro all'orecchio glielo gridai.

Recitando questa strofa, Humpty Dumpty alzò la voce fino quasi a un urlo, e Alice pensò rabbrividendo: « Non avrei voluto essere quel messo per nulla al mondo! ».

Ma lui si fece molto formale:
'Non c'è bisogno,' disse, 'di urlare!'

Molto formale, dico, si fe':
'Andrei a svegliarli' aggiunse 'se...'

Di un cavatappi entrai in possesso
E alla bisogna mi accinsi io stesso.

Trovai sprangato. Affrontai gl'intralci
A pugni, cariche, scossoni e calci.

Essendo ancora in difficoltà
Sulla maniglia mi sforzai, ma... »[54]

Ci fu una lunga pausa.

« Tutto qui? » chiese timidamente Alice.

« È tutto » disse Humpty Dumpty. « Arrivederci. »

Piuttosto brusco, pensò Alice; ma dopo un invito ad andarsene tanto diretto, le sembrò che sarebbe stato maleducato trattenersi ancora. Si alzò e tese la mano. « Arrivederci presto! » disse più allegramente che poté.

« Se ci rivedessimo, non ti riconoscerei » rispose Humpty Dumpty in tono scontento, dandole un dito da stringere. « Sei talmente uguale agli altri. »

« In genere ci si riconosce dal viso » osservò Alice in tono pensoso.

« Proprio qui ho da ridire » disse Humpty Dumpty. « Hai lo stesso viso che hanno tutti... i due occhi qui... » (segnandone il posto in aria col pollice) « il naso in mezzo, la bocca sotto. Sempre la stessa roba. Ecco, per esempio, se avessi avuto gli occhi dallo stesso lato del naso... o la bocca in cima... sarebbe stato più facile. »

« Un viso così non sarebbe carino » obiettò Alice. Ma Humpty Dumpty si limitò a chiudere gli occhi e a dire: « Prova e vedrai ».

Alice aspettò un momento per vedere se l'altro avrebbe parlato ancora, ma siccome Humpty Dumpty non riaprì più gli occhi né parve più prestarle la minima attenzione, disse un'ultima volta: « Arrivederci! » e, non avendo ricevuto risposta, si avviò pian piano; ma non poté fare a meno di dirsi, mentre andava: « Di tutti gli incontri insoddisfacenti... » (lo ripeté ad alta voce, poiché era un gran conforto avere una parola tanto lunga da pronunciare) « di tutti gli incontri insoddisfacenti che ho mai fatto... » Ma non finì la frase, perché in quel momento preciso un formidabile tonfo squassò la foresta da un capo all'altro.

Capitolo VII

Il Leone e l'Unicorno

Un attimo dopo alcuni soldati arrivarono di corsa per il bosco, prima a due o tre per volta, poi a gruppi di dieci o venti, e infine in tal folla che parvero riempire tutta la foresta. Per paura di essere travolta, Alice si rifugiò dietro un albero e li guardò passare di lì.

In vita sua non aveva mai visto soldati tanto malsicuri sulle gambe: non facevano che inciampare in qualche cosa, e ogni volta che ne cadeva uno, molti altri gli cadevano invariabilmente addosso, in modo che ben presto il terreno fu coperto di piccoli mucchi umani.

Poi arrivarono i cavalli. Siccome questi avevano quattro zampe, se la cavavano un po' meglio dei fanti; ma ogni tanto incespicavano anche loro, e sembrava una regola che ogniqualvolta un cavallo incespicava, anche il cavaliere dovesse cadere all'istante. La confusione peggiorava ogni momento, e Alice fu molto contenta di passare dal bosco in una radura, dove trovò il Re Bianco seduto in terra e occupatissimo a scrivere nel suo taccuino.

« Li ho mandati tutti! » esclamò il Re in tono compiaciuto alla vista di Alice. « Venendo hai incontrato per caso dei soldati nel bosco, carina? »

« Sì » disse Alice « molte migliaia, direi. »

« Il numero esatto è quattromiladuecentosette » disse il Re, accennando al taccuino. « Sai, i cavalli non ho potuto mandarli tutti, perché due servono per la partita. E non ho mandato neanche i due Messi. Loro sono andati in città tutti e due. Anzi, guarda per la strada e dimmi un po' chi vedi. »

« Sulla strada? Nessuno » disse Alice.

« Ah, se avessi occhi come i tuoi! » osservò il Re in tono sma-

nioso. « Riuscire a vedere Nessuno! E a quella distanza! Pensare che con questa luce io al massimo riesco a vedere la gente vera! »

Ma Alice non sentì una parola: era tutta intenta a scrutare lungo la strada, facendosi schermo agli occhi con una mano. « Ora vedo qualcuno! » esclamò infine. « Ma sta venendo molto piano... e con che curiosi atteggiamenti! » (Perché il Messo procedeva saltando su e giù e contorcendosi come un'anguilla, con le manone aperte a ventaglio da ambo i lati.)

« Niente affatto » disse il Re. « È un Messo anglosassone... e quelli sono atteggiamenti anglosassoni. Lo fa solo quando è contento. Si chiama Haigha. » Lo pronunciò in modo da far rima con « mayor ».[55]

« Amo il mio amore con un'Acca » non poté fare a meno di cominciare Alice, « perché è Felice. Lo odio con un'Acca perché è Odioso. L'ho sfamato con... con... con panini al Prosciutto e Fieno. Si chiama Haigha, e vive... »

« Vive sul Colle » [56] osservò semplicemente il Re, affatto inconsapevole di unirsi così al gioco, mentre Alice era ancora lì che esitava in cerca di un nome di città iniziante con Acca. « L'altro Messo si chiama Hatta. Me ne servono *due*, capisci... per andare e venire. Uno viene, e l'altro va. »

« Domando scusa? » disse Alice.

« Non sta bene fare domande » disse il Re.

« Volevo dire solo che non ho capito » disse Alice. « Perché uno viene e l'altro va? »

« Non te l'ho detto? » ripeté il Re con impazienza. « Me ne servono *due*... per prendere e per portare. Uno prende e l'altro porta. »

In quel momento arrivò il Messo: era troppo sfiatato per dire una parola, e riuscì solo ad agitare le braccia e a fare le più spaventose smorfiacce al povero Re.

« Questa signorina ti ama con un'Acca » disse il Re presentando Alice con la speranza di distogliere l'attenzione del Messo dalla propria persona. Ma non servì a niente: gli atteggiamenti anglosassoni non fecero che diventare più straordinari ogni momento, mentre gli occhioni roteavano folli da una parte all'altra.

« Tu mi spaventi! » disse il Re. « Mi sento svenire... Datemi un panino al prosciutto! »

Al che il Messo, con gran divertimento di Alice, aprì un sacco che aveva appeso al collo e porse un panino al Re, il quale lo divorò avidamente.

« Dammene un altro! » disse il Re.

« Non c'è rimasto più che del fieno » disse il Messo sbirciando nel sacco.

« Vada per il fieno » sussurrò debolmente il Re.

Alice fu lieta di vedere che mangiando si riprendeva alquanto. « Non c'è niente come mangiare del fieno quando ti senti mancare » osservò il Re ad Alice, fra un boccone e l'altro.

« Secondo me le farebbe ancora meglio una spruzzata d'acqua fresca » suggerì Alice « ... o annusare dei sali. »

« Non ho detto che non c'è niente di *meglio* » rispose il Re. « Ho detto che non c'è niente *come* quello. » Il che Alice non si azzardò a negare.

« Chi hai passato per strada? » proseguì il Re, tendendo la mano al Messo per ricevere ancora del fieno.

« Nessuno » disse il Messo.

« Giusto » disse il Re « l'ha visto anche questa signorina. Allora Nessuno va più piano di te. »

« Faccio del mio meglio » disse il Messo in tono imbronciato. « Sono certo che nessuno va molto più veloce di me! »

« Lui no di certo » disse il Re « altrimenti sarebbe arrivato qui per primo. Comunque, ora che hai ripreso fiato, puoi raccontarci cosa è successo in città. »

« Ve lo dirò sottovoce » disse il Messo, portandosi le mani a imbuto davanti alla bocca e chinandosi all'orecchio del Re. La cosa dispiacque ad Alice, poiché avrebbe voluto sentire le notizie anche lei. Ma invece di parlare sottovoce, il Messo urlò con tutte le sue forze: « Hanno ricominciato! ».

« E questo lo chiami parlare sottovoce? » esclamò il povero Re, saltando su e riscuotendosi. « Se rifai una cosa simile, ti faccio imburrare! Mi hai fatto passare un terremoto nella testa! »

« Sarebbe stato un terremoto molto piccolo! » pensò Alice. « Chi ha ricominciato? » si arrischiò a chiedere.

« Ma il Leone e l'Unicorno, naturalmente » disse il Re.

« A battersi per la corona? »

« Certo » disse il Re « e il bello è che la corona è mia, invece! Andiamo a vederli. » E trottarono via, con Alice che correndo recitava fra sé le parole della vecchia canzone:

« Il Leone e l'Unicorno si battean per la corona:
Il Leone all'Unicorno dentro la città le suona.
Chi gli dà del pane bianco, chi gli dà del pane nero,
E chi gli dà della torta; poi li scaccian col tamburo. » [57]

« Ma... il vincitore... si prende la corona? » chiese Alice meglio che poté, perché la corsa le toglieva il fiato.

« Ci mancherebbe altro! » disse il Re. « Che ti viene in mente? »

« Non avrebbe... la gentilezza... » ansimò Alice, dopo aver corso un altro tratto, « di fermarsi un momento... giusto il tempo... di riprendere fiato? »

« La gentilezza ce l'ho » disse il Re « solo che non ne ho la *forza*. Capisci, un momento passa talmente in fretta. Tanto varrebbe cercare di fermare un Bandafferra! »

Alice non aveva più fiato per parlare; così continuarono a trottare in silenzio, finché non giunsero in vista di una gran folla, in mezzo alla quale stavano battendosi il Leone e l'Unicorno. Erano avvolti da una tal nube di polvere, che sulle prime Alice non poté distinguere l'uno dall'altro; ma ben presto riuscì a riconoscere l'Unicorno, per via del corno.

Presero posto vicino al punto in cui Hatta, l'altro Messo, si era messo a guardare il combattimento, ritto in piedi con una tazza di tè in una mano e una fetta di pane e burro nell'altra.

« È appena uscito di prigione, e non aveva finito il tè quando ce l'hanno mandato » sussurrò Haigha ad Alice « e lì dentro non danno che gusci d'ostrica. . così come vedi ha molta fame e sete. Come stai, carino? » continuò, passando affettuosamente un braccio intorno al collo di Hatta.

Hatta si girò a guardare, annuì col capo e continuò col suo pane e burro.

« Ci sei stato bene in prigione, carino? » disse Haigha.

Hatta si girò di nuovo, e questa volta una lacrima o due gli scivolarono lungo la guancia; ma non spiccicò parola.

« Parla, sei muto? » esclamò Haigha con impazienza. Ma Hatta per tutta risposta continuò a sbocconcellare, e bevve un altro sorso di tè.

« Ma non vuoi parlare? » esclamò il Re. « Come va il combattimento? »

Con uno sforzo disperato, Hatta inghiottì un gran pezzo di pane e burro. « Benissimo » disse con voce strozzata: « ciascuno dei due è stato abbattuto all'incirca ottantasette volte ».

« Allora non tarderanno a portare il pane bianco e il pane nero? » si azzardò a osservare Alice.

« È lì pronto che li aspetta » disse Hatta; « ne sto appunto mangiando un pezzetto. »

Proprio allora ci fu una pausa nella lotta, e il Leone e l'Unicorno si misero a sedere, ansimanti, mentre il Re diceva forte: « Dieci minuti di sosta per i rinfreschi! ». Haigha e Hatta si misero subito al lavoro, e fecero il giro con vassoi di pane bianco e nero. Alice ne assaggiò un pezzettino, ma era molto secco.

« Mi sa che per oggi non si batteranno più » disse il Re a Hatta. « Va' a ordinare ai tamburi di cominciare. » E Hatta si allontanò, saltando come una cavalletta.

Per un paio di minuti Alice tacque, osservandolo. D'un tratto si illuminò. « Guardate, guardate! » esclamò, indicando con foga. « C'è la Regina Bianca che corre per la campagna! È uscita volando da quel bosco laggiù... come corrono queste Regine! » [58]

« C'è un nemico che la insegue, senza dubbio » disse il Re, e non si voltò neanche a guardare. « Quel bosco ne è pieno. »

« Ma non corre in suo aiuto? » domandò Alice, molto sorpresa dalla calma con cui l'altro prendeva la cosa.

« Inutile, inutile! » disse il Re. « Corre a una velocità, quella, che tanto varrebbe cercare di catturare un Bandafferra! Ma ne prenderò nota, se vuoi... È una cara creatura » ripeté piano fra sé, aprendo il suo taccuino. « "Creatura" con quante "e" si scrive? »

In questo momento l'Unicorno gli passò accanto al galoppo, con le mani in tasca. « Ho vinto io questa volta? » disse al Re, guardandolo appena mentre passava.

« Di poco... di poco » rispose il Re, con un po' di nervosismo. « Non avresti dovuto infilzarlo col corno, sai. »

« Non gli ho fatto male » disse l'Unicorno in tono distratto, e stava per allontanarsi quando l'occhio gli cadde per caso su Alice: si voltò immediatamente, e si fermò per qualche tempo a guardarla con l'espressione del più profondo disgusto.

« Cosa... è... questa? » disse infine.

« È una bambina! » rispose pronto Haigha, venendo davanti ad Alice per presentarla e tendendo ambo le mani verso di lei con atteggiamento anglosassone. « L'abbiamo trovata oggi. È a grandezza naturale, anzi, doppia! » [59]

« Avevo sempre creduto che fossero dei mostri leggendari! » disse l'Unicorno. « È viva? »

« Parla » disse Haigha, solennemente.

L'Unicorno guardò Alice con occhi sognanti e disse: « Parla, bambina ».

Alice non poté impedire alle proprie labbra di incresparsi in un sorriso mentre cominciava: « Lo sai che anch'io ho sempre creduto che gli Unicorni fossero dei mostri leggendari? È la prima volta che ne vedo uno in carne ed ossa! ».

« Be', ora che ci siamo visti » disse l'Unicorno « se tu crederai in me, io crederò in te. Affare fatto? »

« Sì, se vuoi » disse Alice.

« Forza, passami la torta, vecchio mio! » proseguì l'Unicorno, voltandosi da Alice al Re. « Io quel tuo pane nero non lo voglio! »

« Certo... certo! » borbottò il Re, e fece un cenno a Haigha. « Apri la sacca! » sussurrò. « Svelto! No, quella no... è piena di fieno! »

Haigha estrasse dal sacco una gran torta e la diede da tenere ad Alice mentre lui tirava fuori un piatto e un coltello. Come facesse tanta roba a stare lì dentro, Alice non riusciva a immaginarlo. Era come un gioco di prestigio, pensò.

Frattanto il Leone si era unito al gruppetto: pareva molto stanco e assonnato, e aveva gli occhi semichiusi. « Cos'è questa! » disse sbattendo pigramente le palpebre in direzione di Alice, e parlando con voce profonda che risuonò come i rintocchi di una grande campana.[60].

« Ah, cos'è, cos'è? » esclamò avidamente l'Unicorno. « Non lo indovinerai mai! Io non ci sono riuscito. »

Il Leone guardò stancamente Alice. « Sei animale... vegetale... o minerale? » disse, sbadigliando una parola sì e una no.

« È un mostro leggendario! » gridò l'Unicorno prima che Alice facesse in tempo a rispondere.

« Allora passa la torta, Mostro » disse il Leone, stendendosi a terra e appoggiando il mento sulle zampe. « E sedetevi anche voi » (al Re e all'Unicorno); « niente scherzi con la torta, eh! »

Il Re era evidentemente molto a disagio all'idea di sedersi fra quelle due grandi creature; ma non c'era altro posto.

« Che bella lotta per la corona si potrebbe fare adesso! » disse l'Unicorno guardando sornione la corona, che per poco non cadeva dal capo del Re dal tremito che lo aveva colto.

« Vincerei facilmente » disse il Leone.

« Non ne sono così sicuro » disse l'Unicorno.

« Ma se te le ho già date dentro tutta la città, fifone! » rispose il Leone in tono rabbioso, facendo l'atto di alzarsi.

Qui il Re li interruppe, per impedire che la disputa degenerasse: era molto nervoso e la voce gli tremava assai. « Dentro tutta la città?» disse. « È un bel percorso. Siete andati per il ponte vecchio o per la piazza del mercato? Dal ponte vecchio il panorama è migliore. »

« Non ne ho la minima idea » brontolò il Leone rimettendosi giù. « C'era troppa polvere e non si vedeva nulla. Ma quanto ci mette, il Mostro, a tagliare quella torta! »

Alice si era messa a sedere sulla sponda di un ruscelletto col grande piatto sulle ginocchia, e segava diligentemente col coltello. « È proprio irritante! » disse rispondendo al Leone (stava facendo l'abitudine a sentirsi chiamare "Mostro"). « Ho già tagliato molte fette, ma si riappiccicano subito! »

« Tu non sai come si tagliano le torte dello Specchio » osservò l'Unicorno. « Prima devi passarle in giro, e tagliarle dopo. »

Sembrava una sciocchezza, ma Alice molto obbedientemente si alzò, fece il giro col piatto, e la torta si divise in tre fette. « *Ora* devi tagliarla » disse il Leone, quando Alice fece ritorno al suo posto col piatto vuoto.

« Io dico che non è giusto! » gridò l'Unicorno quando Alice si mise a sedere col coltello in mano, molto perplessa su come cominciare. « Il Mostro ha dato al Leone una fetta che è il doppio della mia! »

« Però per sé non si è tenuta niente » disse il Leone. « Non ti piace la torta, Mostro? »

Ma prima che Alice potesse rispondergli, cominciò il rullo dei tamburi.

Di dove venisse il rumore, Alice non poté distinguerlo, tanto l'aria ne sembrava piena; continuò a rimbombarle nella testa fino ad assordarla del tutto. Alice balzò in piedi e dallo spavento scavalcò il ruscello con un salto,[61] ed ebbe appena il tempo di vedere il

* * * * *

* * * *

* * * * *

Leone e l'Unicorno che si alzavano, molto seccati di essere stati interrotti durante il loro rinfresco; quindi cadde in ginocchio e si portò le mani alle orecchie, nel vano tentativo di non farvi entrare il rimbombo tremendo.

« Certo, se non li mandano via dalla città a suon di tamburi » pensò Alice, « non ci riusciranno in nessun altro modo! »

Capitolo VIII
« È una mia Invenzione »

Dopo un po' il rumore prese a svanire gradualmente, finché tutto fu un silenzio di morte e Alice sollevò il capo un po' allarmata. Non c'era nessuno in vista, e il suo primo pensiero fu di averli sognati, il Leone, l'Unicorno e quegli strambi Messi anglosassoni. Però c'era ancora, ai suoi piedi, il grande piatto su cui aveva cercato di affettare la torta. « Allora non sognavo, dopotutto » si disse « a meno che... a meno che non facciamo tutti parte dello stesso sogno. Solo, spero di essere io a sognare, e non il Re Rosso! Non mi va di appartenere al sogno di un altro » continuò in tono alquanto risentito; « ho una gran voglia di andare a svegliarlo e vedere che succede! »

In quel momento i suoi pensieri furono interrotti da grandi grida di « Olà! Olà! Scacco! » e un Cavaliere con un'armatura vermiglia le venne incontro al galoppo, brandendo una gran clava. Nel momento in cui la raggiunse, il cavallo si fermò di botto: « Sei mia prigioniera! » esclamò il Cavaliere, e ruzzolò giù di sella.

Per quanto esterrefatta, lì per lì Alice si spaventò più per lui che per se stessa, e lo guardò risalire in sella con un po' di apprensione. Non appena lui fu di nuovo comodamente in arcione, ricominciò: « Sei mia... » ma a questo punto un'altra voce attaccò a gridare: « Olà! Olà! Scacco! » e Alice si voltò un po' sorpresa in direzione del nuovo nemico.

Stavolta si trattava di un Cavaliere Bianco.[62] Questi si fermò accanto ad Alice e cadde giù dal cavallo proprio come aveva fatto il Cavaliere Rosso prima di lui; quindi rimontò, e i due Cavalieri stettero per qualche tempo a guardarsi dalle rispettive selle senza parlare. Alice guardava ora l'uno ora l'altro, un po' sbalordita.

« È mia prigioniera, sai! » disse infine il Cavaliere Rosso.

« Sì, mai poi sono arrivato io e l'ho salvata! » ribatté il Cavaliere Bianco.

« Quand'è così, dovremo batterci per lei » disse il Cavaliere Rosso, prendendo l'elmo (che teneva appeso alla sella, e che nella forma ricordava una testa di cavallo) e infilandoselo.

« Naturalmente rispetterai le Regole del Combattimento? » osservò il Cavaliere Bianco, mettendosi l'elmo anche lui.

« Le rispetto sempre! » disse il Cavaliere Rosso, e cominciarono a scambiarsi colpi fragorosi, con tale furia che Alice si mise dietro un albero per togliersi dalla traiettoria.

« Quali saranno le Regole del Combattimento, mi domando? » si disse affacciandosi timidamente dal suo riparo per guardare lo scontro. « Una a quanto pare è che se un Cavaliere colpisce l'altro,

lo butta giù di sella; e se sbaglia, cade lui... e a quanto pare un'altra Regola è che tengono le mazze con le braccia come Pulcinella...[63] E che fracasso, quando cascano! Sembra quando cadono gli attizzatoi sul parafuoco! E come sono calmi i cavalli! Li lasciano salire e scendere come se fossero tavolini! »

Apparentemente un'altra Regola del Combattimento che Alice non aveva notato era che dovessero cadere sempre a testa in giù; e il Combattimento finì con la loro duplice caduta a capofitto, uno accanto all'altro. Quando si rialzarono, si strinsero la mano, e poi il Cavaliere Rosso salì in arcione e si allontanò al galoppo.

« È stata una gloriosa vittoria, vero? » disse il Cavaliere Bianco risalendo ansimante in sella.

« Non saprei » disse Alice in tono di dubbio. « Io non voglio essere presa prigioniera da nessuno. Voglio diventare Regina. »

« E così sarà, quando avrai attraversato il prossimo ruscello » disse il Cavaliere Bianco. « Ti accompagnerò perché non ti accada nulla fino alla fine del bosco... e poi dovrò tornare indietro. È la fine della mia mossa. »

« Grazie mille » disse Alice. « Posso aiutarti a toglierti l'elmo? » Era evidente che da solo lui non ce la faceva; ma lei riuscì a sfilarglielo, alla fine, a forza di scossoni.

« Ora si respira meglio » disse il Cavaliere rassettandosi con ambo le mani i capelli arruffati e voltando il viso gentile e gli occhioni miti in direzione di Alice. Alice pensò di non aver mai visto un soldato dall'aspetto tanto strambo in vita sua.

Indossava un'armatura di latta che pareva stargli alquanto male, e aveva una scatola di legno dalla forma strana appesa alle spalle, rivoltata all'ingiù, col coperchio che penzolava aperto. Alice la guardò molto incuriosita.

« Vedo che stai ammirando la mia scatolina » disse il Cavaliere in tono amichevole. « È una mia invenzione... per tenerci vestiti e panini. Come vedi la porto rivoltata, in modo che la pioggia non ci possa entrare. » [64]

« Ma possono uscirne gli oggetti » osservò Alice, gentile. « Lo sai che il coperchio è aperto? »

« Non lo sapevo » disse il Cavaliere, con un'ombra di contrarietà che gli attraversava il viso. « Allora vuol dire che tutto quello che c'era è caduto! E senza la roba la scatola non serve a niente. » La staccò e stava per buttarla nei cespugli, quando parve colpito da una riflessione improvvisa, e la appese con cura a un albero. « Indovina perché ho fatto questo » disse ad Alice.

Alice scosse il capo.

« Spero che le api ci facciano il nido... così avrò il miele. »

« Ma ce l'hai già un alveare attaccato alla sella... o qualcosa del genere » disse Alice.

« Sì, è un ottimo alveare » disse il Cavaliere in tono scontento « uno dei migliori. Ma finora non ci si è avvicinata neanche un'ape. L'altro oggetto che vedi è una trappola per topi. Forse i topi tengono lontane le api... o sono le api che tengono lontani i topi, una delle due. »

« Per l'appunto mi chiedevo a che serviva la trappola » disse Alice. « Non capita spesso di trovare dei topi sulla groppa di un cavallo. »

« Spesso no, forse » disse il Cavaliere; « ma se ne venissero, non avrei proprio voglia di vederli scorrazzare dappertutto. »

« Capisci » proseguì dopo una pausa, « tanto vale essere pronti a qualunque evenienza. È per questo che il cavallo ha tante cavigliere intorno alle zampe. »

« Ma a che servono? » chiese Alice, molto incuriosita.

« A proteggerlo contro i morsi dei pescecani » ribatté il Cavaliere. « È una mia invenzione. E ora dammi una mano. Verrò con te fino alla fine del bosco... A che serve quel piatto? »

« Sarebbe per una torta » disse Alice.

« Meglio che ce lo portiamo appresso » disse il Cavaliere. « Ci farebbe comodo se trovassimo della torta. Aiutami a infilarlo in questa sacca. »

L'operazione richiese parecchio tempo, benché Alice tenesse aperta la sacca con molta cura, perché il Cavaliere era talmente maldestro a infilare il piatto; le prime due o tre volte che ci provò, ci si infilò lui in sua vece. « Non c'è molto posto, capisci » disse quando ebbero finalmente insaccato il piatto; « la sacca è piena di candelieri. » E la appese alla sella, che era già carica di fagotti di carote, di attizzatoi e di molte altre cose.

« Ti sei legata bene i capelli? » continuò quando si furono messi in cammino.

« Non più del solito » disse Alice con un sorriso.

« Non basterà » disse lui, con ansia. « Vedi, qui il vento ha una tale forza. È forte come una minestra. »

« Hai inventato un sistema per impedire ai capelli di volare via? » s'informò Alice.

« Non ancora » disse il Cavaliere. « Ma ho inventato un sistema per impedirgli di *cadere.* »

« Mi piacerebbe proprio sentirlo. »

« Prima prendi un bastone diritto » disse il Cavaliere. « Poi ci fai arrampicare sopra i tuoi capelli, come su un albero di frutta. La ragione per cui i capelli cadono è perché pendono *in giù*... le cose non cadono mai verso l'*alto,* capisci. È un sistema che ho inventato io. Se vuoi puoi provarlo. »

Non sembrava un sistema troppo pratico, pensò Alice, e per qualche minuto continuò a camminare in silenzio, rimuginando l'idea, e fermandosi ogni tanto ad aiutare il povero Cavaliere, che certo *non* era un buon cavallerizzo.

Ogni volta che il cavallo si fermava (e questo accadeva molto spesso), lui cadeva in avanti; e ogni volta che quello ripartiva (e questo in genere accadeva alquanto all'improvviso), cadeva all'indietro. Per il resto se la sarebbe cavata abbastanza bene, se non fosse stato per l'abitudine, ogni tanto, di cadere lateralmente; e siccome questo gli capitava di solito dalla parte dove si trovava Alice, lei scoprì ben presto che la cosa migliore era non stare troppo vicina al cavallo.

« Mi sa che tu non hai fatto troppa pratica di equitazione » si arrischiò a dire, mentre lo aiutava a risalire in sella dopo il quinto capitombolo.

Il Cavaliere parve sorpresissimo e un po' offeso dall'osservazione. « Come fai a dirlo? » domandò riarrampicandosi in sella e tenendosi aggrappato ai capelli di Alice con una mano per evitare di cadere dall'altra parte.

« Perché quando si è fatta molta pratica, non si cade più tanto spesso. »

« Io ho fatto moltissima pratica » disse il Cavaliere con molta gravità « moltissima pratica! »

Ad Alice non venne in mente niente di meglio da dire che « Davvero? » ma lo disse più di cuore che poté. Proseguirono per un po' in silenzio, il Cavaliere a occhi chiusi e borbottando fra sé, mentre Alice lo osservava ansiosa, in attesa del prossimo ruzzolone.

« La grande arte del cavalcare » cominciò d'un tratto il Cavaliere a voce alta, agitando il braccio destro mentre parlava, « consiste nel tener... » Qui la frase finì di colpo com'era cominciata, e il Cavaliere cadde pesantemente a capofitto nel punto preciso del sentiero in cui camminava Alice. Questa volta lei si spaventò parecchio e disse in tono ansioso, raccogliendolo: « Niente di rotto, spero? ».

« Niente d'importante » disse il Cavaliere, come se non mettesse conto di parlare di fratture minori. « La grande arte del cavalcare, come dicevo, consiste... nel tenersi bene in equilibrio. Così, vedi... »

Lasciò la briglia e tese ambo le braccia per mostrare ad Alice cosa intendeva, e stavolta cadde di schiena, dritto sotto gli zoccoli del cavallo.

« Moltissima pratica! » continuava a ripetere, mentre Alice lo rimetteva in piedi. « Moltissima pratica! »

« Ma è ridicolo! » esclamò Alice, perdendo completamente la pazienza questa volta. « Per te ci vorrebbe un cavallo di legno con le ruote, ecco! »

« Perché, vanno senza scosse? » chiese il Cavaliere in tono di estremo interesse, avvinghiandosi con le braccia al collo del cavallo, appena in tempo per evitare un nuovo capitombolo.

« Molto più di un cavallo vivo » disse Alice con un piccolo, sonoro scoppio di risa, nonostante i suoi tentativi di reprimerlo.

« Me ne procurerò uno » disse il Cavaliere fra sé, pensieroso. « Uno o due... o parecchi. »

Dopodiché ci fu un breve silenzio, e poi il Cavaliere riprese: « Io sono bravissimo a inventare le cose. Per esempio, senz'altro avrai notato l'espressione pensierosa che avevo l'ultima volta che mi hai rimesso in piedi ».

« Eri un po' serio, infatti » disse Alice.

« Be', proprio in quel momento stavo inventando un nuovo sistema per scavalcare un cancello... ti va di sentirlo? »

« Moltissimo » disse educatamente Alice.

« Ti dirò come mi è accaduto di pensarci » disse il Cavaliere. « Il fatto è che mi sono detto: "L'unica difficoltà riguarda i piedi: la testa è già abbastanza in alto". E allora, prima metto la testa in cima al cancello... e la testa ci arriva benissimo... poi mi rizzo sulla testa... e allora i piedi arrivano all'altezza giusta, capisci... e sono di là. »

« Saresti più di là che di qua »[65] disse Alice, pensierosa; « non ti pare un po' difficile, questa operazione? »

« Non l'ho ancora sperimentata » disse grave il Cavaliere; « così di sicuro non te lo so dire... ma ho paura che potrebbe presentare qualche difficoltà. »

Sembrava così seccato a quest'idea, che Alice si affrettò a cambiare argomento. « Che strano elmo hai! » disse allegra. « Anche quello è una tua invenzione? »

Il Cavaliere guardò fieramente l'elmo, che pendeva dalla sella. « Sì » disse; « ma ne ho inventato uno ancora migliore... a pan di zucchero. Quando lo avevo in testa, se cadevo da cavallo toccava subito terra... e così facevo delle cadute brevissime. Però c'era sempre il rischio di caderci dentro, per dire la verità. E mi successe, una volta... il peggio fu che prima che fossi riuscito a tirarmene fuori arrivò l'altro Cavaliere Bianco e se lo mise lui. Lo scambiò per il suo. »

Il Cavaliere parlava con un'aria così solenne che Alice non osò ridere. « Ma gli avrai fatto male » disse con voce tremante « standogli così in testa. »

« Naturalmente dovetti tirargli dei calci » disse il Cavaliere, molto serio. « E allora lui si tolse l'elmo... ma ci vollero ore e ore per farmene uscire. Fui rapido come... come il lampo. »

« Rapido come la colla, vorrai dire » obiettò Alice.

Il Cavaliere scosse il capo. « Io sono rapido in tutti i sensi, te lo assicuro! » [66] disse. Così dicendo alzò le mani un po' eccitato, e istantaneamente rotolò giù di sella e cadde a capofitto in un fosso profondo.

Alice corse sulla sponda del fosso a cercarlo. Era rimasta alquanto sbigottita dalla caduta, poichè per qualche tempo lui se l'era cavata benissimo, ma stavolta aveva paura che si fosse fatto male sul serio. Tuttavia, benché non riuscisse a vedere altro di lui che le suole delle scarpe, fu molto sollevata sentendo che continuava a parlare nel tono consueto. « Rapido in tutti i sensi » ripeteva; « ma lui fu sbadato a mettersi in testa l'elmo di un altro... con l'uomo dentro, poi. »

« Ma come fai a parlare con tanta calma stando a testa in giù? » chiese Alice tirandolo fuori per i piedi e deponendolo sul bordo del fosso come un fagotto di stracci.

Il Cavaliere parve sorpreso dalla domanda. « Che importa dove si trova il mio corpo? » disse. « La mia mente continua a funzionare lo stesso. Anzi, più sto a testa in giù e più cose nuove invento. »

« La mia intuizione più brillante » continuò dopo una pausa « fu quando inventai un nuovo dolce durante il secondo piatto. »

« Pronto per essere servito in tavola dopo la portata successiva? » disse Alice. « Be', hai fatto in fretta davvero! »

« Veramente non con la portata successiva » disse lentamente il Cavaliere, come soprappensiero; « no, certo non con la portata successiva. »

« E allora sarà stato per il giorno dopo. Non avrete mica avuto due dolci in un pranzo solo? »

« Be', non il giorno dopo » ripeté come prima il Cavaliere, « non il giorno dopo. A dire la verità » proseguì a capo chino e con voce sempre più bassa « non credo che quel dolce sia mai stato messo in forno! Anzi, non credo che lo sarà mai. E tuttavia come dolce era una invenzione brillantissima. »

« Quali dovevano essere gli ingredienti? » chiese Alice sperando di metterlo un po' di buonumore, poiché il povero Cavaliere sembrava proprio costernato.

« Prima di tutto, carta assorbente » rispose il Cavaliere con un gemito.

« Ma ho paura che quella non sarebbe stata tanto buona... »

« Da sola no » la interruppe lui interrompendosi « ma non hai idea della differenza che fa se la mescoli ad altre cose... tipo polvere da sparo e ceralacca. E qui ti debbo lasciare. » In quel momento erano arrivati alla fine del bosco.

Alice si limitò a guardarlo con un'aria perplessa: stava pensando al dolce.

« Sei triste » disse il Cavaliere in tono ansioso « lascia che ti canti una canzone per consolarti. »

« È molto lunga? » chiese Alice, perché aveva sentito abbastanza poesie per quel giorno.

« È lunga » disse il Cavaliere « ma è molto, molto bella. Chiunque me la sente cantare... o gli fa venire le lacrime agli occhi, o... »

« O cosa? » disse Alice, perché il Cavaliere si era improvvisamente interrotto.

« O no. Il nome della canzone è "*Occhi di Merluzzo*". »

« Oh, è questo il nome della canzone? » disse Alice, cercando di provare interesse.

« No, non capisci » disse il Cavaliere con aria un po' seccata. « È il nome che si chiama così. Il nome vero è "*L'Uomo Vecchissimo*". »

« Allora dovevo dire: "La *canzone* si chiama così?" » si corresse Alice.

« No, no: tutt'altro! la *canzone* si chiama "*Modi e maniere*": ma è solo il modo con cui viene *chiamata*, capisci! »

« Be', qual è la canzone, allora? » disse Alice, che a questo punto era totalmente frastornata.

« Ci stavo arrivando » disse il Cavaliere. « La canzone veramente è "*Seduto Su Un Cancello*": e l'aria è una mia invenzione. » [67]

Così dicendo, arrestò il cavallo e gli lasciò andare le redini sul collo: poi, battendo lentamente il tempo con una mano, e con il volto illuminato da un lieve sorriso sciocco e gentile, come beandosi della musica della sua canzone, cominciò.

Di tutte le strane cose che Alice vide durante il suo viaggio Al di là dello Specchio, questa fu quella che ricordò sempre con più chiarezza. Anni dopo poteva ancora far rivivere tutta la scena come se fosse accaduta soltanto il giorno prima – i miti occhi azzurri e il sorriso gentile del Cavaliere – il sole del tramonto che gli luceva fra i capelli, e lo scintillio abbacinante dell'armatura – il cavallo che camminava piano qua e là, con le redini lente sul collo, brucando l'erba ai suoi piedi – e dietro le ombre nere della foresta – tutto questo si compose come un quadro davanti agli occhi di Alice, che si appoggiò contro un albero facendosi schermo con una mano e stette a guardare la strana coppia, ascoltando come in un dormiveglia la malinconica musica della canzone.

« Ma l'aria non l'ha inventata lui » si disse; « è "*Io ti do tutto, di più non posso*". » Stette in ascolto con molta attenzione, ma di lacrime agli occhi non gliene vennero.

« Di dirti tutto quel che so
  Adesso mi arrovello.
Io vidi un uom vecchissimo
  Seduto su un cancello.
Gli dissi: 'Orsù, raccontami
  Qual vita meni, o vecchio'.
La sua risposta in questo entrò
  E uscì da questo orecchio.

Rispose: 'Io cerco mantidi
  Dormienti nella biada.
Ne faccio dei pasticci che
  Poi vendo per la strada.
Li vendo a degli intrepidi
  Che sfideranno il mare;
Con questo mi guadagno il pan.
  Sciocchezze, non ti pare?'

Ma io pensavo a un metodo
  Per tingermi i mustacchi
E quindi per nasconderli
  Mediante dei pennacchi.
Perciò di quel vegliardo non
  Sentivo più le gesta.
Gli dissi, 'Come vivi?' e gli
  Vibrai una botta in testa.

Riprese a narrar, schivo.
  Disse: 'Vo in ogni loco;
Se m'imbatto in un rivo,
  Prima gli appicco il fuoco,
Poi ne ricavo un balsamo
  Per ungere i capelli;
Due soldi e mezzo al massimo
  Però lo pagan quelli.'

Io, che pensavo a un metodo
  Per viver di pastina
In modo da ingrassare almen
  Un chilo ogni mattina,
Lo presi e lo sgrullai ben ben
  Finché non fu cianotico:
'Vuoi dirmi dove prendi,' urlai,
  'Il pane e il companatico?'

'Cerco occhi di merluzzi,' fe',
  'Framezzo ai biancospini;
Ne fo bottoni di gilet
  Con sforzi serotini.
Quando li vendo,' continuò,
  'Non chiedo oro né argento;
Con un soldo di rame, ahimè,
  Ne compri cinquecento.

'Scavo tartine e invischio rami
  Per prender granchi e cozze;
Fra l'erbe cerco e nei fogliami
  Balestre di carrozze.
Ed ecco come,' ed ammiccò –
  'Io ho di che mangiare...
E alla salute sua sarò
  Felice di brindare.'

Allora lo sentii, poiché
  A salvare ero vicino
Un ponte dalla ruggine
  Bollendolo nel vino.
E avendo appreso la maniera
  Che aveva per mangiare,
Lo ringraziai, e più perch'era
  Felice di brindare.

Se or caccio della resina
  Le dita nel boccale
O ficco il mio sinistro pie'
  In un destro stivale;
Oppure quando con fragor
  Mi cade addosso un peso...
Piango, perché ricordo allor
Quel vecchio che nel cuor non muor:
Mite era e privo di rancor
Il capo avvolto di candor
Il volto come di voltor
Gli occhi brucianti pien di ardor
Fuor di sé quasi dal dolor
A dondolarsi intento ognor
E a bofonchiare i suoi bollor
Un po' come un biascicator
Muggendo come un grosso tor...
Del vespro estivo nel lucor,
  Seduto su un cancello. »[68]

Quando cantò le ultime parole della ballata, il Cavaliere raccolse le redini e voltò il capo del cavallo verso la strada per cui erano venuti. « Non hai più che pochi metri davanti a te » disse « giù per il colle e oltre quel ruscelletto, e poi sarai Regina... Ma non vuoi aspettare un momento per vedermi partire? » aggiunse, mentre Alice si voltava con espressione infervorata nella direzione indicatale. « Non ci metterò molto. Aspetta e agita il fazzoletto quando arrivo a quella svolta nella strada! Credo che mi darà coraggio, sai. »

« Certo che aspetterò » disse Alice « e tante grazie per essere venuto fin qui... e per la canzone... mi è piaciuta moltissimo. »

« Lo spero » disse il Cavaliere in tono dubbioso « ma non hai pianto quanto avrei creduto. »

Così si strinsero la mano, e poi il Cavaliere si allontanò lentamente verso la foresta. « Non credo che ci vorrà molto per vederlo sparire » si disse Alice mentre lo guardava. « Eccolo là! A capofitto come al solito! Però risale abbastanza agilmente... è perché ha tanti oggetti appesi intorno al cavallo... » Così continuò a parlare fra sé, guardando il cavallo che si allontanava pian piano lungo la strada, e il Cavaliere che ruzzolava di sella, prima da una parte e poi dall'altra. Dopo il quarto o quinto capitombolo il Cavaliere arrivò alla svolta, c allora lei gli sventolò il fazzoletto, e attese finché lui non fu sparito dalla vista.[69]

« Spero di avergli dato coraggio » disse Alice voltandosi per scendere di corsa la collina: « e ora l'ultimo ruscello, per diventare Regina! Che parola grandiosa! ». Pochissimi passi la portarono sull'orlo del ruscello. « Finalmente l'Ottava Casella! » esclamò sca-

*   *   *   *   *
*   *   *   *
*   *   *   *   *

valcandolo con un salto, e gettandosi lunga distesa a riposare su un prato morbido come muschio, picchiettato qua e là di piccole aiuole fiorite. « Oh, come sono contenta di essere arrivata qui! E che cosa ho sulla testa? » esclamò in tono preoccupato, mettendo le mani su qualcosa di molto pesante che la stringeva tutt'intorno al capo.

« Ma come ha fatto ad arrivare qui senza che me ne sia accorta? » si disse sollevando l'oggetto e mettendoselo in grembo per scoprire di che potesse mai trattarsi.

Era una corona d'oro.[70]

Capitolo IX

Alice Regina

« Fantastico! » disse Alice. « Non mi sarei mai aspettata di diventare Regina tanto presto... e voglio dirle una cosa, Altezza » proseguì, in tono severo (le piaceva sempre molto rimproverarsi da sola) « non è proprio il caso di rotolarsi sull'erba in questo modo! Le Regine debbono avere una loro dignità! »

Così si alzò e fece qualche passo... dapprima un po' rigida, per paura che la corona potesse caderle dalla testa: ma si confortò riflettendo che non la vedeva nessuno, « e se sono davvero una Regina » si disse rimettendosi a sedere « col tempo riuscirò ad abituarmi benissimo ».

Tutto succedeva in modo così strano che non si sorprese affatto di trovarsi sedute accanto la Regina Rossa e la Regina Bianca, una per parte: le sarebbe piaciuto moltissimo domandar loro com'erano giunte fin lì, ma temette che non fosse troppo educato. Tuttavia non ci sarebbe stato niente di male, pensò, a chiedere se la partita era finita. « Scusi, potrebbe dirmi per favore... » cominciò, guardando timidamente la Regina Rossa.

« Parla quando sei interrogata! » la interruppe secca la Regina.

« Ma se tutti obbedissero a questa legge » disse Alice, che era sempre pronta a sollevare piccole questioni « e se uno parlasse solo quando gli rivolgono la parola, e l'altro aspettasse che fosse il primo a cominciare, è chiaro che nessuno direbbe mai nulla, e allora... »

« Ridicolo! » esclamò la Regina. « Ma non capisci, bambina... » qui s'interruppe accigliandosi, e dopo aver riflettuto per un minuto, cambiò d'un tratto l'argomento della conversazione. « Cosa vuoi dire con "Se sono davvero una Regina"? Che diritto hai di fregiarti di questo titolo? Non puoi essere Regina, sai, finché non hai passato un esame in piena regola. E prima si comincia, meglio è. »

« Ho detto solo "se"! » protestò la povera Alice in tono compassionevole.

Le due Regine scambiarono un'occhiata, e la Regina Rossa osservò, con un piccolo fremito: « Dice che ha detto solo "se"... ».

« Ma ha detto molto di più, invece! » gemette la Regina Bianca, torcendosi le mani. « Oh, molto, molto di più! »

« È vero, sai » disse ad Alice la Regina Rossa. « Devi sempre dire la verità... riflettere prima di parlare... e poi scriverlo. »

« Sono certa che non volevo dire... » stava cominciando Alice, ma la Regina Rossa la interruppe con impazienza.

« Proprio questo disapprovo! Avresti dovuto voler dire! A che credi che serva una bambina che non vuol dire niente? Anche uno scherzo deve avere un significato... e una bambina è più importante di uno scherzo, almeno spero. Ecco una cosa che non potresti negare neanche con tutt'e due le mani. »

« Io non nego le cose con le mani » obiettò Alice.

« E chi l'ha detto? » disse la Regina Rossa. « Io ho detto che se ci provassi non potresti. »

« È in quello stato d'animo » disse la Regina Bianca « di quando si vuole negare qualcosa... ma non si sa cosa! »

« Ha un caratteraccio odioso » osservò la Regina Rossa; e scese un silenzio carico di disagio che durò per un minuto o due.

La Regina Rossa ruppe il silenzio dicendo alla Regina Bianca: « Ti invito alla cena di Alice oggi pomeriggio ».

La Regina Bianca ebbe un debole sorriso, e disse: « E io invito te ».

« Non sapevo di dover dare una cena » disse Alice; « ma se cena dev'essere, credo che gli inviti dovrei farli io. »

« Noi te ne abbiamo dato l'occasione » osservò la Regina Rossa « ma direi proprio che tu non hai studiato molto le buone maniere. »

« Le buone maniere non si studiano » disse Alice. « A scuola ti insegnano a far di conto, e cose del genere. »

« Le sai fare le Addizioni? » chiese la Regina Bianca. « Quanto fa uno più uno più uno più uno più uno più uno più uno più uno più uno più uno? »

« Non lo so » disse Alice. « Ho perso il conto. »

« Le Addizioni non le sa fare » l'interruppe la Regina Rossa. « Sai fare le Sottrazioni? Otto meno nove. »

« Otto meno nove non lo so fare » rispose con molta prontezza Alice « ma... »

« Non sa fare le Sottrazioni » disse la Regina Bianca. « Sai fare le Divisioni? Una pagnotta divisa con un coltello... qual è il risultato? »

« Credo... » stava cominciando Alice, ma la Regina Rossa rispose in sua vece. « Pane e burro, naturalmente. Prova un'altra Sottrazione. Un cane meno un osso: cosa resta? »

Alice rifletté: « L'osso no, naturalmente, se lo tolgo... e neanche il cane: verrebbe subito a mordermi... e sono sicura che non resterei neanche io! ».

« Allora secondo te non resterebbe nulla? » disse la Regina Rossa.

« Secondo me la risposta è questa. »

« Sbagliato, come al solito » disse la Regina Rossa; « rimarrebbe il controllo del cane. »

« Ma non capisco come... »

« Stai a sentire! » esclamò la Regina Rossa. « Il cane perderebbe il controllo, sì o no? »

« Forse sì » rispose cauta Alice.

« Dunque se il cane se ne andasse, il controllo rimarrebbe lì! » esclamò trionfante la Regina.

Alice disse, con tutta la serietà di cui fu capace: « Potrebbero andarsene tutti e due, uno da una parte e uno dall'altra ». Ma non poté fare a meno di pensare: « Che sciocchezze stiamo dicendo! ».

« I conti non sa neanche dove stanno di casa! » dissero insieme le Regine, con grande enfasi.

« E lei li sa fare? » disse Alice, voltandosi di colpo verso la Regina Bianca, perché non sopportava di sentirsi rimproverare a quel modo.

La Regina ebbe un sussulto e chiuse gli occhi. « So fare le Addizioni » disse « se mi dai un po' di tempo... ma le Sottrazioni assolutamente no! »

« L'abbicì lo sai, spero? » disse la Regina Rossa.

« Certo » disse Alice.

« Anch'io » sussurrò la Regina Bianca; « lo diremo spesso insieme, cara. E voglio rivelarti un segreto... io so leggere parole di una lettera! Non è straordinario? In ogni modo, non ti scoraggiare. Ci arriverai anche tu, col tempo. »

Qui la Regina Rossa ricominciò: « Sai rispondere a domande utili? » disse. « Come si fa il pane? »

« Questo lo so! » esclamò Alice con entusiasmo. « Si prende del fior di farina... »

« E dove si coglie il fiore? » chiese la Regina Bianca. « In giardino o sulle siepi? »

« Be', non è che si colga » spiegò Alice, « si macina... »

« Quanti acri di terreno? » [71] disse la Regina Bianca. « Non devi tralasciare tanti particolari. »

« Falle vento alla testa! » la interruppe ansiosa la Regina Rossa. « Avrà la febbre dopo tanto pensare. » Così si misero a farle vento con dei fasci di foglie finché Alice non dovette pregarle di smettere, ché le scompigliavano tutti i capelli.

« Ora sta bene » disse la Regina Rossa. « Le sai le lingue straniere? Come si dice pirulìn-tin-tin in francese? »

« Pirulìn-tin-tin non è inglese » rispose seria Alice.

« E chi ha mai detto che lo fosse? » disse la Regina Rossa.

Ad Alice parve stavolta di vedere una via d'uscita. « Se mi dite in che lingua è "pirulìn-tin-tin", vi dirò come si dice in francese! » esclamò trionfante.

Ma la Regina Rossa si irrigidì alquanto e disse: « Le Regine non scendono mai a patti ».

« Vorrei che le Regine non facessero mai domande » pensò Alice fra sé.

« Non litighiamo» » disse la Regina Bianca in tono ansioso. « Qual è la causa del lampo? »

« La causa del lampo » disse Alice con molta decisione, perché di questo si sentiva sicurissima « è il tuono... no, no! » si affrettò a correggersi. « Volevo dire il contrario. »

« È troppo tardi per correggersi » disse la Regina Rossa « una volta detta una cosa, è fatta, e devi accettarne le conseguenze. »

« Il che mi fa pensare... » disse la Regina Bianca, guardando in basso e continuando a intrecciare e a sciogliere nervosamente le mani, « abbiamo avuto una tale tempesta martedì scorso... voglio dire, una di queste ultime serie di martedì. »

Alice ne fu perplessa. « Al paese nostro » osservò « c'è solo un giorno alla volta. »

La Regina Rossa disse: « Che miseria! Qui invece i giorni e le notti di solito li abbiamo a due o tre per volta, e d'inverno ci prendiamo anche cinque notti tutte di fila... per stare più caldi, capisci ».

« Perché, cinque notti sono più calde di una? » si azzardò a chiedere Alice.

« Cinque volte più calde, naturalmente. »

« Ma per lo stesso principio dovrebbero essere cinque volte più fredde... »

« Proprio così! » esclamò la Regina Rossa. « Cinque volte più calde, e cinque volte più fredde... proprio come io sono cinque volte più ricca di te, e cinque volte più intelligente! »[72]

Alice emise un sospiro e ci rinunciò. « È proprio come un indovinello senza risposta! » pensò.

« Lo aveva capito anche Humpty Dumpty » continuò la Regina Bianca a voce bassa, quasi come parlando fra sé. « Venne alla porta con un cavatappi in mano... »

« Che voleva? » disse la Regina Rossa.

« Disse che voleva entrare » continuò la Regina Bianca, « perché cercava un ippopotamo. Però, guarda caso, quella mattina in casa non ce n'erano. »

« Perché, di solito ci sono? » chiese Alice, esterrefatta.

« Be', solo il giovedì » disse la Regina.

« Io lo so perché era venuto » disse Alice « voleva punire i pesci, perché... »

Qui la Regina Bianca ricominciò. « Un temporale come non potresti mai immaginartelo! » (« Eh, non ne sarebbe mai capace » disse la Regina Rossa.) « Un pezzo di tetto è sprofondato, facendo entrare tanto di quel tuono... che ha continuato a gironzolare per le stanze a pezzi grossi così... buttando giù i tavoli e gli oggetti... alla fine dalla paura non mi ricordavo più come mi chiamo! »

Alice pensò fra sé: « Io non starei a cercare di ricordarmi come mi chiamo in mezzo a un cataclisma! A che servirebbe? » ma non lo disse a voce alta, per paura che la povera Regina ci restasse male.

« Vostra Altezza deve scusarla » disse la Regina Rossa ad Alice, prendendo fra le sue una mano della Regina Bianca e accarezzandola dolcemente; « è buona, ma in genere non sa fare a meno di dire delle sciocchezze. »

La Regina Bianca guardò timidamente Alice, che capì di dover dire qualcosa di carino; ma lì per lì non riuscì a pensare a nulla.

« Non ha mai ricevuto un'educazione veramente come si deve » continuò la Regina Rossa « ma è di una bontà addirittura incredibile! Accarezzale la testa e vedrai come sarà contenta! » Ma Alice non ne avrebbe mai avuto il coraggio.

« Basta un po' di gentilezza... e incartarle i capelli... e ottieni mirabilia da lei... »

La Regina Bianca emise un profondo sospiro e depose il capo sulla spalla di Alice. « Che sonno! » gemette.

« È stanca, poverina! » disse la Regina Rossa. « Lisciale i capelli... prestale la tua cuffia da notte... e cantale una ninna-nanna. »

« Non mi sono portata una cuffia da notte » disse Alice, cercando di obbedire alla prima istruzione « e non conosco ninnenanne. »

« Vorrà dire che dovrò farlo io » disse la Regina Rossa, e cominciò:

« Dormi damina in braccio ad Alice!
Non è pronta la festa, puoi dormire felice.
Poi finita la festa a ballar tutti andrem:
Dama Rossa, e Bianca, e anche Alice avrem! » [73]

« E ora che sai le parole » aggiunse, appoggiando il capo sull'altra spalla di Alice « cantale a me. Anche a me sta venendo sonno. » E dopo un momento entrambe le Regine dormivano della grossa, russando sonoramente.

« Che faccio? » esclamò Alice, guardandosi intorno molto perplessa, mentre prima una testa rotonda, poi l'altra, le rotolavano giù dalla spalla per posarlesi pesantemente in grembo. « Dev'essere la prima volta che a qualcuno tocca di occuparsi di due Regine addormentate allo stesso tempo! In tutta la Storia d'Inghilterra non mi pare che... già, e poi non sarebbe possibile, perché non c'è mai stata più di una Regina alla volta. Svegliatevi, pesate troppo! » continuò in tono impaziente; ma non ebbe altra risposta che un dolce russare.

Quel russare si faceva più distinto a ogni momento, sempre di più assomigliando a un'aria musicale: alla fine Alice riuscì addirittura a distinguere le parole, e stette in ascolto, così presa che quando d'un tratto le due grosse teste le svanirono dal grembo quasi non vi fece caso.

Si trovò ritta davanti a una soglia ad arco, sormontata dalle parole « REGINA ALICE », a grandi lettere; e a ciascun lato dell'arco c'era un tirante di campanello, questo contrassegnato « Campanello per i Visitatori » e quello « Campanello per la Servitù ».

« Aspetto fino alla fine della canzone » pensò Alice « poi suono il... il... quale campanello debbo suonare? » proseguì, assai perplessa per via delle scritte. « Non sono una visitatrice, e non appartengo alla servitù. Ce ne vorrebbe uno contrassegnato "Regina"... »

Proprio allora si aprì uno spiraglio della porta e se ne affacciò per un attimo una creatura con un lungo becco che disse: « Non si entra fino alla settimana dopo la prossima! » e richiuse la porta con un tonfo.

Alice bussò e suonò invano per molto tempo; ma alla fine una vecchissima Rana, che era seduta sotto un albero, si alzò e venne

zoppicando verso di lei: era vestita di un giallo vivace e portava un enorme paio di stivali.

« E adesso che c'è? » disse piano la Rana, con voce rauca.

Alice si voltò, cercando qualcuno con cui prendersela. « Dov'è il servitore che ha il compito di rispondere alla porta? » cominciò irritata.

« Quale porta? » disse la Rana.

Alice quasi pestò i piedi in terra per la rabbia che le procurava la lentezza con cui l'altra parlava. « Questa porta, naturalmente! »

La Rana guardò per un minuto la porta con gli occhioni spenti: poi si avvicinò e la strofinò col pollice, come per saggiare la resistenza della vernice: quindi guardò Alice.

« Rispondere alla porta? » disse. « Perché, che ha chiesto? » Era così rauca che Alice la sentiva a fatica.

« Non capisco una parola » disse.

« Parlo inglese, sì o no? » proseguì la Rana. « O sei sorda? Che ti ha chiesto la porta? »

« Niente! » disse Alice con impazienza. « Ho picchiato! »

« Male, male... » borbottò la Rana. « Le fa male, sai. » Poi andò a sferrare un calcio alla porta con il piedone. « Lasciala stare » ansimò, tornando zoppiconi verso il suo albero « e vedrai che ti lascerà stare anche lei. »

In quel momento la porta fu spalancata e si sentì una voce stridula cantare:

« Dello Specchio ai soggetti disse Alice in festa,
'Ho lo scettro nel pugno, e la corona in testa.
A pranzare venite tutti quanti testé
Con la Regina Rossa, quella Bianca e con me!' »

E centinaia di voci si unirono al coro:

« Su, colmate i bicchieri con tutta la lena,
E la mensa imbandite di bottoni e d'avena:
Nel caffè siano i gatti, ed i topi nel tè...
Viva Alice Regina, trenta volte per tre! »

Poi seguì un confuso rumore di applausi, e Alice rifletté: « Trenta volte per tre fa novanta. Chissà se qualcuno fa il conto? ». Dopo un minuto si rifece il silenzio, e la stessa voce stridula cantò un'altra strofa:

« 'Cittadin dello Specchio,' disse Alice, 'venite!
È un onore vedermi, un favor se mi udite:
Ed è un gran privilegio stare a cena ed al tè
Con la Regina Rossa, quella Bianca e con me!' »

Poi il coro riprese:

« Su, riempite i bicchieri di inchiostro e melassa,
O di quella bevanda che più vi rilassa:
Sabbie quindi nel sidro, lane nel vin sian sciolte...
Viva Alice Regina novantanove volte! » [74]

« Novantanove volte! » ripeté disperata Alice. « Oh, non ci arriveranno mai! Meglio che entri subito... » Entrò; e nel momento in cui apparve si fece un silenzio di morte.

Alice scoccò occhiate nervose lungo la tavola mentre risaliva il vasto salone, e notò che c'erano circa cinquanta ospiti, di tutti i tipi: certi erano animali, certi uccelli, e fra loro c'erano perfino alcuni fiori. « Meno male che sono venuti senza aspettare l'invito » pensò, « non avrei mai saputo quali erano le persone giuste da invitare! »

C'erano tre sedie a capotavola: la Regina Bianca e la Regina Rossa ne avevano già occupate due, ma quella di mezzo era vuota. Alice vi prese posto, alquanto a disagio per il silenzio, e non vedendo l'ora che qualcuno parlasse.

Finalmente cominciò la Regina Rossa: « Hai perso la minestra e il pesce » disse. « Portate gli arrosti! » E i camerieri misero un cosciotto di montone davanti ad Alice, che lo guardò con una certa apprensione, poiché non le era mai toccato di affettare un arrosto prima di allora.

« Sembri un po' timida: permetti che ti presenti a quel cosciotto di montone » disse la Regina Rossa. « Alice... il Montone; il Montone... Alice. » Il cosciotto di montone si alzò nel piatto e fece un piccolo inchino ad Alice, che glielo restituì senza sapere se dover ridere o spaventarsi.

« Posso darvene una fetta? » disse Alice, prendendo coltello e forchetta e guardando prima una Regina e poi l'altra.

« No di certo » disse la Regina Rossa, con molta decisione; « non è buona etichetta tagliare persone a cui si è stati presentati.[75] Portate via gli arrosti! » E i camerieri portarono via il piatto, al cui posto venne un grande plum-pudding.

« Preferirei non essere presentata al plum-pudding » disse Alice un po' in fretta « altrimenti restiamo senza cena. Posso darvene un po'? »

Ma la Regina Rossa fece il broncio e borbottò « Pudding - Alice; Alice - Pudding. Portate via il pudding! » e i camerieri lo portarono via con tale velocità che Alice non fece in tempo a restituirgli l'inchino.

Ad ogni modo, non capiva perché la Regina Rossa dovesse essere sola a comandare; così, a titolo di esperimento, Alice chiamò forte: « Cameriere! Riportatemi il pudding! » e questo le ricomparve davanti in un attimo, come per un gioco di prestigio. Era così grande che Alice non poté fare a meno di sentirsene un poco intimidita, com'era avvenuto col montone; ma con uno sforzo superò la timidezza, tagliò una fetta e la porse alla Regina Rossa.

« Che impertinenza! » disse il Pudding. « Mi domando come ci rimarresti tu se ti affettassi, creatura! »

Parlava con una voce spessa, unta, e Alice non seppe rispondere una parola: non poté fare altro che rimettersi a sedere e guardarlo allibita.

« Di' qualcosa » disse la Regina Rossa « è ridicolo lasciare tutto il peso della conversazione al Pudding! »

« Sapete, mi hanno recitato una tale quantità di poesie oggi » cominciò Alice, un po' spaventata dalla scoperta che nel momento in cui apriva bocca scendeva un silenzio mortale e tutti gli occhi si fissavano su di lei; « e mi è parso molto curioso... che ogni poesia avesse qualcosa a che fare con i pesci. Lo sapete perché amano tanto i pesci, da queste parti? »

Parlava alla Regina Rossa, la cui risposta fu un po' vaga. « Quanto ai pesci » disse, molto lentamente e solennemente, avvicinando la bocca all'orecchio di Alice, « Sua Maestà Bianca conosce un bellissimo indovinello... tutto in poesia... e tutto sui pesci. Vuoi che lo reciti? »

« La Vostra Altezza Rossa è molto gentile a ricordarlo » sussurrò la Regina Bianca all'altro orecchio di Alice, con una voce che sembrava il tubare di un piccione. « Sarebbe un tale piacere! Posso? »

« Prego » disse Alice, con molta educazione.

La Regina Bianca rise di gioia e accarezzò la guancia di Alice. Poi cominciò:

« 'Sia il pesce catturato.'
È facile: può catturarlo un bambino.
'Poi sia il pesce comprato.'
È facile: può comperarlo un soldino.

'Sia il pesce cucinato!'
È facile: prende soltanto un minuto.
'Nel piatto apparecchiato!'
È facile: in un piatto è già contenuto.

'Sia in tavola portato!'
È facile mettere il piatto sul tavolo.
'Sia il pesce scoperchiato!'
Ah, questo è difficile, anzi quasi impossibile!

'Il coperchio è incollato...'
E con che colla forte, c'è voluto il coltello!
Che più facile è stato,
Scoperchiare il pesce o scoprir l'indovinello? »[76]

« Un minuto per pensare, e poi rispondi » disse la Regina Rossa. « Noi intanto berremo alla tua salute... Alla salute della Regina Alice! » gridò con quanta voce aveva, e subito tutti gli ospiti si misero a bere, in modo molto strano: qualcuno infatti si mise il bicchiere sul capo a mo' di spegnimoccolo e tracannò tutto quello che gli scorreva giù per il viso; altri rovesciarono le bottiglie e bevvero il vino che scorreva giù dai bordi della tavola; e tre (che sembravano canguri) si arrampicarono nel piatto di montone arrosto e si misero a lappare avidamente la salsa, « proprio come maiali in un trogolo! » pensò Alice.

« Dovresti rispondere con un bel discorso di ringraziamento » disse la Regina Rossa ad Alice, guardandola con cipiglio.

« Noi ti dobbiamo sostenere » sussurrò la Regina Bianca quando Alice si alzò, molto obbediente ma con un po' di paura.

« Grazie infinite » sussurrò Alice di rimando « ma posso farcela benissimo anche senza. »

« Non sarebbe affatto la stessa cosa » disse la Regina Rossa con molta decisione; e Alice cercò di fare buon viso a cattivo gioco. (« E come spingevano! » disse in seguito, quando raccontò alla sorella la storia del banchetto. « Pareva che volessero appiattirmi! ») Veramente le fu piuttosto difficile rimanere al suo posto mentre pronunciava il discorso: le due Regine la spingevano in modo tale, una da una parte e una dall'altra, che per poco non la sollevarono in aria. « Mi alzo a render grazie... » cominciò Alice: e davvero mentre parlava si alzò di diversi centimetri; ma si aggrappò al bordo della tavola, e riuscì a tirarsi giù un'altra volta.

« Attenta! » strillò la Regina Bianca, prendendola per i capelli con tutt'e due le mani. « Sta per succedere qualche cosa! »

E poi (come in seguito raccontò Alice) ne successero di tutti i colori in un momento. Tutte le candele si allungarono fino al soffitto, e sembrarono un canneto sormontato da fuochi artificiali. Quanto alle bottiglie, presero ciascuna un paio di piatti e se li adattarono in fretta come ali, e con forchette al posto delle gambe se ne andarono svolazzando per ogni dove; « e paiono proprio degli uccelli » pensò Alice meglio che poté nella tremenda confusione che iniziava.

In quel momento Alice sentì una risata rauca al suo fianco, e si voltò a vedere cosa fosse preso alla Regina Bianca; ma invece della Regina c'era nella sedia il cosciotto di montone. « Son qua! » esclamò una voce dalla zuppiera, e Alice si voltò di nuovo, appena in tempo per vedere il faccione bonario della Regina sorriderle ancora per un attimo dall'orlo della zuppiera prima di scomparire nella minestra.[77]

Non c'era un momento da perdere. Già molti commensali giacevano nei piatti, e il mestolo avanzava sulla tavola verso la sedia di Alice, e con impazienza le faceva segno di lasciarlo passare.

« Non ne posso più! » gridò Alice, saltando in piedi e afferrando con ambo le mani la tovaglia: un bello strattone, e piatti, vassoi, ospiti e candele piombarono con un tonfo ammucchiandosi sul pavimento.

« E quanto a te » continuò voltandosi fieramente verso la Regina Rossa, che riteneva la causa di tutto il parapiglia – ma la Regina non era più al suo fianco – si era improvvisamente ridotta alle dimensioni di una bambolina. e si trovava ora sulla tavola, dove correva allegramente in circolo inseguendosi lo scialle, che le svolazzava dietro.

In qualunque altro momento Alice sarebbe stata stupita da questo spettacolo, ma ora era troppo eccitata per sorprendersi di checcheffosse. « Quanto a te » ripeté afferrando la creaturina proprio mentre stava per saltare sopra una bottiglia che era appena atterrata sulla tavola « voglio sgrullarti fino a farti diventare una gattina, ecco che ti voglio fare! » [78]

Capitolo X

Sgrulloni

La prese dalla tavola e la scosse avanti e indietro con tutte le forze.

La Regina Rossa non oppose la minima resistenza, ma il viso le si fece piccolissimo, e gli occhi grandi e verdi; Alice scuoteva, e quella continuava a farsi più piccola... e grassa.. e morbida... e rotonda... e...

Capitolo XI

Risveglio

E alla fine era una gattina per davvero.

Capitolo XII
Chi l'ha Sognato?

« La Vostra Altezza Rossa non dovrebbe ronfare così forte » disse Alice stropicciandosi gli occhi e rivolgendosi alla gattina in tono rispettoso ma non privo di severità. « Mi hai svegliato da un sogno, oh! così bello! E mi hai accompagnato... per tutto il mondo dello Specchio. La sapevi, Kitty cara? »

È abitudine molto sgradevole dei gattini (Alice lo aveva già osservato una volta) che qualunque cosa gli si dica, fanno sempre le fusa. « Almeno facessero le fusa per dire "sì" e miagolassero per dire "no", o ci fosse una regola qualunque di questo tipo » aveva detto Alice « in modo di poter fare conversazione! Ma come si fa a parlare con una persona che dice sempre la stessa cosa? »

Questa volta la gattina si limitò a fare le fusa, e fu impossibile indovinare se voleva dire « sì » o voleva dire « no ».

Così Alice cercò fra gli scacchi del tavolino fino a trovare la Regina Rossa: poi si mise in ginocchio sul tappeto davanti al camino, e mise la gattina e la Regina l'una di fronte all'altra. « E ora, Kitty! » esclamò, battendo trionfante le mani. « Confessa che ti sei trasformata proprio in lei! »

(« Kitty non ha voluto guardarla », disse Alice più tardi, quando spiegò la cosa a sua sorella, « si è voltata dall'altra parte e ha fatto finta di non vederla: però mi è parso che si vergognasse un pochino, e quindi credo che la Regina Rossa fosse proprio lei. »)

« Stai un po' più dritta, carina! » esclamò Alice con una allegra risata. « E fai la riverenza mentre pensi a cosa... a cosa ronfare. Fa guadagnare tempo, ricordatelo! » La prese e le diede un bacetto, « proprio perché sei stata una Regina Rossa ».

« Bucaneve, tesorino mio! » continuò voltandosi a guardare la Gattina Bianca, che era ancora pazientemente sottomessa alla sua toletta « quando avrà finito Dinah con la Vostra Altezza Bianca, mi domando? Per questo eri tanto trasandata nel mio sogno, secondo me... Dinah! Ma lo sai che stai strofinando una Regina Bianca? Ciò dimostra una gran mancanza di rispetto! »

« E Dinah che cosa era diventata, mi domando? » continuò a chiacchierare allungandosi comodamente a guardare i gattini con un gomito sul tappeto e il mento nella mano. « Dimmi, Dinah, sei diventata Humpty Dumpty, tu? Io credo di sì... in ogni modo, non dirglielo ancora alle tue amiche, perché non ne sono proprio sicura.

« A proposito, Kitty, se fossi stata davvero con me nel mio sogno, una cosa ti sarebbe piaciuta di certo... mi hanno recitato una tale quantità di poesie, e tutte sui pesci! Vedrai che bellezza domattina. Mentre farai colazione ti reciterò "*Il Tricheco e il Carpentiere*"; così potrai far finta di mangiare delle ostriche, cara!

« Ma ora, Kitty, pensiamo un po' a chi è stato a fare il sogno. È una questione seria, carina, e non dovresti continuare a leccarti la zampa in quel modo... come se Dinah non ti avesse già lavata stamattina! Vedi, Kitty, bisogna che sia stato o io o il Re Rosso. È vero che lui faceva parte del mio sogno... ma anche io del suo! È stato il Re Rosso, Kitty? Tu eri sua moglie, carina, e lo dovresti sapere... Oh, Kitty, aiutami a trovare la soluzione! Quella zampetta può aspettare! » Ma quell'indisponente gattina, come se nulla fosse, attaccò l'altra zampa, fingendo di non aver sentito la domanda.

E voi, chi credete che fosse stato?

Una barca sotto un cielo assolato
Che indugia avanzando sognante
In una sera di luglio...

Tre bambine annidate assieme,
Occhio intento e avido orecchio,
Liete di ascoltare una semplice storia...

Da tanto tempo impallidì quel cielo assolato:
Gli echi svaniscono e muoiono i ricordi:
Le brine d'autunno hanno ucciso luglio.

Sempre ella mi perseguita, come un fantasma,
Alice che muove sotto cieli
Mai visti da occhi desti.

Pur dei bambini ad ascoltare la storia,
Occhio intento e avido orecchio,
Felici si annideranno.

In un Paese delle Meraviglie essi giacciono,
Sognando mentre i giorni passano,
Sognando mentre le estati muoiono:

Eternamente scivolando lungo la corrente...
Indugiando nell'aureo bagliore...
Che cosa è la vita, se non un sogno? [79]

Appendice [80]

La Vespa con la Parrucca

...ed era lì lì per spiccare il salto, quando sentì un profondo sospiro, in apparenza proveniente dal bosco alle sue spalle.

« Lì c'è qualcuno che è *molto* infelice » pensò la bambina, voltandosi preoccupata a vedere cosa c'era che non andava. Un qualcosa che assomigliava parecchio a un uomo molto vecchio (solo che il viso era più simile a quello di una vespa) era seduto in terra, appoggiato contro un albero, tutto rannicchiato, e squassato dai brividi come in preda a un gran freddo.

« Non credo proprio di poterlo aiutare » fu il primo pensiero di Alice, che quindi si voltò per saltare il ruscello: « ... però voglio chiedergli che gli succede » aggiunse, fermandosi all'ultimo momento. « Se salto, tutto cambierà, e allora non potrò più essergli di nessun aiuto. » [81]

Così tornò dalla Vespa... abbastanza malvolentieri, perché aveva una gran fretta di essere Regina.

« Oh, le mie vecchie ossa, le mie vecchie ossa! » continuava a borbottare quello quando Alice gli venne vicino.

« Sono i reumatismi, immagino » si disse Alice, e si chinò sul vecchio, e disse con molta cortesia « spero che non soffra troppo. »

La Vespa si limitò a scuotere le spalle, e si voltò dall'altra parte. « Ah, povero me! » disse fra sé.

« C'è niente che possa fare per te? » proseguì Alice. « Non hai freddo qui? »

« Ma sentila! » disse la Vespa con tono irritabile. « Strazio, strazio! [82] Mai vista una bambina così! »

Alice si offese alquanto a questa risposta, e stava lì lì per andarsene e lasciarlo solo, ma pensò « Forse è solo il dolore che lo fa arrabbiare in questo modo. » Così ci riprovò.

« Non vuoi che ti aiuti a passare dall'altro lato? Ti toglieresti dal vento freddo. »

La Vespa le prese il braccio e si lasciò pilotare intorno all'albero, ma quando si rimise giù si limitò a dire, come prima « Strazio, strazio! Non puoi lasciare in pace un poveraccio? »

« Vuoi che te ne legga un po'? » proseguì Alice, raccogliendo un giornale che era lì in terra, ai piedi di lui.

« Leggi pure, se vuoi » disse la Vespa, alquanto imbronciata. « Che io sappia non te lo impedisce nessuno. »

Così Alice le si sedette accanto, si aprì il giornale sulle ginocchia, e cominciò. *« Ultime Notizie. La Spedizione Esplorativa ha eseguito un'altra ricognizione nella Dispensa, rinvenendo cinque zollette nuove di zucchero bianco, grandi e in buone condizioni. Sulla via del ritorno... »*

« Niente zucchero scuro? » interruppe la Vespa.

Alice scorse in fretta il giornale e disse « No. Non dice niente dello zucchero scuro. »

« Niente zucchero scuro! » borbottò la Vespa. « Bella spedizione esplorativa! » [83]

« Sulla via del ritorno » continuò a leggere Alice *« è stato scoperto un lago di melassa. Le sponde del lago erano azzurre e bianche, e facevano pensare alla porcellana. Durante l'assaggio della melassa si è verificato un deplorevole incidente: due membri della spedizione sono stati fagocitati... »*

« Sono stati *che*? » chiese la Vespa, con voce irritatissima.

« Fa-go-ci-ta-ti » [84] rispose Alice, dividendo in sillabe la parola.

« Questa parola non esiste! » disse la Vespa.

« Però è nel giornale » disse Alice, un po' timida.

« Basta così! » disse la Vespa, voltandosi nervosamente.

Alice depose il giornale. « Ho paura che non ti senta bene » disse in tono carezzevole. « Posso far niente? »

« È tutto per via della parrucca » disse la Vespa in tono molto più gentile.

« Per via della parrucca? » ripeté Alice, molto contenta di sentir tornare l'altro di buon umore.

« Saresti seccata anche tu, se avessi una parrucca come la mia » continuò la Vespa. « Ti pigliano in giro. E ti danno il tormento. E allora mi arrabbio. E prendo freddo. E mi metto sotto un albero. E mi prendo un fazzoletto giallo. E mi fascio il viso... come adesso. »

Alice lo guardò con compassione. « Fasciarsi il viso fa molto bene al mal di denti » disse.

« Ma non tanto alla vanità » aggiunse la Vespa.

Alice non afferrò la parola con precisione. « Sarebbe una specie di mal di denti? » chiese.

La Vespa rifletté un poco. « Beh, no » disse: « è quando tieni su la testa... così... senza piegare il collo. »

« Ah, il torcicollo, vuoi dire » disse Alice.

La Vespa disse « Quello è un nome nuovo. Ai miei tempi la chiamavano vanità. » [85]

« La vanità non è mica una malattia » osservò Alice.

« Ma sì, invece » disse la Vespa: « aspetta che ti venga, e te ne accorgerai. E quando ti viene, prova a fasciarti il viso con un fazzoletto giallo. Ti guarirà in un momento! »

Si tolse il fazzoletto mentre parlava, e Alice guardò la sua parrucca con gran sorpresa. Era di un giallo acceso come il fazzoletto, e tutta ingarbugliata e arruffata come un mucchio di alghe marine. « Potresti averla molto più in ordine, la tua parrucca » disse « se avessi un pettine. »

« Che c'è, sei un'Ape, per caso? » disse la Vespa, guardandola con più interesse. « E hai un favo.[86] Molto miele? »

« Non è di quel tipo » si affrettò a spiegare Alice. « È per pettinare i capelli... la tua parrucca è così ispida, sai. »

« Ti dirò com'è che la porto » disse la Vespa. « Quando ero giovane davvero... »

Un'idea curiosa venne in testa ad Alice. Quasi tutti coloro che aveva incontrato le avevano recitato poesie, e così pensò di provare a vedere se ne fosse stata capace anche la Vespa. « Ti dispiacerebbe dirlo in rima? » chiese, molto educatamente.

« Non ci sono abituato » disse la Vespa: « comunque ci provo: aspetta un momento. » Tacque per qualche istante, e ricominciò:

« Quand'ero giovane davvero
Avevo il crin fin sulla spalla;
Mi disser di raparmi a zero
Prendendo una parrucca gialla.

Seguii il consiglio maledetto,
Ma senti cosa ti paleso:
Quelli trovaron che l'effetto
Non era come si era atteso.

Mi stava mal, disser, perché
Ne risultavo assai più brutto;
Ma che dovevo fare, eh?
Il mio capello era distrutto.

Ora che sono vecchio e debole
E di capelli quasi privo,
Mi tolgon la parrucca e chiedono
"Perché ti metti questo schifo?"

Così a ogni mia apparizione
"Porco!" mi gridan sulla zucca;
E vivo sotto l'oppressione
Di questa mia gialla parrucca.» [87]

« Mi dispiace molto per te » disse Alice, di cuore: « penso che se la parrucca ti fosse stata un po' meglio, non ti prenderebbero tanto in giro. »

« A te la tua parrucca ti sta benissimo » sussurrò la Vespa, guardandola con espressione ammirata: « è merito della forma della tua testa. Però la forma delle tue mascelle non è un gran che... scommetto che non addenti bene. »

Alice scoppiò in una risatina squillante, che fece del suo meglio per trasformare in colpo di tosse. Da ultimo riuscì a dire con serietà, « Posso addentare tutto quello che voglio. »

« Con una bocca così piccola? Impossibile » insistette la Vespa. « Se fossi impegnata in un combattimento ora... potresti acchiappare l'altro per la nuca? »

« Ho paura di no » disse Alice.

« Beh, è perché hai le mascelle troppo corte » proseguì la Vespa: « però la sommità della testa ce l'hai graziosa e tonda. » Parlando si sfilò la parrucca e tese una zampa verso Alice come per farle lo stesso, ma lei si tenne fuori portata, fingendo di non capire. Così quello continuò con le sue critiche.

« Poi i tuoi occhi... sono troppo davanti, di sicuro. Tanto valeva averne uno invece che due, se li devi avere per forza tanto vicini... »

Ad Alice non piacevano tanti commenti sulla sua persona, e visto che la Vespa si era totalmente rinfrancata e che stava facendosi molto loquace, pensò di potersi tranquillamente accomiatare. « Credo di dover andare adesso » disse. « Arrivederci. »

« Arrivederci, e grazie » disse la Vespa, e Alice scese nuovamente lungo il colle, molto contenta di essere tornata sui suoi passi e di aver dedicato qualche minuto a consolare quella povera vecchia creatura.

Note

[1] Come per le carte da gioco, nel passaggio dall'inglese in italiano esistono delle differenze nella nomenclatura dei pezzi degli scacchi. Gli alfieri sono vescovi (« bishop »), come si vede in una illustrazione di Tenniel, anche se Carroll non ne impiega (per scrupolo reverenziale?); i cavalli sono cavalieri (« knight »).

Facendo degli scacchi (gioco al quale si erano cominciate ad appassionare le bambine Liddell, e in particolare Alice, divenuta più grandicella) il tema conduttore di *Attraversò lo specchio*, Carrol accentua il carattere di *pendant* che questo libro ha rispetto al primo, dove regnavano le carte da gioco. Altri richiami saranno segnalati via via; qui osserviamo anche come gli scacchi si addicano alla natura speculare dello strano paese. All'inizio di una partita di scacchi, come è noto, si vedono due eserciti schierati l'uno davanti all'altro, in modo che ciascun elemento abbia di fronte il proprio corrispondente di segno opposto, proprio come se si riflettesse in uno specchio: le due regine e i due re per fronteggiarsi sacrificano la simmetria, la regina bianca trovandosi alla sinistra del suo re, e la rossa alla destra del suo.

Il mondo dello Specchio è concepito come una sorta di immensa scacchiera, in cui i riquadri sono determinati da ruscelli paralleli in senso latitudinale, e siepi parallele in senso longitudinale. All'inizio del racconto Alice è un pedone bianco in d2 (ossia, nella posizione ortodossa di partenza); a ciascun episodio corrisponde un suo passo avanti in senso verticale (unica direzione consentita al pedone), e alla fine, essendo giunta nel penultimo riquadro della sua colonna (d7), con un'ultima mossa laterale mangia la Regina Rossa dando contemporaneamente scacco al Re, e vince; raggiungendo l'ultima fila è inoltre diventata Regina.

La vicenda di *Attraverso lo Specchio* è pertanto strutturata come una partita di scacchi, anzi, come un "problema" di scacchi. Così correttamente lo chiama Carroll: all'inizio infatti i pezzi sulla scacchiera sono soltanto quelli del diagramma accluso, e cioè un Re, una Regina e un Cavaliere per parte, nonché una Torre e un pedone bianchi. Nella sua impareggiabile *Annotated Alice* Gardner ha analizzato da par suo ogni mossa di questa partita-racconto, contestando l'affermazione di Sidney Williams e Falconer Madan, autori di *A Handbook of the Literature of the Rev. C.L. Dodgson*, secondo i quali la partita sarebbe totalmente incoerente, e citando perfino il *British Chess Magazine* del maggio 1910, in cui tale Donald M. Liddell (non si sa se parente dei Liddell!) inventa una partita di scacchi completa sull'ossatura della storia, terminando con uno scacco matto dato da Alice alla sessantaseiesima mossa. Fra questi due estremi opposti sta la partita descritta da Carroll, il cui funzionamento è accettabile, perdonando qualche svista in considerazione dell'eccentricità dei personaggi del Mondo dello Specchio. La Regina Bianca per esempio è presentata come distrattissima, e infatti una volta fugge dal Cavaliere Rosso invece di mangiarlo lei; un'altra volta si lascia sfuggire una facile occasione di dare scacco matto. Anche l'alternanza delle mosse è spesso trascurata. Peraltro, come dice Gardner, "considerando le formidabili difficoltà comportate dall'incastro di una partita di scacchi in un divertente racconto fantastico di nonsenso, Carroll se la cava in modo più che soddisfacente. Non succede mai, per esempio, che Alice si trovi a discorrere con un pezzo non presente al momento in una casella adiacente alla sua. Le Regine corrono qua e là affaccendatissime, mentre i mariti sono relativamente fermi e impotenti, proprio come negli scacchi veri. Le eccentricità del Cavaliere Bianco si adattano mirabilmente al modo eccentrico con cui si muovono questi pezzi; perfino la tendenza dei Cavalieri a cadere di sella, da un lato o dall'altro, richiama la mossa tipica del Cavaliere, che è di un passo in linea retta (sulla colonna o sulla traversa) seguito da un altro in diagonale... È divertente notare come sia la Regina Rossa a convincere Alice ad avanzare lungo la sua colonna fino all'ottava casella. Dando questo consiglio la Regina protegge se stessa, perché all'inizio il bianco avrebbe un facile seppur poco elegante scacco matto in tre mosse."

[2] Child of the pure unclouded brow
  And dreaming eyes of wonder!
Though time be fleet, and I and thou
  Are half a life asunder,
Thy loving smile will surely hail
The love-gift of a fairy-tale.

I have not seen thy sunny face,
  Nor heard thy silver laughter:
No thought of me shall find a place
  In thy young life's hereafter –
Enough that now thou wilt not fail
To listen to my fairy-tale.

A tale begun in other days,
  When summer suns were glowing –
A simple chime, that served to time
  The rhythm of our rowing –
Whose echoes live in memory yet,
Though envious years would say "forget".

Come, harken then, ere voice of dread,
  With bitter tidings laden,
Shall summon to unwelcome bed
  A melancholy maiden!
We are but older children, dear,
Who fret to find our bedtime near.

Without, the frost, the blinding snow,
  The storm-wind's moody madness –
Within, the firelight's ruddy glow,
  And childhood's nest of gladness.
The magic words shall hold thee fast:
Thou shalt not heed the raving blast.

And, through the shadow of a sigh
  May tremble through the story,
For "happy summer days" gone by,
  And vanish'd summer glory –
It shall not touch, with breath of bale,
The pleasance of our fairy-tale.

Le tre parole fra virgolette dell'ultima strofa ("i felici giorni d'estate") sono le tre ultime parole di *Alice nel Paese delle Meraviglie,* e la parola "pleasance", "piacevolezza", dell'ultimo verso è anche il secondo nome di Alice (Alice Pleasance Liddell). La natura parallela e speculare (di segno opposto) di questo libro rispetto al precedente è già impostata con questa bella e malinconica poesia dedicatoria, tutta di toni autunnali e invernali laddove l'altra rievocava un giorno d'estate. Gardner nota come il pessimismo espresso nella seconda strofa si dimostrasse poi ingiustificato: Alice Liddell e molte altre piccole amiche di Carroll si mantennero in ottimi rapporti con lui anche molti anni dopo aver raggiunto la maturità.

[3] Il giorno del falò è il 5 novembre, o "Guy Fawkes Day", quando è tradizione accendere fascine a commemorazione della sventata congiura delle polveri del 1605. Oggi è pertanto il 4 novembre, ossia sei mesi precisi dopo quel 4 maggio, compleanno di Alice, in cui era avvenuta l'avventura del viaggio nel Paese delle Meraviglie. Infatti nel capitolo V Alice dirà alla Regina Bianca di avere esattamente sette anni e mezzo.

Come la poesia di apertura (e vedremo quella di chiusura, anch'essa piena di accenni alla vecchiaia e alla morte, e di rimpianti per il bel tempo che fu), questo primo capitolo fornisce un netto contrasto con il capitolo corrispondente dell'altro libro, nella sua evocazione di un clima freddo e autunnale in luogo dell'"aureo pomeriggio".

[4] Bucaneve ("Snowdrop") si chiamava la gattina di una piccola amica di Alice, figlia di un altro uomo illustre: il poeta e romanziere scozzese George Macdonald, autore soprattutto di racconti fantastici come *Phantastes* e *Lilith* (a mezza strada fra E. A. Poe e Tolkien), e di fiabe per bambini. I suoi figli furono fra i primi entusiasti lettori di *Alice nel Paese delle Meraviglie.*

[5] Nel suo libro su Carroll *Victoria Through the Looking Glass* (New York 1945), Florence Becker Lennon basandosi per la verità su prove non molto consistenti ha affermato che Lewis Carroll era un mancino costretto sin da piccolo a servirsi della destra, del che si sarebbe vendicato "facendo a sua volta un po' di rovesciamenti". Sta di fatto che quella di capovolgere l'ordine naturale o costituito delle cose fu una delle passioni dominanti, se non la più grande in assoluto, di questo signore del nonsenso. Ne abbiamo avu-

te già numerose dimostrazioni in *Alice nel Paese delle Meraviglie*, dal perverso stravolgimento di poesie edificanti in qualcosa di trionfalmente assurdo, alla frequente interpretazione, da parte degli interlocutori di Alice, di frasi pronunciate da lei in senso contrario a quello inteso, ma ineccepibile dal punto di vista letterale. Enigmista, inventore di giochi e rompicapo, Carroll fece dell'inversione uno dei grandi motivi con cui divertire le sue piccole amiche, cui mandava lettere scritte alla rovescia (e quindi leggibili solo allo specchio), o da leggere cominciando dall'ultima parola, eccetera, eccetera. In una lettera al « *Times* » del 22 gennaio 1932, riportata per esteso da Gardner, una ex bambina rievocò il giorno lontano in cui Carroll per metterla in imbarazzo dopo averle fatto prendere in mano un'arancia e averle chiesto in quale mano la teneva, la condusse davanti a uno specchio e le domandò in quale mano teneva l'arancia *quella* bambina (in seguito Carroll avrebbe mandato alla piccola interlocutrice una copia di *Attraverso lo Specchio*, con la dichiarazione di avere avuto in quella occasione la prima idea del libro).

Attraverso lo Specchio è quindi l'apoteosi di questa carrollianissima tendenza, con l'invenzione di un mondo in cui tutto funziona al contrario: per avvicinarsi a un punto si cammina all'indietro (per andarci in treno, bisogna prendere il convoglio che va nella direzione opposta); le torte vengono prima distribuite, e poi affettate; nel canto del Cavaliere Bianco si tenta di infilarsi una scarpa destra in un piede sinistro; Tweedledum e Tweedledee sono gemelli speculari. "In un certo senso, lo stesso nonsenso è un'inversione sanità-follia. Il mondo ordinario viene capovolto e rivoltato all'indietro; diviene un mondo in cui le cose vanno in tutte le direzioni tranne quella in cui dovrebbero andare" (Gardner).

[6] Certamente il latte dello specchio non è buono, anche se non sappiamo fino a che punto se ne rendesse conto lo stesso Carroll. Qui bisogna lasciare la parola a Gardner, che ha trattato estesamente della questione in una serie di saggi – "Is Nature Ambidextrous?" su *Philosophy and Phenomenological Research*, dic. 1952, "Left of Right" su « *Esquire* », feb. 1951, e in *The Scientific American Book of Mathematical Puzzles and Diversions*, 1959 (ma vedi anche *Symmetry* di Hermann Weyl, New York 1952), e che parte dalla scoperta, in tempi molto posteriori a Carroll, degli isomeri. « Gli isomeri sono sostanze che hanno molecole composte dagli stessi atomi, ma collegati in strutture affatto diverse sotto il profilo topologico. Gli stereoisomeri sono isomeri identici anche nella struttura topologica, ma che, per via della natura asimmetrica di tale struttura, si presentano a coppie speculari, come di scarpa sinistra e scarpa destra. Tutte le sostanze organiche sono stereoisometriche. Classico esempio, lo zucchero, che nella forma destrorsa si chiama destrosio, e in quella sinistrorsa, levulosio. Poiché l'assimilazione del cibo comporta complicate reazioni chimiche fra cibo asimmetrico e sostanze asimmetriche nel corpo, si danno spesso marcate differenze nel sapore, odore e digeribilità delle stesse sostanze organiche. Nessun laboratorio e nessuna mucca hanno ancora prodotto del latte rovesciato, ma se si riflettesse in uno specchio la struttura asimmetrica del latte ordinario, potremmo tranquillamente scommettere che il risultato non sarebbe buono da bere.

In questa raffigurazione del latte dello specchio si considera soltanto il rovesciamento della struttura che collega gli atomi del latte. È ovvio che una vera riflessione speculare rovescerebbe anche la struttura delle stesse particelle elementari. Nel 1957 due fisici cino-americani, Tsung Dao Lee e Chen Ning Yan, ottennero il premio Nobel per il lavoro teoretico che condusse alla "gaia e meravigliosa scoperta" (secondo la felice definizione di Robert Oppenheimer) dell'asimmetricità di alcune particelle elementari. Ora sembra probabile che le particelle e le loro antiparticelle (ovvero particelle identiche di carica di segno opposto) siano, come gli stereoisomeri, nient'altro che forme di riflesso speculare della stessa struttura. Se ciò è vero, allora il latte dello specchio consisterebbe di antimateria, e Alice non potrebbe mai berlo; infatti tanto il latte quanto Alice esploderebbero nel momento stesso in cui venissero a contatto. Naturalmente però una anti-Alice dall'altro lato dello specchio troverebbe l'anti-latte saporito e nutriente come al solito.» Concludeva Gardner: « Nel momento in cui scrivo queste note scienziati atomici stanno avanzando notevoli congetture circa la possibilità di creare l'antimateria in laboratorio, di tenerla sospesa nello spazio mediante forze magnetiche, e infine di unirla alla materia in modo da ottenere una conversione totale di massa nucleare in energia (in contrasto tanto alla fusione quanto alla fissione in cui solo una piccola parte della massa viene così convertita). La strada per l'energia nucleare definitiva può pertanto trovarsi dall'altro lato dello specchio ».

Possiamo concludere riportando una notizia di agenzia. Dal « Corriere della Sera » del 30 settembre 1971: "Mosca, 29 settembre. Vivo interesse ha suscitato negli ambienti scientifici l'annuncio dato ieri sera da radio Mosca e ripreso oggi dai giornali sovietici che un gruppo di fisici russi ha registrato la scoperta di particelle di antimateria e soprattutto di *anti-elio* 3, dando così una ulteriore conferma della nota teoria dell'antimateria.

Oggi si sono appresi altri particolari dalle fonti ufficiali di Mosca. I fisici sovietici del *team* che fa capo al professor Yury Prokoshkin hanno ottenuto un nucleo di *anti-elio* 3, ed hanno prodotto oltre 50.000 antideutoni. Gli esperimenti sono stati eseguiti con il protosincrotone di Serpukhov (presso Mosca) della potenza di 70 miliardi di elettron-volt." Tutto lascia pensare insomma che presto conosceremo il sapore dell'antilatte.

[7] In effetti quando lo incontreremo vedremo che il Cavaliere Biancc è contraddistinto da un pessimo senso dell'equilibrio.

[8] Osserva Gardner che se vede la stampa rovesciata, Alice non è stata rovesciata dal suo passaggio nello specchio. Secondo la scienza moderna, come accennato in una nota precedente, questo è inconcepibile: un'Alice non rovesciata nel mondo di segno opposto non sarebbe sopravvissuta che una minuscola frazione di secondo, prima di disintegrarsi con una immane esplosione nucleare.

[9] JABBERWOCKY

'Twas brillig, and the slithy toves
  Did gyre and gimble in the wabe:
All mimsy were the borogoves,
  And the mome raths outgrabe.

"Beware the Jabberwock, my son!
  The jaws that bite, the claws that catch!
Beware the Jubjub bird, and shun
  The frumious Bandersnatch!"

He took his vorpal sword in hand:
  Long time the manxome foe he sought –
So rested he by the Tumtum tree,
  And stood awhile in thought.

And as in uffish thought he stood,
  The Jabberwock, with eyes of flame,
Come whiffling through the tulgey wood,
  And burbled as it came!

One, two! One, two! And through and through
  The vorpal blade went snicker-snack!
He left it dead, and with its head
  He went galumphing back.

"And hast thous slain the Jabberwock?
  Come to my arms, my beamish boy!
O frabjous day! Callooh! Callay!"
  He chortled in his joy.

'Twas brillig, and the slithy toves
  Did gyre and gimble in the wabe:
All mimsy were the borogoves,
  And the mome raths outgrabe.

Non sembra si tratti della parodia di un componimento preciso; una cugina di Carroll aveva tradotto nel 1846 una lunga ballata tedesca sull'uccisione di un grifone da parte di un pastorello, ma fra i due lavori non ci sono altri punti di contatto. Il *Jabberwocky* si rifà a tutto un genere di poesia romantica cupa e suggestiva, ancora molto in voga al tempo di Carroll.

La poesia consiste in gran parte di parole inventate da Carroll, alcune delle quali poi entrate in qualche modo nella lingua: Gardner osserva come in *Stalky & Co.*, il romanzo di Kipling ambientato in una *public school* inglese fine secolo, gli studenti ne usino ben cinque come parte del loro slang. Più avanti, nel capitolo VI, Humpty Dumpty decifrerà la prima strofa. Lo aveva già fatto Carroll (anche se in modo non identico) nel 1855, in un giornalino manoscritto che componeva per divertire i suoi fratelli e sorelle: qui l'attuale prima strofa di *Jabberwocky* era stata presentata come "Stanza di Poema Anglosassone", e adeguatamente commentata. Ecco in sintesi il significato delle principali parole (riferito, ovviamente, all'"inglese"): "brillig", derivato da "to broil", "arrostire", indica l'"ora dell'arrosto, ossia dell'imbrunire"; "slithy" viene da "slimy", "viscoso", più "lithe", "agile"; "toves", "specie di tasso con pelo bianco e liscio, lunghe zampe posteriori, e corna corte come un cerbiatto" (Carroll 1855; ma questa e altre spiegazioni non concordano con quelle che vedremo date da Humpty Dumpty); "gyre" (la parola esiste, W.B. Yeats ne avrebbe fatto uno dei cardini dell'apparato simbolico della sua poesia, adoprandola nel senso di "spirale"), "girare" per Humpty Dumpty, ma "grattare come un cane" nel commento del 1855; « Gimble », « praticare fori come con un succhiello »; « Wabe », messo in relazione con « to swab », « passare lo strofinaccio », vale « il lato di un colle » (perché è inzuppato di pioggia); « mimsy » viene da « flimsy », « inconsistente », più « miserabile », « infelice »; « borogove », « specie di pappagallo estinta »; «mome », messo in relazione con « solemone », ovvero « solemn », « grave » (ma cfr. Humpty); « rath », « specie di tartaruga terrestre »; « outgrabe », passato del verbo inventato « to outgribe », « squittire »; « Jabberwock », il nome del mostro, messo in relazione con « jabber », parola definita altrove dallo stesso Carroll come « discussione eccitata e volubile »; « Jubjub », altro animale immaginario (un volatile), che come il Bandersnatch tornerà nel poemetto carrolliano *La caccia allo Snark*; « frumious », da « fuming », « fumante d'ira », più « furious », « furioso »; « Bandersnatch », altro animale immaginario, nominato anche più avanti, nel capitolo VII, e nello *Snark* – « snatch » vale « acchiappare »; « vorpal » non ha radici identificabili; Carrol stesso scrisse a una piccola amica: « temo di non essere in grado di spiegarti "vorpal blade"... e nemmeno "tulgey wood" »; « manxome » può esser messo in rapporto con gli abitanti dell'Isola di Mann, che si chiamano « manxmen », ma la cosa non ci aiuta; « uffish » viene da « gruffish », « burbero », più « roguish », « ribaldo », più « huffish », « prepotente »; « whiffling » era quasi corrente all'epoca, soprattutto per indicare una persona variabile, evasiva; « burble » sovrappone « bleat », « belare », « murmur », « mormorare » e « warble », « trillare »; « galumphing » viene da « gallop », « galoppo », più « triumphant », « trionfante »; « beamish », inventata da Carroll, esisteva peraltro già per suo conto: è stata rintracciata nel 1530 come variante di « beaming », « brillante, raggiante »; « frabjous » non ha associazioni identificabili; « Callooh » assomiglia al nome di un'anatra scozzese così chiamata per il suono del suo richiamo; « chortled » viene da « chuckle », « ridacchiare », più « snort », « sbuffare ». Molte di queste parole saranno impiegate nuovamente nello *Snark*; alcune, come si è accennato sopra, sono entrate nella lingua; « chortle », per esempio, è ora nell'Oxford English Dictionary.

Capolavoro del nonsenso linguistico, il *Jabberwocky* fu tradotto (si fa per dire) in molte lingue, e la versione più illustre è quella tedesca, del 1872, dovuta a Robert Scott, il famoso grecista coautore col padre di Alice del fondamentale dizionario greco tuttora in auge (il Liddell-Scott, appunto). Le allusioni e le citazioni non si contano; ogni carrolliano che si rispetti conosce il *Jabberwocky* a memoria, e il titolo è stato usato in racconti, film, e perfino per dare il nome a una originale casa editrice londinese, la Gaberbocchus Press (dalla traduzione latina della poesia, dovuta a uno zio di Carroll). Tenniel fu all'altezza del compito quando dovette raffigurare il mostro immaginario, ma l'illustrazione, in origine concepita come frontespizio del volume, fu in un secondo tempo ritenuta troppo orripilante. Nel 1871 Carrol la fece circolare fra una trentina di madri per prendere una decisione in proposito, e in seguito al risultato del piccolo referendum la sostituì nel frontespizio con la figura del Cavaliere Bianco.

[10] Questa scena è una parodia dell'episodio dei fiori parlanti nel poema *Maud* di Tennyson, sezione 22. Carroll si era servito in origine di una Passiflora,

« passion flower » in inglese, ma la sostituì col Giglio Tigrato quando apprese che il nome del fiore non allude alle passioni umane, ma a quella di Nostro Signore.

[11] In inglese la freddura verte sulla pronuncia analoga di « bough », « ramo » e del verso del cane.

[12] In inglese « aiuola » si dice « flower-bed », ossia, alla lettera, « letto di fiori ».

[13] La Rosa e la Violetta sono altre due sorelline Liddell, Rhoda e Violet, troppo piccole all'epoca dell'« aureo pomeriggio », e quindi meno amiche di Carroll delle altre tre. Questa è l'unica occasione in cui Carroll le ricordi nei due libri di Alice.

[14] Una delle tante inversioni del mondo nello specchio, giustificata da quanto sembra accadere quando avanziamo verso uno specchio, o ce ne allontaniamo.

[15] « La Regina Rossa l'ho raffigurata come una Furia, ma di un altro tipo; la sua collera dev'essere fredda e calma; lei deve essere formale e rigida, ma non scortese; pedante fino al decimo grado, l'essenza concentrata di tutte le governanti! » Così Carroll nel più volte ricordato articolo « Alice sulla scena ». Può darsi che il modello sia stata la signorina Prickett, governante delle bambine Liddell.

[16] Gardner cita qui George Eliot (il romanzo *Felix Holt*), il filosofo William James, H. G. Wells (il romanzo *The Undying Fire*), ma un elenco anche sommario di tutte le volte che la vita umana è stata paragonata a una partita a scacchi (a volte fra Dio e il diavolo) potrebbe essere allungato di parecchio.

[17] Lily è la figlia della Regina Bianca, Alice l'ha incontrata nel capitolo precedente. Forse l'allusione è a Lilia, figlia maggiore di George Macdonald e sorella di una grande amica di Alice ricordata sopra; l'allusione alla troppo giovane età può esser messa in rapporto con altri scherzi di Carroll sull'età veneranda di questa fanciulla, fatti all'epoca in cui ella compì quindici anni.

[18] Questa è una delle frasi più citate dei due libri di Alice.

[19] È la prima mossa della partita: la Regina Rossa, precedentemente affiancata ad Alice, si sposta ora in h5.

[20] I ruscelli costituiscono le linee orizzontali della scacchiera. Com'è diritto del pedone, Alice ha percorso due caselle con la prima mossa (d2-d4); d'ora in avanti potrà solo avanzare di una casella per volta.

[21] Nell'uomo vestito di carta bianca (all'epoca « white paper », « carta bianca », voleva dire « scartoffie », « incartamenti ufficiali ») Tenniel ha caricaturato il primo ministro Benjamin Disraeli, come faceva spesso sul « *Punch* ».

[22] In inglese il gioco di parole è fra « horse », « cavallo », e « hoarse », « rauco », che si pronunciano allo stesso modo.

[23] « Lass, with care » (« lass », « ragazza»): sui pacchi fragili si scrive ancora oggi « Glass, with care », ossia « vetro, maneggiare con cura ».

[24] All'epoca vittoriana « head », « testa », valeva « francobollo ».

[25] « You would if you could » in inglese: « lo faresti se potessi ».

[26] Col salto Alice passa in d4. Nella versione originale Alice si aggrappava ai capelli di una vecchietta, ma cambiò in seguito alla seguente lettera di Tenniel (1 giugno 1870): « Mio caro Dodgson: Secondo me quando avviene il salto della scena del treno potrebbe benissimo far aggrappare Alice alla *barba* della capra, dato che è questo l'oggetto più alla sua portata, invece che ai capelli della vecchietta. Lo strattone le butterebbe una addosso all'altra.

Non mi ritenga brutale, ma sono costretto a dirle che il capitolo della "vespa" non mi interessa minimamente, e non riesco a vedere come illustrarlo. Se vuole accorciare il libro, non posso fare a meno di pensare, con ogni deferenza, che questa sia l'occasione buona. Con fretta angosciosa, sinceramente il suo J. Tenniel. »

Carroll accolse entrambi i suggerimenti. Per circa un secolo i carrolliani piansero quindi la perdita del « capitolo » sulla vespa; rintracciato recentissimamente, questo è accluso in Appendice (vedi oltre).

[27] In inglese il gioco è diverso, e coinvolge una libellula, o « Dragonfly » (alla lettera, « mosca-drago »), e lo « snapdragon » o « flapdragon », nome di un passatempo dei bambini vittoriani. Consisteva nel dar fuoco a del brandy in una scodella contenente anche uvette, che i giocatori tentavano di pescare ancora fiammeggianti, e quindi di mangiare. « Snapdragon » era appunto il nome dell'uvetta in fiamme. Il plum-pudding è il tradizionale dolce natalizio inglese.

[28] « Frumenty »: è il nome di un dolce di frumento.

[29] « Butterfly », « farfalla », è scindibile nelle parole « butter », « burro » e « fly », « mosca ».

[30] « Miss » significa « signorina », ma è anche l'imperativo del verbo « to miss », « mancare », « perdere ».

[31] Pensa al suo cognome o al nome di Lily, il pedone bianco di cui ha preso il posto?

[32] « Il bosco nel quale le cose non hanno nome è in realtà lo stesso universo, qual è prescindendo da quelle crature manipolatrici di simboli che ne etichettano alcune parti perché (come Alice ha osservato in precedenza, con pragmatica saggezza) il nome serve "a chi glielo ha dato". Rendersi conto che il mondo di per sé non contiene segni, che non c'è alcun rapporto fra le cose e i loro nomi, tranne il passaggio per una mente che trova utili le etichette, è un'intuizione filosofica niente affatto banale » (Gardner).

[33] In inglese le ultime parole di questo capitolo unite al titolo del capitolo seguente formano un distico: « Feeling sure that they must be / Tweedledum and Tweedledee ».

[34] « Tweedledum and Tweedledee
Agreed to have a battle;
For Tweedledum said Tweedledee
Had spoiled his nice new rattle.

Just then flew down a monstrous crow,
As black as a tar-barrel;
Which frightened both the heroes so,
They quite forgot their quarrel. »

Questi versi non sono di Carroll, ma costituiscono una notissima *nursery rhyme* (come abbiamo già visto per quelli sulla Regina di Cuori nel volume precedente, e come vedremo ancora per Humpty Dumpty, per il Leone e l'Unicorno, ecc.). L'umorismo di Carroll in questo episodio consiste nel prendere alla lettera la descrizione della *nursery rhyme*, che è un nonsenso di per sé.

Chi fossero in origine il Tweedledum e il Tweedledee della *nursery rhyme* (se pur di persone viventi si trattasse), nessuno lo sa, a differenza di altri personaggi di queste poesiole, che prima di diventare trastullo di bimbi avevano avuto un significato di satira politica, o altro; per esempio il Wee Willie Winkie di un'altra *nursery rhyme* era in origine Guglielmo d'Orange. La prima apparizione di Tweedledum e Tweedledee in un contesto poetico è degli anni 1720, nei quali si diffuse un epigramma alludente alla rivalità musicale fra due compositori di grido, il grande George Frederick Haendel e l'italiano Giovanni Battista Bononcini. L'autore è tale John Byrom: « Some say, compared to Bononcini / That Mynheer Handel's but a ninny; / Others aver that he to Handel / Is scarcely fit to hold a candle; / Strange all this difference should be / 'Twixt tweedle-dum and tweedle-dee. » (« Alcuni dicono che in confronto a Bononcini messer Haendel non sia che uno sciocco, altri dichiarano che davanti a Haendel quello non è degno neanche di tenere una candela; strano che tutta questa discordia debba avvenire fra un trallerallì e un trallerallà » – ossia, fra due tipi di sminfe parimenti privi d'importanza). Può darsi però che Byrom avesse adattato a sua volta una filastrocca più antica.

[35] Carroll e Tenniel concepirono Tweedledum e Tweedledee come immagini speculari l'uno dell'altro: per questo uno porge la destra e l'altro la sinistra. Non per nulla la parola favorita di Tweedledee è « contrariwise », « viceversa ».

[36] « Here we go round the mulberry bush », nota canzone popolare.

[37] « The sun was shining on the sea,
Shining with all his might:
He did his very best to make
The billows smooth and bright –
And this was odd, because it was
The middle of the night.

The moon was shining sulkily,
  Because she thought the sun
Had got no business to be there
  After the day was done –
"It's very rude of him," she said,
  "To come and spoil the fun!"

The sea was wet as wet could be,
  The sands were dry as dry.
You could not see a cloud, because
  No cloud was in the sky:
No birds were flying overhead –
  There were no birds to fly.

The Walrus and the Carpenter
  Were walking close at hand:
They wept like anything to see
  Such quantities of sand:
"If this were only cleared away,"
  They said, "it would be grand!"

"If seven maids with seven mops
  Swept it for half a year,
Do you suppose," the Walrus said,
  "That they could get it clear?"
"I doubt it," said the Carpenter,
  And shed a bitter tear.

"O Oysters, come and walk with us!"
  The Walrus did beseech.
"A pleasant walk, a pleasant talk,
  Along the briny beach:
We cannot do with more than four,
  To give a hand to each."

The eldest Oyster looked at him,
  But never a word he said:
The eldest Oyster winked his eye,
  And shook his heavy head –
Meaning to say he did not choose
To leave the oyster-bed.

But four young Oysters hurried up,
  All eager for the treat:
Their coats were brushed, their faces washed,
  Their shoes were clean and neat –
And this was odd, because, you know,
  They hadn't any feet.

Four other Oysters followed them,
  And yet another four;
And thick and fast they came at last,
  And more, and more, and more –

All hopping through the frothy waves,
  And scrambling to the shore.

The Walrus and the Carpenter
  Walked on a mile or so,
And then they rested on a rock
  Conveniently low:
And all the little Oysters stood
  And waited in a row.

"The time has come," the Walrus said,
  "To talk of many things:
Of shoes – and ships– and sealing-wax –
  Of cabbages – and kings –
And why the sea is boiling hot –
  And whether pigs have wings."

"But wait a bit," the Oysters cried,
  "Before we have our chat;
For some of us are out of breath,
  And all of us are fat!"
"No hurry!" said the Carpenter.
  They thanked him much for that.

"A loaf of bread," the Walrus said,
  "Is what we chiefly need:
Pepper and vinegar besides
  Are very good indeed –
Now, if you're ready, Oysters dear,
  We can begin to feed."

"But not on us!" the Oysters cried,
  Turning a little blue.
"After such kindness, that would be
  A dismal thing to do!"
"The night is fine," the Walrus said.
  "Do you admire the view?"

"It was so kind of you to come!
  And you are very nice!"
The Carpenter said nothing but
  "Cut us another slice.
I wish you were not quite so deaf –
  I've had to ask you twice!"

"It seems a shame," the Walrus said,
  "To play them such a trick.
After we've brought them out so far,
  And made them trot so quick!"
The Carpenter said nothing but
  "The butter's spread too thick!"

I weep for you," the Walrus said:
"I deeply sypathize."
With sobs and tears he sorted out
Those of the largest size,
Holding his pocket-handkerchief
Before his streaming eyes.

"O Oysters," said the Carpenter,
"You've had a pleasant run!
Shall we be trotting home again?"
But answer came there none –
And this was scarcely odd, because
They'd eaten every one. »

Il metro, ma soltanto quello (e lo stile) richiamano la poesia « Dream of Eugene Aram » (« Sogno di Eugene Aram »), di Thomas Hood. Al momento di disegnare le illustrazioni Carroll chiese a Tenniel se preferiva disegnare una farfalla, un carpentiere o un baronetto, trisillabi sdruccioli ugualmente funzionali per il nonsenso che aveva in mente; Tenniel preferì il carpentiere, cui mise in capo il berretto allora caratteristico della sua professione. Gardner ricorda l'episodio per mettere in guardia chi esagera nella ricerca di simboli nelle filastrocche carrolliane. Questa è una delle più famose e citate. Dalla sua undicesima strofa, per esempio, oltre a quello del best seller di Rocco e Antonia fu ricavato il titolo di un libro ancora più fortunato, ai suoi tempi: *Cabbages and Kings* (« Cavoli e Re »), con cui esordì O. Henry.

[38] È un problema etico in grado di mettere in difficoltà anche molti adulti. Bisogna giudicare le persone secondo le loro azioni, o le loro idee?

[39] Il Re se la dorme sulla casella adiacente a quella di Alice. È il tema del sogno, presente anche nel primo libro di Alice, ma reso più complesso qui dalla rifrazione speculare, coerente con l'ambientazione. Commentando il sogno del Re Rosso durante una tavola rotonda radiofonica, Bertrand Russell (citato da Gardner) osservò: « Discussione molto istruttiva da un punto di vista filosofico, ma se non fosse esposta in modo umoristico la troveremmo troppo dolorosa ». È il conflitto, tradizionale nel pensiero britannico, fra i seguaci del Vescovo Berkeley, secondo cui tutto è soltanto « una specie di cosa » nella mente di Dio, e i sostenitori del « buon senso » empiristico. Cfr. l'ultimo verso della poesia messa come epigrafe al libro.

[40] La corsa pazza delle Regine è in carattere con la facoltà che ha questo pezzo, di spostarsi sulla scacchiera a suo piacimento. « La Regina Bianca apparve al sogno della mia fantasia gentile, stupida, grassa e pallida » scrisse Carroll nell'articolo « Alice sulla scena »: « debole come una bambina indifesa; e con un'aria di lentezza, vaghezza, stupore, tale da suggerire il rimbambimento, senza mai però sconfinarvi del tutto... » Gardner rileva come nella sua caratteristica distrazione la Regina abbia appena trascurato un'occasione per dare scacco matto al Re Rosso, come sarebbe avvenuto se invece di arrivare come fa in c4 fosse andata in e3.

[41] Alice: « Am I *addressing* the White Queen? » (« Ho l'onore di parlare con la Regina Bianca? ») Regina: « Well, yes, if you call that *a-dressing* » (« Beh, sì, se ti pare di stare abbigliandola»).

[42] Com'è chiaro dall'illustrazione di Tenniel (e sarà del resto confermato nel capitolo VII), il Messo non è altri che il Cappellaio Pazzo del libro precedente.

[43] Alice ha detto « I'm seven and a half, exactly » (« Ho sette anni e mezzo, esattamente »), e la Regina capisce « exactually » (« actually » vale « davvero », « sul serio »).

[44] La Regina va in c5 (e diventa una pecora); Alice continua ad affiancarlesi, passando in d5.

[45] Il disegno di Tenniel, come dimostrato da Williams e Madan nel loro *Handbook of the Literature of the Rev. C. L. Dodgson* (citato da Carroll), riproduce fedelmente, rovesciando però la posizione di porta, vetrina e insegna, la bottega di un droghiere di Oxford, della quale sono sopravvissute immagini fotografiche.

[46] « Feather! » Era un termine di canottaggio, l'ordine di mettere le pale dei remi in posizione parallela all'acqua, onde offrire la minima resistenza all'aria. Per l'abilità di Alice ai remi, cfr. la poesia dedicatoria del primo libro.

[47] Anche « to catch a crab », « prendere un granchio », è un termine di canottaggio: indica l'errore commesso quando non si esegue a puntino la manovra della « piuma ». Ne vedremo le conseguenze fra poco.

[48] Ora Alice è in d6; la Pecora-Regina Bianca è passata in f8.

[49] « Humpty Dumpty sat on a wall:
Humpty Dumpty had a great fall.
All the King's horses and all the King's men
Couldn't put Humpty Dumpty in his place again. »

È un'altra *nursery rhyme* originale, forse la più conosciuta di tutte. L'origine del personaggio di Humpty Dumpty è sconosciuta.

[50] Onomatopeicamente il nome di Humpty Dumpty (« hum » vale « gobba », « gibbosità », « dumpty » vale « tarchiato ») suggerisce l'idea di un tombolotto. Gardner cita qui un elegante saggio di Peter Alexander, « Logic and the Humour of Lewis Carroll » (*Proceedings of the Leeds Philosophical Society*, volume 6, maggio 1951), in cui si osserva come contrariamente a quanto avviene nel mondo normale, nel regno di Humpty Dumpty i nomi propri hanno un significato generico (Alice, Humpty Dumpty possono indicare tante cose), mentre le parole ordinarie hanno il loro senso ristretto a quello che viene deciso da Humpty.

[51] L'orgoglio di Humpty Dumpty è l'orgoglio di prima della caduta.

[52] In *Symbolic Logic* Carroll, citato a lungo da Gardner, ha difeso il diritto

di ciascun autore « di dare qualunque significato gli garbi a qualunque parola o frase egli intenda usare ». Humpty Dumpty come il suo autore erano quindi seguaci del nominalismo, la teoria medievale per cui i termini universali non sono altro che *flatus vocis*, espressioni verbali, gettoni a disposizione di ogni parlante: punto di vista sempre più condiviso dal pensiero moderno. Per un intelligente esempio di critica letteraria e musicale in questa chiave si veda la raccolta di saggi del filosofo Stanley Cavell, dal carrolliano titolo di *Must We Mean What We Say?* (New York 1969).

[53] Ed ecco come suona il dialogo relativamente ai termini dell'« inglese ». Humpty: « "Brillig" vuol dire le quattro del pomeriggio... l'ora in cui si arrostiscono ("broil") le cose per la cena... "slithy" vuol dire "lithe" ("vivace", "attivo") e "slimy" ("limaccioso")... È un po' come una valigia, capisci... ci sono due significati in una parola sola... I "toves" sono una specie di tassi... sono un po' come le lucertole... e un po' come i cavatappi... fanno il nido sotto le meridiane... e si nutrono di cacio. ... "Gyre" vuol dire girare intorno come un giroscopio. "Gimble" vuol dire fare buchi come un succhiello. » Alice: « E il "wabe" è il praticello intorno a una meridiana, immagino? » Humpty: « Certo. Si chiama "wabe", capisci, perché va parecchio avanti, e parecchio indietro... » Alice: « E un bel po' oltre, da entrambi i lati. » (« Way before it », « way behind it », « way beyond it on each side »: lo scherzo, che Alice capisce subito, perché risponde a tono, è che ciascuna delle parole che viene subito dopo « way » comincia con la lettera « b ».) Humpty: « ... "Mimsy" vuol dire "flimsy" ("leggero") più "miserable" ("infelice"): è un'altra parola-valigia. E il "borogove" è un uccello sparuto dall'aria trasandata, con le penne ritte da tutte le parti... una specie di spazzolone vivente... Il "rath" è una specie di maiale verde: ma del "mome" non sono sicuro. Credo sia un'abbreviazione di "from home" ("via da casa")... col senso che hanno perso la strada... "outgribing" è qualcosa che sta fra l'urlo e il fischio, con in mezzo una specie di starnuto. »

« Parola-valigia », o « parola-baule » (nella forma inglese di « portmanteau-word ») è entrata nell'uso per definire un termine composito, zeppo di significati. Gardner giustamente ricorda come James Joyce, il re della « portmanteau-word » nella letteratura moderna, renda doverosamente omaggio a Humpty Dumpty a proposito della caduta di Finnegan in *Finnegans Wake*, commentata con una super-parola-valigia: « Bothallchoractorschumminaroundgansumuminarumdrumstrumtruminahumptadumpwaultoopoofoolooderamaunsturnup! ». Nel libro la caduta di Finnegan ubriaco è paragonata a quella di Humpty Dumpty, l'uovo cosmico, e quindi alla caduta dell'uomo, ovvero a quella di Lucifero.

[54] « In winter, when the fields are white,
I sing this song for your delight –
In spring, when woods are getting green,
I'll try and tell you what I mean:
In summer, when the days are long,
Perhaps you'll understand the song:
In autumn, when the leaves are brown,
Take pen and ink, and write it down. »

« I sent a message to the fish:
I told them "This is what I wish."

The little fishes of the sea,
They sent an answer back to me.

The little fishes' answer was
"We cannot to it, Sir, because –"

I sent to them again to say
"It will be better to obey."

The fishes answered, with a grin,
"Why, what a temper you are in!"

I told them once, I told them twice:
They would not listen to advice.

I took a kettle large and new,
Fit for the deed I had to do.

My heart went hop, my heart went thump:
I filled the kettle at the pump.

Then some one came to me and said
"The little fishes are in bed."

I said to him, I said it plain,
"Then you must wake them up again

I said it very loud and clear:
I went and shouted in his ear.

But he was very stiff and proud:
He said "You needn't shout so loud!"

And he was very proud and stiff:
He said "I'd go and wake them, if –"

I took a corkscrew from the shelf:
I went to wake them up myself.

And when I found the door was locked,
I pulled and pushed and kicked and knocked.

And when I found the door was shut,
I tried to turn the handle, but – »

[55] Haigha è la Lepre Marzolina, così come l'altro messo, Hatta, è il Cappellaio Pazzo. Gli studi sui costumi e sui cosiddetti atteggiamenti anglosassoni erano di moda ai tempi di Carroll, come parte del grande revival romantico di interesse per il Medioevo e la storia nazionale. Angus Wilson ha intitolato *Anglo-Saxon Attitudes* un suo romanzo.

[56] Felice, odioso, prosciutto, fieno e colle cominciano tutti, in inglese, con l'acca. Alice ha incominciato un gioco di salotto dell'epoca. Il primo giocatore diceva: « Amo il mio amore con un'A perché è... Lo odio perché è...

Mi ha portato all'Osteria del... », e via dicendo. Lui elencava tutte le parole con l'iniziale A; il secondo giocatore doveva fare lo stesso con la B, e così via.

[57] « The Lion and the Unicorn were fighting for the crown:
The Lion beat the Unicorn all round the town.
Some gave them white bread, some gave them brown:
Some gave them plum-cake and drummed them out of town. »

Anche questa è una *nursery rhyme*, senza dubbio originata dallo stemma nazionale britannico, nel quale a partire dall'unione dei due regni si vedono il leone d'Inghilterra e l'unicorno di Scozia rampanti con le zampe anteriori appoggiate sulla corona.

[58] Come nota Gardner, la Regina Bianca avrebbe benissimo potuto mangiare il Cavaliere Rosso, invece di scappare; ma la mossa è caratteristica della sua sventatezza. In questo momento si sta recando in c8.

[59] La frase non si può rendere con precisione in italiano, l'inglese ha « large as life, and twice as natural », ossia, letteralmente, « a grandezza come nella vita, e naturale il doppio ». All'epoca di Carroll si diceva correntemente « and *quite* as natural »; sembra che la voga odierna, che è di dire « twice », sia stata originata da Haigha.

[60] Può darsi che nell'illustrazione di questa scena Tenniel abbia voluto raffigurare Gladstone e Disraeli rispettivamente come Leone e Unicorno.

[61] Alice passa in d7.

[62] Passando in e7 il Cavaliere Rosso tiene ora sotto scacco il Re Bianco, minacciando contemporaneamente la Regina. Il Cavaliere Bianco viene quindi alla riscossa. Che gridi « Scacco! » è caratteristico della sua vaghezza: in realtà non sta dando scacco né al Re né alla Regina avversari.

[63] Come Punch (abbreviazione di « Punchinello ») e Judy, i due classici burattini inglesi.

[64] Sembra indubbio che nel Cavaliere Bianco Carroll abbia messo parecchio di sé, a partire dalla passione per le invenzioni strampalate. Il diario di Carroll è pieno di appunti con intuizioni di giochi nuovi (come una prima versione di quello che mezzo secolo dopo avrebbe furoreggiato come « scarabeo »), dispositivi per giochi già esistenti (una scacchiera con buchi e pezzi montati su pioli, per giocare a scacchi in viaggio), e altre idee (carta gommata da tutti e due i lati; un nuovo sistema per semplificare la riscossione dei vaglia postali, e via dicendo). Carroll viaggiava inoltre affardellato come il Cavaliere Bianco: aveva una valigia piena di giochi e curiosità, che gli serviva per attaccare discorso con potenziali piccole amiche. Come il Cavaliere Bianco, Carroll aveva anche i capelli arruffati, e gli occhi miti (i suoi erano azzurri).

Ma soprattutto sembra dar ragione a chi vuol vedere nel Cavaliere Bianco una proiezione autobiografica dell'autore l'atteggiamento di questi verso

Alice, atteggiamento che a differenza di quello di tutti o quasi i personaggi incontrati nei due libri, è affettuoso e protettivo (e sarà il Cavaliere Bianco a vivere più a lungo nel ricordo della bambina; non per nulla è anche il personaggio scelto da Carroll per il frontespizio del volume). Malinconicamente egli si prepara a congedarsi dalla bambina, che diventerà Regina (= donna); e le dedica appassionatamente un ultimo, irresistibile canto di nonsenso, splendido *pendant* (anche come guastatore di idee ricevute) del « Babbo William, sei vecchio » del primo libro.

[65] Prendendo alla lettera il Cavaliere, Alice fa un gioco di parole. Il Cavaliere ha detto « then I'm over, you see », che vuol dire tanto « allora sarò dall'altra parte » quanto « avrò finito », o « sarò finito ». Soprappensiero, Alice risponde: « Yes, I suppose you'd be over when that was done »: « credo proprio che finita l'operazione saresti finito anche tu ».

[66] « Fast » vale « rapido », ma anche « appiccicato », « saldo ».

[67] « Per uno studioso di logica e di semantica tutto questo è perfettamente sensato. La canzone *è* "A-Sitting on a Gate"; *si chiama* "Ways and Means"; il *nome* della canzone è "The Aged Aged Man"; e il nome *si chiama* "Haddocks' Eyes". Carroll qui distingue fra le cose, i nomi delle cose, e i nomi dei nomi delle cose. "Haddocks' Eyes", che è il nome di un nome, appartiene a quello che oggi i logici chiamano "metalinguaggio". Adottando la convenzione di una gerarchia di metalinguaggi, i logici riescono ad accantonare certi paradossi che li perseguitavano dal tempo dei Greci. Per la divertente traduzione di Ernest Nagel delle osservazioni del Cavaliere Bianco in notazioni simboliche, vedi il suo articolo "Symbolic Notation, Haddocks' Eyes and the Dog-Walking Ordinance", nel volume III dell'antologia di James R. Newman *The World of Mathematics*, 1956 » (Gardner).

[68] « I'll tell thee everything I can:
There's little to relate.
I saw an aged aged man,
A-sitting on a gate.
"Who are you, aged man?" I said.
"And how is it you live?"
And his answer trickled through my head
Like water through a sieve.

He said "I look for butterflies
That sleep among the wheat:
I make them into mutton-pies,
And sell them in the street.
I sell then unto men," he said,
"Who sail on stormy seas;
And that's the way I get my bread –
A trifle, if you please."

But I was thinking of a plan
To dye one's whiskers green,
And always use so large a fan
That they could not be seen.

So, having no reply to give
  To what the old man said,
I cried "Come, tell me how you live!"
  And thumped him on the head.

His accents mild took up the tale:
  He said "I go my ways,
And when I find a mountain-rill,
  I set it in a blaze;
And thence they make a stuff they call
  Rowland's Macassar-Oil –
Yet twopence-halfpenny is all
  They give me for my toil."

But I was thinking of a way
  To feed oneself on batter,
And so go on from day to day
  Getting a little fatter.
I shook him well from side to side,
  Until his face was blue:
"Come, tell me how you live," I cried,
  "And what it is you do!"

He said "I hunt for haddocks' eyes
  Among the heater bright,
And work them into waistcoat-buttons
  In the silent night.
And these I do not sell for gold
  Or coin of silver shine,
But for a copper halfpenny,
  And that will purchase nine.

I sometimes dig for buttered rolls,
  Or set limed twigs for crabs:
I sometimes search the grassy knolls
  For wheels of Hansom-cabs.
And that's the way" (he gave a wink)
  "By which I get my wealth –
And very gladly will I drink
  Your Honour's noble health."

I heard him then, for I had just
  Completed my design
To keep the Menai bridge from rust
  By boiling it in wine,
I thanked him much for telling me
  The way he got his wealth,
But chiefly for his wish that he
  Might drink my noble health.

And now, if e'er by chance I put
  My fingers into glue,
Or madly squeeze a right-hand foot

Into a left-hand shoe,
Or if I drop upon my toe
A very heavy weight,
I weep, for it reminds me so
Of that old man I used to know –
Whose look was mild, whose speech was slow,
Whose hair was whiter than the snow,
Whose face was very like a crow,
With eyes, like cinders, all aglow,
Who seemed distracted with his woe,
Who rocked his body to and fro,
And muttered mumblingly and low,
As if his mouth were full of dough,
Who snorted like a buffalo –
That summer evening long ago,
A-sitting on a gate. »

In forma ridotta e anonima, questa celebre poesia era già comparsa nel 1856 sulla rivista « *The Train* » di Edmund Yates. È la splendida parodia di uno dei più solenni e famosi componimenti di William Wordsworth, intitolato « Resolution and Independence » (« Decisione e indipendenza »). Questa volta però Carroll prende in giro l'argomento (che segue più da vicino di altre volte quello del modello) senza imitare il metro dell'originale. La stanza di Wordsworth è lenta e maestosa, mentre i versi di Carroll sono brevi e rapidi, e danno un senso di vertiginosa, folle progressione di nonsenso.

L'argomento di « Resolution and Independence », notissima a tutti i vittoriani e tuttora parte del patrimonio d'obbligo di ogni anglosassone colto, riguarda l'incontro del poeta, che si aggira inquieto per la brughiera, un mattino dopo una tempesta, con un misterioso vecchio sconosciuto. Il poeta è in preda alla malinconia, sta contemplando il destino dei suoi predecessori come Thomas Chatterton, « il meraviglioso ragazzo », che finì suicida dopo premesse tanto brillanti: « noi Poeti da giovani iniziamo in letizia, ma alla fine subentrano disperazione e follia ». Nel pieno di queste cupe riflessioni il nostro poeta vede, chino sui margini di un laghetto, immobile come una roccia, fuso nel paesaggio, un vecchio contadino, nobile nel suo silenzio. Lo saluta, gli chiede cosa faccia per vivere. Con parole semplici, nelle quali però vibra un'eco di biblica aulicità, il vecchio gli descrive la sua professione: si immerge negli stagni per catturare sanguisughe. Egli espone le gambe ai morsi crudeli di quei parassiti, che così cattura, e poi rivende per un prezzo modesto. Incredulo, quasi non avendo registrato il senso di quelle parole, il poeta rinnova la domanda; con la stessa semplicità di prima, sorridendo, il vecchio ripete la risposta. Ed ecco che la malinconia abbandona il poeta; ecco che di fronte a quel modo tanto duro ma tanto serenamente accettato di guadagnarsi la vita, il nostro si rende conto della caducità della propria disperazione; e un riso di autoderisione gli sgorga sulle labbra. D'ora in avanti, ne è certo, l'immagine di quel raccoglitore di mignatte nella brughiera solitaria lo accompagnerà e gli darà fermezza.

In un paio di punti Carroll riecheggia anche un altro componimento di Wordsworth, molto minore, intitolato « The Thorn » (« La spina »), in cui ricorrono i versi « I'll tell you everything I know » e « I'll give you all the help I can » (« Ti dirò tutto quel che so », « Ti darò tutto l'aiuto che potrò »). L'aria della canzone nota come « I give thee all, I can no more » (« Ti do tutto, di più non posso»), ma intitolata «My Heart and Lute» («Il mio cuore e il mio liuto») è di Sir Henry Rowley Bishop, che mise in musica i versi di Thomas Moore.

Nel testo inglese ci sono due allusioni da chiarire. Il Rowland's Macassar Oil era un diffuso unguento per capelli, terrore delle padrone di casa, che ne difendevano i poggiatesta delle poltrone con una mascherina a tutt'oggi chiamata «antimacassar». Il Menai Bridge è un ponte sospeso sugli Stretti Menai, nel Galles settentrionale.

69 Tornando in f5, sua casella d'origine, dalla quale era calato per mangiare il Cavaliere Rosso.

70 Alice è arrivata in d8, ultima casella della sua colonna, e ha quindi il diritto, spettante a ogni pedone che conduca in porto tale impresa, di diventare un pezzo più pregiato a sua scelta. Naturalmente si sceglie sempre di diventare Regina.

71 «Flour», «farina», si pronuncia come «flower», «fiore»; «ground», participio passato di «to grind», «macinare», vuol dire anche «terreno».

72 «È facile fare a meno di notare che qui il sottinteso della Regina Rossa è che "ricca" e "intelligente" siano opposti come "caldo" e "freddo"».

73 «Hush-a-by lady, in Alice's lap!
Till the feast's ready, we've time for a nap.
When the feast's over, we'll go to the ball –
Red Queen, and White Queen, and Alice, and all!»

È un adattamento di un'altra nota *nursery rhyme*, una ninnananna: «Hush-a-by baby, on the tree top» («Ninna bambino, in cima all'albero...»).

74 «To the Looking-Glass world it was Alice that said
"I've a sceptre in hand, I've a crown on my head.
Let the Looking-Glass creatures, whatever they be
Come and dine with the Red Queen, the White Queen and me!"

Then fill up the glasses as quick as you can,
And sprinkle the table with buttons and bran:
Put cats in the coffee, and mice in the tea –
And welcome Queen Alice with thirty-times-three!

"O Looking-Glass creatures," quoth Alice, "draw near!
'Tis an honour to see me, a favour to hear:
'Tis a privilege high to have dinner and tea
Along with the Red Queen, the White Queen, and me!"

Then fill us the glasses with treacle and ink,
Or anything else that is pleasant to drink:
Mix sand with the cider, and wool with the wine –
And welcome Queen Alice with ninety-times-nine!»

È la parodia di « Bonny Dundee », squillante canzone marziale di Walter Scott, contenuta nella commedia *The Doom of Devorgoil.* Comincia così: « To the Lords of Convention 'twas Claver'se who spoke, / "Ere the King's crown shall fall there are crowns to be broke; / So let each Cavalier who loves honour and me, / Come follow the bonnet of Bonny Dundee" » (« Ai Lord della Convenzione fu Claverose a parlare: "Prima che cada la corona del Re ci sono altre corone da spezzare; perciò che ogni cavaliere che ama l'onore a me, venga dietro al berretto di Bonny Dundee!" »).

[75] « To cut » significa « tagliare » ma anche « evitare ostentatamente di salutare qualcuno ».

[76] « "First, the fish must be caught."
That is easy: a baby, I think, could have caught it.
"Next, the fish must be bought."
That is easy: a penny, I think, would have bought it.

"Now cook me the fish!"
That is easy, and will not take more than a minute.
"Let it lie in a dish!"
That is easy, because it already is in it.

"Bring it here! Let me sup!"
It is easy to set such a dish on the table.
"Take the dish-cover up!"
Ah, *that* is so hard that I fear I'm unable!

For it holds it like glue –
Holds the lid to the dish, while it lies in the middle:
Which is easiest to do,
Un-Dish-cover the fish, or dishcover the riddle? »

La soluzione dell'indovinello è l'« ostrica ». C'è un gioco di parole nell'inglese, con la parola « discover », « scoprire », modificata nella parola inventata « dishcover »: « dish » vuol dire « piatto ».

[77] Se la Regina Bianca allontanandosi da Alice è passata in a6, come sembrerebbe, la mossa sarebbe illecita in una partita ortodossa, in quanto il Re Bianco continua a trovarsi sotto scacco.

[78] Alice mangia la Regina Rossa, contemporaneamente dando scacco matto al Re Rosso (che per tutta la partita si è limitato a dormire saporitamente, forse sognando tutto quanto è avvenuto). Gardner nota come la storia abbia una sua morale: i pezzi bianchi sono buoni e gentili, mentre i rossi sono vendicativi e irascibili.

[79] A boat, beneath a sunny sky
Lingering onward dreamily
In an evening of July –

Children three that nestle near,
Eager eye and willing ear,
Pleased a simple tale to hear –

Long has paled that sunny sky:
Echoes fade and memories die:
Autumn frosts have slain July.

Still she haunts me, phantomwise,
Alice moving under skies
Never seen by waking eyes.

Children yet, the tale to hear,
Eager eye and willing ear,
Lovingly shall nestle near.

In a Wonderland they lie,
Dreaming as the days go by,
Dreaming as the summers die:

Ever drifting down the stream –
Lingering in the golden dream –
Life, what is it but a dream?

Nella traduzione di questa poesia non si è tentato, come per tutte le altre, di riprodurre il ritmo e lo schema metrico dell'inglese, e questo per più di una ragione. Innanzitutto il torto a questa, forse la più limpida e commovente delle poesie « serie » di Carroll, sarebbe probabilmente stato imperdonabile. Ma soprattutto qui non sarebbe stato possibile rendere anche un pallido equivalente del complesso gioco delle rime. Nelle sette strofe di tre versi a rima baciata le rime sono soltanto quattro (lo schema è AAA, BBB, AAA, CCC, BBB, AAA, DDD), non solo, ma ritornano in sede di rima, in ordine inverso, le stesse parole-chiave: sky, dreamily, July; sky, die, July; lie, by, die (« cielo, sognando, luglio; cielo, morire, luglio; giacere, passare, morire »). Inoltre i versi sono acrostici: le iniziali di ciascuno, nell'ordine, formano ALICE PLEASANCE LIDDELL, il nome completo di Alice. La poesia è stata tradotta in italiano « poeticamente » altre volte, ma a costo di parafrasarla e di cambiare il metro; il tentativo più convincente è forse quello di Tommaso Giglio (*Alice nel mondo dello specchio*, Universale Economica, Milano 1952).

Nella sua straordinaria semplicità ed economia, la poesia racchiude molti dei temi principali dei due libri. La rievocazione della gita beata sul Tamigi si riallaccia alla poesia dedicatoria del primo libro di Alice, ma ora, coerentemente con la *Stimmung* di questo secondo libro, il tutto è visto attraverso il filtro della memoria, con nostalgia e con rimpianto: è autunno. Su un totale di appena 108 parole, almeno 16 evocano concetti di sonno, morte, transitorietà, fine; e l'ultimo verso riassume il tema del sogno, presente in entrambi i libri. Come osserva acutamente Gardner, questa è « la canzone del Cavaliere Bianco, che ricorda Alice com'era prima di voltarsi, con occhi asciutti e pieni di entusiasmo, per scendere di corsa la collina, saltare l'ultimo ruscello e diventare donna ».

[80] Si veda sopra, la nota 26 relativa al capitolo 3. Lì è riportata una lettera di Tenniel a Carroll, del 1° giugno 1870, contenente due suggerimenti che Carroll seguì: di far sì che quando il treno con un balzo supera il ruscello, portando Alice in d4, lo scossone costringa la bambina ad aggrapparsi alla barba

della capra, e non ai capelli della vecchietta; e di abolire quello che Tenniel chiama, testualmente, « il capitolo della "vespa" ». Tenniel si dichiarava poco interessato da questo episodio, e perplesso su come illustrarlo. L'episodio era già in bozze, ma fu eliminato lo stesso. Collingwood, il biografo nonché nipote di Carroll, accenna anche lui alla faccenda dichiarando che in origine *Attraverso lo specchio* aveva tredici capitoli, non dodici, e che fu appunto l'eliminazione di quello con « la vespa con la parrucca » a dargli le dimensioni attuali.

Recentemente (1974) quelle bozze, che evidentemente Carroll non aveva mai distrutto, sono state offerte in vendita tramite la casa Sotheby Parke Bernet & Co. di Londra. Acquistate da un collezionista americano, sono state finalmente pubblicate, in una eccellente edizione annotata dall'impareggiabile Gardner, per la delizia di tutti i carrolliani.

Il prezioso reperto viene qui dato in appendice e non « reintegrato » nel testo per varie ragioni. Innanzitutto bisogna considerare che qualora fosse stato convinto della sua importanza, Carroll ebbe ben ventotto anni di tempo per reintegrarlo lui: si ricordi infatti che il testo corrente dei due libri di Alice è senza ombra di dubbio quello voluto dal loro autore, il quale ebbe modo di controllarne ogni inezia in una infinità di riedizioni avvenute durante la sua vita. In secondo luogo, non è facile decidere in quale punto preciso l'episodio si trovasse. Esistono fondate ragioni per dubitare che costituisse un tredicesimo capitolo: *Attraverso lo specchio* ha lo stesso numero di capitoli, dodici, del primo libro di Alice, del quale per tanti versi costituisce un puntiglioso pendant, e non è concepibile che Carroll avesse inteso modificare quel numero. È peraltro possibile che la vespa occupasse uno dei brevissimi capitoli esistenti nel testo quale Carroll lo ha lasciato: il capitolo decimo e il capitolo undicesimo constano infatti di poche righe (stranamente, Gardner trascura del tutto questa ipotesi). Malgrado animali e insetti siano concentrati nei primi capitoli, il contesto (l'ansia di Alice che sta per diventare Regina) e il numero di pagina delle bozze, che è alto, fanno pensare a una collocazione verso la fine del volume. Infine, l'amputazione fu certamente coperta da Carroll con opportune modifiche, e oggi un reinserimento della « Vespa » nel testo oltre che ad essere arbitrario e in netto contrasto con l'espressa volontà dell'autore, comporterebbe anche qualche violenza sul suo dettato. Dopo aver passato in rassegna varie ipotesi, Gardner tende comunque a ritenere che l'episodio (anche lui esita a chiamarlo « capitolo ») si trovasse in origine alla fine del capitolo 8, dopo il commiato di Alice dal Cavaliere Bianco. Un altro commentatore, Edward Guiliano, concorda con questa collocazione, anche per ragioni di contrasto: dopo avere incontrato un anziano gentiluomo (il Cavaliere Bianco), Alice si imbatte in un anziano popolano (la Vespa, raffigurata come un esponente del proletariato).

Quanto all'interesse per noi di questo brano fino a ieri sconosciuto: per discutibile che sia il suo valore intrinseco (non pochi fra i primi lettori hanno teso a dare ragione a Tenniel), è evidente che qualsiasi scritto di Carroll relativo ai libri di Alice non può esser preso sottogamba. Il principe dei carrolliani (ma anche uno dei più equilibrati e sereni), Gardner, probabilmente esagera nell'elencare i meriti del passo, che secondo lui Tenniel sabotò perché essendo cieco da un occhio (lo aveva perso da ragazzo, tirando di scherma con il padre) si sarebbe offeso, forse a livello subliminale, per gli accenni della Vespa all'inadeguatezza degli occhi di Alice. Per Gardner è importante in primo luogo l'abilità con cui in pochi tratti Carroll delinea un tipo di stizzoso (e su questo gli diamo ragione senza riserve); quindi è importante il fatto che qui Alice si comporta con inusitata sollecitudine verso un personaggio che all'inizio la tratta male, addirittura rimandando la propria trasformazione in Regina per compiere una buona azione. Se si accoglie questa tesi bisogna pensare che Carroll in un certo senso volesse mostrarla cristianamente purificata prima della consacrazione. Se è così, è anche certo che in un secondo tempo ci rinunciò.

Gardner prosegue analizzando il carattere della vespa, che nella specie maschile non ha pungiglione (Alice sì, invece, se sarà Regina: si può non pensare all'Ape Regina?); cerca di dimostrare che il giallo della parrucca ha un significato preciso, caricaturale (allusivo a un qualche personaggio noto a Carroll e alla vera Alice), o simbolico (Shakespeare lo associa alla vecchiaia). Ci sono anche altri argomenti, il cui nume o serve comunque a dimostrare quale spessore sia in ogni caso discernibile anche nei trucioli della bottega del Geppetto di Alice.

[81] Ormai Alice si è abituata al totale cambiamento di scenario che avviene ogni volta che varca un ruscello e passa nella casella successiva.

[82] « Worrity, worrity! ». È un'espressione di gergo, proletaria. La Vespa ne usa anche altre; questa è passata in disuso. La Vespa è uno dei rari esponenti della « working class » nei libri di Alice, in questo accostabile alla sfortunata Lucertola del primo libro.

[83] Lo zucchero scuro, non raffinato, era preferito dalle classi meno abbienti, in quanto costava meno dell'altro.

[84] « Engulphed », parola relativamente ampollosa (oggi la si scriverebbe « engulfed »).

[85] « Conceit »: vanità, prosopopea, affettazione. « Stiff neck » ha inoltre il duplice significato di « torcicollo » e di « atteggiamento altezzoso ».

[86] « Favo » e « pettine » in inglese sono la stessa parola: « comb ».

[87] « When I was young, my ringlets waved
And curled and crinkled on my head:
And then they said "You should be shaved,
And wear a yellow wig instead."

But when I followed their advice,
And they had noticed the effect,
They said I did not look so nice
As they had ventured to expect.

They said it did not fit, and so
It made me look extremely plain:
But what was I to do, you know?
My ringlets would not grow again.

So now that I am old and gray,
And all my hair is nearly gone,

They take my wig from me and say
"How can you put such rubbish on?"

And still, whenever I appear,
They hoot at me and call me "Pig!"
And that is why they do it, dear,
Because I wear a yellow wig. »

Non è stato rintracciato nessun modello per questa poesia, che quindi non sembra, almeno finora, la parodia di un'altra. Gardner cita un passo di Milton in cui si parla dei riccioli ondulati di Eva con le stesse due parole usate da Carroll (« ringlets waved »), ma ammette lealmente che non ci sono molte altre cose che i riccioli possano fare. Piuttosto, trova l'insistenza sui riccioli e sulle onde (sparita nella mia traduzione italiana) caratteristica dell'insistenza presente in tutto il volume dello specchio non solo su riflessioni speculari, ma anche su rovesciamenti ellittici: ci sono frequenti accenni ai cavatappi.

« Porco! », l'ingiuria con cui la povera Vespa viene sbeffeggiata dagli astanti per via della sua parrucca, era comunissima e nemmeno troppo offensiva nell'epoca vittoriana. Cfr. il capitolo VI del primo libro di Alice.